사리현동
신新대가족
이야기

# 사리현동
# 신新 대가족
# 이야기

김승일 · 이음전 · 김태억
김성희 · 김지양 · 류대희

/ 사람에게 최고의 선물은 가족 /

W미디어

# CONTENTS ·····································

# 10인 10색, 사리현동 식구들

경기도 고양시 외곽 사리현동의 2층집에는 한 지붕 아래 3대, 3가족, 10명이 함께 오순도순 살고 있다. 요즘 시대에 3대가 한 집에 사는 것도 찾아보기 쉽지 않지만, 아들 내외 가족과 딸 내외 가족이 함께 부모님을 모시고 살아가는 특별한 3가족 이야기이다.

늘어나는 노년층, 낮아지는 출산율로 대표되는 우리 사회에서 돈만으로 해결되지 않는 육아 문제, 마음처럼 쉽지 않은 부모 부양, 그리고 주택 문제와 맞닥뜨린 현실에서 이들 가족이 마지못해 선택한 측면도 없진 않지만, 결과적으로 중요한 것은 실천이었다.

시댁 또는 친정을 오가며 눈물로 육아하는 젊은 부부, 아들 딸 가족과 함께 살아가기를 희망하지만 여러 사정으로 함께하지 못하는 노년층에게 이들 대가족의 행복한 삶은 어쩌면 남들을 의식하지 않고 실천할 수 있는 용기와 지혜를 준다.

며느리는 물론 사위와 함께 살아가는 어머니의 희생이 이들 대가족을 지탱하는 가장 큰 힘일 것이다. 그것이 하늘보다 높고 바다보다 깊은 부모 마음이다. 그런 희생과 배려가 바닥에 깔려 있기에 시어머니는 물론 시누이와 아주버님과 함께 살면서도 오히려 행복하다는 며느리, 그리고 장인 장모님과 처남댁과 한 공간에 살아가는 것이 별 불편하지 않다는 사위이다. 이들 10인 10색의 대가족 삶은 어쩌면 소통부재의 시대에 가족 갈등을 해결해가는 한 실마리가 된다.

아들(김지양)의 눈으로 이들 가족의 면면을 들여다본다.

사리현동 식구들은 모두 10명이다. 어떤 집이든 그렇겠지만 우리집 식구들은 다들 캐릭터가 독특하다. 어쩌면 10명이 함께 살다보니서로를 더 많이 알게 되어 그렇게 생각하게 된 것일 수도 있다. 스스로 생각하는 나, 서로가 서로를 보는 시각은 다를 수 있겠지만 내가 보는관점에서의 대략적인 캐릭터들을 이야기해보고자 한다.

**할아버지(김승일)**

전형적인 한국형 남자 노인. 삼식이. 다행인 것은 한 끼 정도는 빵으로 때우신다는 것. 집안 청소와 빨래 등 본인의 장점이 많으나 사소한 말과 행동으로 모든 장점을 다 까먹는 할배. 방 안에서 TV만 보는 것을 보면 어릴 적 할아버지와 똑같다. 이런 저런 불만을 한숨으로 표현하는 것, 할매를 쫓아다니며 계속 불만을 얘기하는 것. 다소 답답하기도 하지만 그래도 할배가 있어 깨끗하게 집 안팎을 유지할 수 있다. 대부분의 한국의 할배들이 그렇겠지만 우리 집 할배도 외부활동이 더 필요하다. 많은 사람들과 어울리고, 삶을 공유하며 살아가시길 바란다. 대가족 속에서도 홀로 외로이 지내시지 않았으면 좋겠다.

할머니(이음전)

매형(김태억) 말에 따르면 세상의 온갖 불편한 자세와 삶을 짊어지고 사신다는 할매. 애들 넷 뒤치다꺼리와 집안의 모든 일을 도맡아하시는 할매. 때로는 모든 것을 놓아두고 쉬시길 바라지만, 잠시도 쉬지 않고 온갖 오지랖을 발휘하신다. 손주들인 시 자매(시유~시아)와 유유 남매(유준~유나)가 할머니의 노고를 잘 알고 컸으면 한다. 요즘 들어 성당 활동에 육아, 집안일로 정신없이 바쁜 할매. 건강을 잃지 않으셨으면 좋겠다. 매일 아침 등굣길에 아이들을 사진 찍어 가족 카톡방에 올려주시는 할매. 온갖 오지랖으로 가족들을 챙기시려는 희생정신은 늘 감사하지만 때론 걱정이 되기도 한다.

매형(김태억)

자기애가 강한 초등학교 선생님. 시 자매의 아빠. 누나는 곰 같은 여우라고 늘 얘기한다. 큰 덩치에도 건담, 각종 음악 관련 물건(앰프, 기타, CD, LP 등)과 만화책 등 각종 수집품들을 다루는 것을 보면 무척 세심하다. 음악과 미술 쪽에 관심이 많고 재능이 있으나 게을러서 다작은 하지 않는다. 집의 소소한 인테리어, 소품 관리에 역할을 하고 있다. 120사이즈의 옷도 작아서 못 입기도 하는 덩치에도 미식가이다. 한마디로 대식가임과 동시에 미식가. 밥 먹을 때도 아이패드를 끼고 온갖 세상일에 관심을 가지는 통에 가족들의 눈총을 사기도 한다.

누나(김성희)

전형적인 바쁜 워킹맘. 시 자매의 엄마. 전원주택 생활을 하다 보니 더 멀어진 직장으로 인해 가장 멀리 다니며 고생함. 쿨한 성격을 가졌으니 회사며, 집안일이며 다 챙기겠지 싶다. 사업가 기질이 있으나 자금력이 없어 개인 사업으로 성공할 가능성은 낮아 보인다. 그래도 인복은 있는지 좋은 사장님과 동료들과 함께 좋은 직장문화를 만들어 나가고 있는 것 같다. 쇼핑을 좋아하고, 소비 성향이 있어 카드 값이 늘 엄청나다. 가끔은 누나 부부의 택배 박스를 보면 한숨이 나오기도 한다.

### 내가 보는 나(김지양)

유유 남매의 아빠. 아이들을 좋아하는 초등학교 선생님이지만 늘 아이들과 함께하다 보니 이제는 놀아달라는 아이들을 보면 조금은 귀찮아질 때도 많다. 그래도 육아에는 엄청난 관심과 참여를 한다고 자부하고 싶다. 새로운 일을 만들어내는 일에 흥미가 많다. 미래에 대한 다양한 계획을 하지만 육아에 지쳐 실행력이 많이 떨어진다. 그러다보니 핑계와 자기 합리화만 늘었다. 요즘은 책 한 권 제대로 읽기가 힘들다. 공부보다는 사람들과의 만남을 중시한다. 교사의 길보다는 영업이나 사업의 길을 걸었으면 어땠을까 하는 생각도 해본다.

### 아내(류대희)

초등학교 선생님. 공부머리는 뛰어난데 생활 지능은 그에 비해서는 낮다. 그래도 늘 열심히 하려는 모습만큼은 100점을 준다. 이제 나이가 들었는지 체력이 떨어져 방전될 때가 많다. 시월드에서 시부모님, 손윗시누이와도 잘 지내는 것을 보면 요즘시대에 효녀상을 받을 만하다. 가끔 육아에 지쳐 이상한 행동을 할 때가 있기도 하다. 기분 좋게 아이들과 그림, 한글공부, 영어공부, 쿠키 만들기 등을 시작했다가 마무리 못할 때가 종종 있다. 손전화로 온갖 일을 처리한다. 그래서 손에 지니고 있을 때가 많다. 나중에 애들이 손전화 중독 증상이 올 경우 책임을 물을 계획이다. 아내의 반박이다 – 노는 게 아니라 애들 기저귀며 옷이며 각종 육아용품과 식구들 선물이며 부모님 영양제와 각종 생필품을 사고, 가족들 보여줄 공연 예매하고, 아이들 노는 사진과 동영상 찍느라 바쁜 것도 모르고, 에휴!

### 조카(김시유)

유한 듯 강한 시 자매의 맏언니. 4명의 어린이 중 첫째로 집에서 늘 1번(서열 1위)이란 말을 달고 산다. 감성적이긴 하나 가끔 사촌인 유준이를 대할 때 보면 자기 엄마(김성희)의 어릴 적 모습을 떠오르게 한다. 본인은 예쁘지만 주변을 더럽히고 지저분하게 만드는 습관에 할머니에게 자주 이야기를 듣지만, 6세 이후 온갖 변명으로 상황을 모면하곤 한다. 만들기와 그리기, 춤추는 것을 좋아하는 첫째. 하루에 30분씩은 노래를 크게 틀어놓고 춤

연습을 한다. 예전엔 어른들을 앉으라고 하고 구경하라더니 이젠 혼자 즐긴다. 혹시 아이돌 가수가 된다면 엄청난 세월에 걸친 가족들의 희생과 본인의 노력이 있었다고 이야기하리라. 밥보다는 군것질을 좋아하며, 국에 절대 밥을 말아먹지 않는다. 간식도 뷔페식으로 한 입 먹고 버려둔다. 버린 간식들은 2번, 3번, 4번 아이들이 뒤쫓아 다니며 주워 먹곤 한다.

아들(김유준)

유유 남매의 첫째. 그러나 사리현동에선 2번으로 통한다. 본인의 2번 입지를 자리매김하기 위해 1번인 시유 누나를 극진히 모신다. 완벽한 단무지 사내 스타일이나 상당히 감성적임. 용인 외갓집을 갈 때는 사리현동 할매를 보고 울고, 사리현동 올 때는 용인 할매를 보고 운다. 가끔은 그의 연기력에 놀라곤 한다. 밥대장, 간식대장. 먹는 거라면 누구 못지않게 잘 먹는다. 원푸드주의자. 폭식주의자. 스스로 조절하게 하려고 부모가 엄청난 노력을 해왔는데 본인은 알지 모르겠다. 아토피가 있어 온갖 고생을 하고 있다. 그래서 먹고 싶은 것도, 입고 싶은 것도, 하고 싶은 것도 참아야 할 때가 많은데 6세가 되더니 제법 부모 마음을 읽고 헤아려준다. 어렸을 때부터 책을 좋아했고, 아직도 책을 많이 좋아한다. 당연히 동영상도 좋아한다. 그래서 더욱 부모의 관리가 필요한 우리의 서열 2위. 제 동생 유나보다 사촌 시아를 더 챙기며, 케미가 맞는 시아랑 잘 논다. 뭐니 뭐니 해도 시유를 잘 따르며, 세뇌를 당했는지 시유 누나가 가장 예쁘단다. 그렇게 싸우기도 하면서 없으면 서로 찾는 오누이. 보고 있노라면 나와 누나의 어린시절도 그랬으려나 싶다. 유일한 남아(男兒)라 나름 식구들이 알게 모르게 예뻐한다. 고모(김성희)를 유난히 좋아하고 존경하는 유준. 고모의 재력과 씀씀이, 사랑을 느끼는 것 같다.

조카(김시아)

시 자매의 둘째. 태어났을 때부터 남다른 발육과 외모로 많은 이들의 주목과 사랑을 받아왔다. 장군처럼 큰 목소리와 호통으로 집안의 무법자로 통한다. 낯을 많이 가리는 편이라 아직도 삼촌인 나를 경계한다. 그래서 하루에 몇 번 정도는 웃음을 보여주니 그나마 다행. 집안에 숨겨진 온갖 간식을 찾아다닌다. 둔한 것 같으면서도 누구보다도 눈치가 빠르고 영민하며 여우같이 행동을 한다. 어린 나이에도 자아가 강하고, 나무를 사랑하는 서열

3위. 집에선 툭하면 유나와 싸우면서도 어린이집에 가면 같이 잘 논다니 다행이다. 갈수록 언니 행세를 하여 유나를 챙기는 모습을 많이 보여주고 있다.

딸(김유나)
우리 집 막내. 징징이. 태어나기 몇 개월 전에 시아가 태어나는 바람에 4번이 되었다. 낯가림이 별로 없어 손님이 와도 가리지 않고 잘 가서 논다. 어린이집에서도 두루두루 잘 논단다. 조용하면서도 사고를 많이 친다. 비싼 로션을 다 쓴다든가, 비싼 엄마 립스틱을 몰래 다 쓴다든가. 나쁜 행동이라고 생각하는지 몰래 무엇인가를 할 때 인기척을 하면 화들짝 놀라곤 한다. 걷는 것도, 기저귀 가리는 것도 일찍 시작했는데 4살이 되어서야 쪽쪽이를 떼었다. 딸 가진 아빠의 기쁨을 온전하게 느낄 수 있게 해준 공주님. 이젠 아빠를 들었다 놨다 한다.


## 매일 겪는 스펙터클한 일상 _ 김지양

어른 6명, 아이 4명. 모두 10명이 함께 사는 사리현동의 하루하루는 한 편의 영화이며, 드라마이며, 시트콤이다. 아침 일찍부터 모두가 잠드는 시간까지 무궁무진한 이야기가 펼쳐진다.

우리가 아르헨티나에서 돌아와 짧은 적응기간이 끝나고, 직장생활도 다시 시작하며 더 많은 일들이 동시다발적으로 일어났다. 애들 넷이 복작거리며 노느라 저녁 시간이 엄청 빠르게 지나간다. 퇴근해 재울 때까지의 네 시간 정도를 함께하는 이 시간들을 언젠간 분명 그리워하겠지. 아이들은 너무 금방 크니까….

퇴근하면 전속력으로 달려오는 유준이의 웃음으로, 그리고 "유나는 아빠를 사랑해요" 하며 폭 안겨오는 둘째의 애교에 녹는다. 밥도 못

둘은 춤추고, 둘은 스티커놀이

고모부 놀이터. 여기가 편하고 좋은가 보다(위), 언제나 순식간에 난장판(아래)

먹게 하고 놀아달라고 진상이지만 아이들이 노는 모습을 보면 행복하기 그지없다. 이들에게 늘 든든한 아빠이고 싶다.

조카인 시유도 쑥스럽게 배시시 웃다가 내가 장난을 걸기 시작하면 "아이, 삼촌도 참!" 하고는 즐거워한다. 유치원에서도 "아르헨티나에서 숙모, 삼촌, 유준, 유나가 와서 매일 매일이 행복하다"고 얘기한다 한다. 아르헨티나에서 돌아온 뒤 나와 눈이 마주치기만 하면 기겁하며 울던 시아도 이젠 스스럼없이 다가와 뽀뽀를 해주기도 한다. 내가 두 아이의 아빠일 뿐만 아니라, 누나의 아이들에게 사랑받는 삼촌이란 존재가 되었음에 감사함을 느낀다.

우리 집 귀요미들 4인방. 싸웠다 놀다를 반복하는 시 자매(시유-시아)와 유유 남매(유준-유나)는 하루가 다르게 커간다. 함께 아프기도 하고, 서로 시기하기도 하며 자라는 녀석들을 보며 내 어린 시절을 떠올려본다. 지금이야 뭐든 좋게만 기억하고, 기억하고 싶은 것만 미화시켜서 기억하지만 아이들은 분명 나를 닮아 있다. 우리가 물려준 것이니 녀석들과 평생 서로 A/S하며 함께 살아가야겠다.

바라는 것이 있다면 그저 행복하고 건강하게만 자랐으면 싶다. 조금씩 적응해가며 서로의 영역과 위치를 알아가는 녀석들을 보며 하루하루의 삶에 감사하는 마음을 가져본다.

애들을 돌보랴, 집안일이며 소소한 일상을 살다보면 잊고 지내는 것이 너무 많다. 모든 것을 챙겨가며 살자니 그게 쉽지는 않다. 가족도, 사람도, 나 자신의 정체성도 잃지 않고 살아가는 것이 쉽지는 않지만 힘내 보련다. 나는 유유 남매의 아빠니까.

"이뤄지지 않을 꿈을 꾸고, 이룰 수 없는 사랑을 하라."

## 4인 4색 귀요미들

오랜만에 가족들의 컨디션이 제법 괜찮은 저녁. 우리네 삶은 항상 긍정과 부정의 양 갈래길 위에 서 있다. 긍정의 길을 밟아야지 하면서도 그러지 못할 때가 많다. 아이들도, 어른들도 함께 사는 우리 집에서 모두가 기분 좋은 날은 그 행복감이 몇 배는 되는 것 같다.

내가 유유 남매(유준-유나)와 아내, 이렇게 넷이서만 지낼 땐 아이들과 계속 좁은 공간에서 부딪혀야 해서 힘들 때가 많았다. 그리고 늘 아이의 모든 생활 모습이 시야에 들어와서 안 된다는 이야기를 할 때도, 혼을 낼 때도 많았다.

그런데 이제는 활동 공간도 넓어지고, 시 자매(시유-시아)와 넷이서 함께 놀다보니 자연스럽게 서로가 편해졌다. 저녁을 먹고 맥주가 당기면 누나와 어머니와 아내와 나, 넷이서 시원한 맥주를 마시기도 한다. 아이들이 있을 때 알코올 섭취는 자제하기는 하지만 어찌 맨날 그러겠는가. 맥주 한두 캔으로 나눠 마시는 아주 짧은 시간이었는데, 어느새 귀요미 넷(유유 남매와 시 자매)이 식탁에 나란하게 앉았다. 할머니가 쪄 놓은 고구마를 먹으며 옹기종기 모여서 같이 "짠!"을 하잔다. '짠'을 하고 물을 마시니까 더 맛있다나? 이 짧은 시간의 행복은 다시금 우리에게 힘이 나게 한다.

# PART 1

# 아르헨티나,
# 지구 반대편에서

_ 김지양

먼동이 밝아오는 아침 바닷가에서 사람들은 모두 한 방향을 바라본다. 수평선 너머 멀리 어둠을 밀어내며 떠오르는 해를 가슴에 품고 저마다의 세상을 꿈꾼다.

　　그 날 나는 우리나라의 거의 대척점對蹠點에 위치한 아르헨티나의 부에노스아이레스 라플라타 강변에서 멀리 남대서양을 바라보며 다시 한 번 우리 가족을 생각했다. 끝없이 펼쳐진 넓은 라플라타 강 너머로 무어 그리 할 말이 많은지 쉼 없이 발밑으로 기어오르는 파도에 그리운 얼굴들이 하나씩 나타났다 스러지곤 했다. 움켜쥔 모래가 내 의도와는 상관없이 손가락 사이로 흘러내리는 데도 어찌할 수 없는 마냥 너무나 멀리 떨어져 있기에 안타까움만 더해갈 뿐이다.

　　내가 생각하는 우리 가족은 10명이다. 먼저, 나를 따라 지금 아르헨티나에 와 있는 아내 대희와 아들 유준, 딸 유나가 있다. 그렇다면 우리 4명을 제외한 나머지 6명은 누구인가? 놀라지 마시라. 내 친누나

가족 4명과 부모님이 그들이다. 상식적으로 잘 납득이 가지 않을 테지만, 나뿐만 아니라 아내는 물론 누나네 가족도 분명 그렇게 생각할 것이다.

그것은 우리가 아르헨티나로 떠나오기 전까지 부모님과 누나네 가족과 한 지붕 아래에서 부대끼며 함께 생활했기 때문이다. 일반적으로 결혼한 아들이 부모님을 모시고 산다거나, 아니면 사위가 장인 장모님을 모시고 사는 경우는 드물게나마 볼 수 있겠지만, 아무리 부모님을 함께 모시고 산다지만 각각 결혼한 아들과 딸이 한 집에 따로 가정을 이루고 사는 경우는 생각하는 것만으로도 그 불편함과 어색함이 이루 말할 수 없다. 그런 측면에서 시어머니뿐만 아니라, 결혼한 시누이와 아주버님과도 현명하게 함께해온 아내에게 고맙고도 감사하다. 물론 그 분들의 희생과 인내, 배려에 힘입은 바가 크지만 말이다.

한 집에 10명이 살다보니 얼마나 많은 일들이 있었겠는가? 가끔은 혼자 편히 쉬고 싶기도 한데 마땅히 숨을 공간이 없었다. 그럼에도 행복했고, 세월이 흐르고 나면 그것 또한 추억이 되고 그리운 시간이 되겠지 하는 마음으로 하루하루를 살았다. 함께 기뻐하고 함께 슬퍼하며 삶을 공유하는 가족이 많다는 것은 늘 내게 힘을 주었다.

그런데 지금 나는 그들을 떠나 지구 반대편, 그것도 아르헨티나가 우리나라와 거의 대척점에 위치해 있으니 가장 먼 거리인데다 계절마저도 반대인 낯선 이곳에 떨어져 살고 있다. 이제 그 이야기를 해야겠다.

## 가족은 정하기 나름

"너 미쳤어! 제정신이야?"

결혼해 분가해 살던 아내와 나는 아들 유준이가 태어나자, 도저히 현실이 주는 육아의 무게를 감당할 수 없었다. 퇴근한 아내는 날마다 아이를 안고 눈물의 연속이었다. 그래서 선택한 것이 아내의 시월드 생활이었다. 특히 시부모님도 모자라 시누이 가족까지 함께 살아간다는 얘기에 아내 주변에서 많은 만류가 있었다.

"지금이라도 늦지 않았어. 같이 못 산다고 얘기해."

하지만 우리는 누나 가족과 함께 한 지붕 아래에서 살아보기로 결정했다. 이런 결정을 하기까지 당시 우리 가족이 얼마나 절실했는지 남들은 잘 모른다. 직장 근처에 얻은 우리 신혼집이 경매로 넘어가면서 아이를 그 집에서 단 하루도 재워보지 못하고, 멀리 떨어져 살던 아이 외할머니에게 맡겨야 했다. 아내가 직장이 있는 서울 은평구에서 경기도 용인의 친정집까지 눈물로 출퇴근해야 했던 길 위의 시간들은 이루 말할 수 없는 절실함을 안겨주었다.

결혼해 아파트에서 맞벌이로 신혼생활을 시작한 누나 역시 나의 첫 조카(시유) 때문에 고민이 컸다고 한다. 아이가 갓 태어났을 때부터 엄마의 도움을 받았던지라 직장에 복귀하게 됐을 때에도 육아라는 낯선 환경은 여전히 어려웠고, 엄마는 '당분간'이라는 전제를 깔고 아이를 따라 서울로 올라와 다시 돌봐줘야 했다. 시작은 있지만 끝이 보이지 않는 육아 현실에서 당분간은 하루하루 늘어만 갔다. 강원도 원주에 홀로 계시는 아버지 때문에라도 언제까지 그 생활을 해가며 희생해 주십사 할 수는 없었다. 결국 육아가 문제였던 것이다. 그래서 우리 남매는 함께 살 수 있는 집을 구하기로 했다.

가까운 곳은 모두 우리가 감당할 수 없을 만큼 비쌌기에 당시 살고 있던 서울 은평구에서 조금 밀려나 구파발을 지나 삼송을 지나 경기도 고양시 관산동에 터를 잡게 되었다. 아내 역시 아이와 함께 살 수 있다는 그 간절함에 앞뒤 잴 생각 없이 시누이 가족과의 삶에 오케이 사인을 날렸던 것이다.

우리 남매가 처한 어려운 형편에 마음만 아파하시던 부모님께서도 우리의 제안에 두 말 않으시고 기꺼이 강원도 원주 생활을 정리하시고 함께 해주셨다. 그렇게 시작한 관산동에서의 전원주택 삶은 아이들에게는 축복 그 자체였다. 덕분에 누나네 딸 시유와 우리 아들 유준이는 어렸을 때부터 친남매처럼 자랐다. 할머니 할아버지의 정을 듬뿍 받으면서. 그것만으로도 우리 가족은 행복했다.

그리고 양쪽 집 엄마의 뱃속에 앞서거니 뒤서거니 들어선 둘째아이들. 하지만 나는 둘째가 태어난 기쁨을 느낄 겨를 없이 곧바로 아르헨티나의 한국학교 파견교사로 나가게 되었다. 외국의 한국학교 근무를 꿈꿔오던 나는 처음에 모스크바 한국학교에 지원했다가 탈락의 쓴 맛을 봤었기에 별 기대를 하지 않고 다시 아르헨티나 한국학교에 지원했고, 덜컥 합격한 것이다. 아내는 만삭인데….

아직 나올 때가 안 된 아내 뱃속의 아이는 양수가 부족해서인지 잘 크지 않았고, 산부인과 의사는 유도분만을 하는 것이 좋겠다고 했다. 내가 아르헨티나로 출국하기 나흘 전 유도분만을 시작해 이틀 만에 우리 둘째 유나가 세상으로 나왔다. 그로부터 사흘 후, 산후조리원에 아내와 핏덩이 딸을 남겨두고 나는 아르헨티나로 떠나야 했다.

## 아이들의 천국

우리 교민 2~3만 명이 지구 반대편 아르헨티나에 산다고 하면 다들 놀랄 것이다. 김치는 물론 요즘 한국에서도 잘 안 하는 고추장, 간장을 직접 만들어 먹으면서 산다고 하면 믿을까? 아르헨티나 한국학교의 아이들은 이민 2~3세대의 아이들이다. 초등학생 130여 명, 유치원생 130여 명이 함께 생활한다. 이들이 한국문화를 잊지 않고 한국말을 배우면서 산다는 것이 고맙기만 하다. 3개 국어(스페인어, 영어, 한국어) 사이에서 겪는 의사소통의 어려움에 당면한 그들에게 나는 한국학교 교사로서 한국말과 함께 한국의 문화를 잘 이해할 수 있게 하려는 노력을 해야 했다.

낯선 타국 아르헨티나에 홀로 도착한 나는 가족에 대한 그리움도 젖혀두고 정신없이 적응하던 중 한국학교에 5명의 교사가 더 필요하다는 소식을 들었고, 어차피 올 계획이라면 아내도 같이 근무하면 좋겠다는 생각이 들었다. 그래서 아내도 출산휴가 중에 파견 준비를 했고, 하늘이 도우셨는지 우리 부부에게 함께 근무할 수 있는 기회가 주어졌다.

아내는 갓 백일이 지난 갓난쟁이와 두 돌 지난 아들과 온 가족이 생활할 짐을 잔뜩 싸가지고 아르헨티나행 비행기에 몸을 실었다. 혼자 두 아이를 데리고 30시간이 넘게 이동하는 비행기를 탈 수가 없기에 장모님이 동행했다. 두 번의 경유, 34시간의 비행이 기적처럼 지나갔고, 평생 도착하지 못할 것 같았던 아르헨티나 땅에 비행기 바퀴가 닿으며 두두두두… 착륙하는 순간, 마치 해피엔딩 드라마 주인공이 된 기분이었다고 아내는 말했다.

하지만 아홉 개의 이민가방에 아이는 둘 있었다. 하나는 슬링으로 매달고, 하나는 유모차에 태우고, 장모님은 이민가방을 실은 카트 두 대를 번갈아 끌고…. 난민도 그런 난민이 없었다. 입국장에서 아내와 아이들을 110일 만에 만난 나는 이 모습에 경악을 금치 못했다.

훗날 아내가 회상하며 내게 이렇게 말해주었다. 그 아수라장이었던 입국장에 들어서기 전, 아이가 둘 있다고 사람들이 너나할 것 없이 자기 차례를 양보해주었다고 한다.

"모세가 물길을 가르는 것처럼 사람들이 길을 비켜줬어요. 그리고 빠른 길fast track을 알려주었어요. 그래서 빨리 나올 수 있었던 거예요."

그것이 우리가 아르헨티나에서 받은 첫 번째 호의였다. 나중에 안 사실이지만 호의의 이유는 간단했다. 아이가 있으니까. 아르헨티나는 아이들을 사랑하는 나라이다. 어디를 가나 어린 아이들이 있으면 대부분의 사람들이 아는 척을 한다. 그리고 이름을 물어봐주고 친절하게 인사해준다. 아이가 둘 있는 우리에겐 천국 같은 나라였다.

그렇게 우리는 아이를 앞세워 아르헨티노들의 호의를 받으며 지내기 시작했다. 버스를 탈 때에도 늘 먼저 탔고, 지하철에 타서도 늘 자리에 앉았고, 식당에서 기다릴 때도 늘 양보를 받았다. 우리가 요구한 적은 한 번도 없었다. 늘 누군가는 먼저 손짓으로, 몸짓으로, 눈짓으로 우리를 불렀다.

아르헨티나 한국학교에서 우리 네 식구는 전에 초빙교사로 근무하던 선생님들의 집을 이어받아 생활했다. 방 두 칸에 넓은 거실이 있는 그 집은 우리가 생활하기에 안성맞춤이었다. 학교까지는 걸어서 15분, 어린 유준이의 손을 잡고 등교하더라도 30분이 걸리지 않는 거리였다. 같이 출근하며 보았던 부에노스아이레스의 맑은 하늘, 시간마다 바뀌는 가로수의 그림자, 퇴근길에 보았던 끝내주는 석양까지 우리가 걷던 아삼블레아 길은 또 다른 축복이었다.

집 앞에는 차카부코 공원이 널찍하게 자리하고 있어 언제든 둘레둘레 산책을 나갈 수도 있었다. 아내가 제일 마음에 들어 했던 부분은 금요일과 일요일에 '페리야'라고 하는 요일장이 선다는 것이었다. 이 날에는 아침부터 로컬 푸드트럭이 줄지어 있어 치즈며 과일, 야채, 고기, 계란은 물론 각종 수공예품까지 손쉽게 구할 수 있었다. 아내는 장을 보며 스페인어를 터득해가기 시작했다.

공원에는 놀이터도 네 군데 있었다. 하루가 멀다 하고 사람들은 삼삼오오 모여 북을 치거나 노래를 부르고 춤을 추며 축제를 벌였는데, 술을 먹고 돌아다니는 사람은 한 번도 보지 못했다. 그 소리가 우리 집에서 어찌나 잘 들리던지, 아이들이 낮잠을 자지 못하는 날도 있었다.

어린 아이를 데리고 다니면서 우리는 한 번도 강도를 당한 적이 없었다. 치안이 안 좋기로 소문난 아베쟈네다, 까라보보 길 근처에서도 말이다. 여자와 아이들은 보호받고 배려 받아야 할 존재였다. 심지어 노인에게까지 말이다. 나이 지긋하신 할아버지께서 자리를 양보해주실 때는 얼굴이 붉어질 정도로 멋쩍어지기도 했다.

지나가면서 우리 아이들을 보고 참 예쁘다, 몇 살이냐, 유치원은 다니냐 하며 꼭 한 마디씩은 해주었고, 얼굴을 쓰다듬거나 머리를 만지거나, 뽀뽀를 하거나 하는 이들의 스킨십은 자유분방했다. 그러나 그것이 도를 넘는 것 같이 느껴진 적은 없었다. 자기의 자녀들한테 수시로 뽀뽀를 하고, 안아주고, 온갖 찬사를 베푸는 모습을 보며 우리도 조금씩 그들처럼 사랑을 표현하기 시작했다.

해질녘이면 집 앞 공원에는 늘 가족 단위의 사람들이 나와 있었고, 주말에는 붐비기까지 했다. 집집마다 간이의자며 돗자리를 가지고 나와 보온병을 옆에 두고 마테차를 한 손에 들고 담소를 나누는 가족들, 아이들은 근처에서 놀고 있고…. 아름다운 풍경이었다. 이들은 여가시간을 저렇게 보내는구나. 누군가와 함께, 대화를 나누면서 말이다.

누군가 내게 아르헨티나에서 가장 값진 시간이 무엇이었느냐고 묻는다면 주저 없이 우리의 여가시간을 아이들에게만 전념했노라고 대답할 것이다. 회식도, 동창회도, 취미생활도 없는, 아르헨티나의 나이트 라이프도 즐기지 못한, 어쩌면 삭막할 수도 있는 생활이었지만 말이다. 늘 우리 부부는 두 아이들과 함께였다.

우리는 아르헨티나에서 좋은 사람들도 많이 만났다. 어린 유나를 봐준 베이비시터 미르따는 우리에게 또 다른 가족이나 다름없었고, 아이들이 아파트 현관에서 매일 마주치던 경비원아저씨 까를로스, 다니엘, 호세는 "Hola(올라), amigo(아미고)!" 하면서 늘 친절한 인사를 건넸다. 평생 함께하고픈 마르띤 형은 차가 없는 우리를 태우고 다니며 좋은 곳들을 소개해 주었다.

### 집으로 가는 먼 길

그렇게 우리는 아르헨티나에서 좋은 추억들이 쌓이고, 또 인생에서 다시 해보지 못할 많은 여행 경험을 했다. 그럼에도 불구하고 한국으로 돌아가야 할 이유가 있다면 한국에 있는 가족 때문이었다. 여가시간은 꼭 가족들과 함께 보내며 행복하게 살아가는 아르헨티노들의 모습을 보면서 문득문득 우리도 한국으로 돌아가서 그들처럼 살고 싶다는 생각이 들었다. 어쩌면 요즘 보기 힘든 대가족이 함께 살아가는 삶을 선택한 우리 가족이기에 더 한국 생활을 그리워했던 것 같다.

특히 유유 남매(유준-유나)가 다른 가족들 없이 부모만을 보면서 크는 것에 미안한 마음이 들기도 했다. 한국에 계신 양가 부모님들과 화상통화를 수시로 했지만 아이들은 할머니 할아버지 냄새를 잊어 가고 있었다. "할머니! 하부지!" 하면서 인사를 하고는 화면 속 할머니 할아버지 모습을 뒤로 하고 사라지는 날이 많아졌다. 그런 아이들을 위해서라도 한국에 돌아가야 할 것 같았다. 더 늦기 전에 우리 아이들에게 할머니, 할아버지, 고모, 삼촌 등 다양한 가족들과 함께 어울리며 살아가는 삶을 주고 싶었다. 그래서 우린 아쉬움을 뒤로 하고 한국행을 결정했다.

우리가 아르헨티나에 가 있는 동안 관산동 가족에게 엄청난 일이 있었다는 이야기를 하지 않을 수 없다. 관산동 집은 전세로 살았었는데, 집주인의 사정으로 다툼이 끊이지 않다가 급기야는 공권력의 도움에 힘입어 전세금을 다 받고 나올 수 있었다고 한다. 그 과정 중에 가족들이 엄청 고생을 했고, 특히 상식 이하의 집주인을 직접 상대해 우리의 귀중한 돈을 고스란히 지켜낸 누나에게 박수를 보낸다. 게다가 새로 집을 구하고, 또 우리 대가족이 살기에 적합하도록 리모델링까지 도맡아 한 누나의 힘의 원천은 결국 함께하는 가족이라는 생각이다.

사랑하는 그 가족이 지금 사리현동에 보금자리를 만들어 놓고 우리 가족을 기다리고 있었다.

이제 우리 가족 10명이 경기도 고양시 사리현동의 한 지붕 아래에서 함께 살아가는 이야기를 시작하고자 한다.

# PART 2

# 사리현동 대가족의
# 내 집 마련

_ 김성희

우리의 첫 전원생활이었던 관산동에서의 행복했던 날들. 늘 행복하기만 할 것 같던 평화로운 생활에 먹구름이 몰려왔다. 말로만 듣던 세입자의 설움이랄까? 집주인의 문제로 인해 우리 가족이 전세 들어 살던 보금자리가 흔들리고 있었다. 집주인의 갑질로 인해 다시 말로 옮기기도 싫을 정도의 아픈 경험을 했다. 결국 변호사를 통해서 일이 해결되었다.

끝이 보이지 않을 것 같던 일이 그나마 잘 해결되면서, 단 5일의 시간이 내게 주어졌다. 즉 집주인 여자는 우리에게 5일 내로 나가라고 통보했다. 부모님과 어린아이 둘 그리고 우리 부부, 지금 아르헨티나에 가 있지만 곧 돌아올 동생네 식구 넷을 보태 총 10명의 가족이 살 집을 단 5일 만에 마련해야 했다.

나는 긍정적이며 진취적인 사람이라고 생각한다. 지금까지 그랬고, 현재도 그렇고, 앞으로도 그럴 것이다. 그런데 그때의 그 막막한 상황을 헤쳐 나가기에는 긍정이고 뭐고 다 내다버리고 싶었고, 현실에서 벗어나고 싶었다. 아들 3형제의 막내로 편하게 혼자 살다 35살 늦은 나이에 결혼을 한 뒤에도 약 6년의 시간을 아내에게 의지하며 산 남편에게 지울 수 있는 짐도 아니었고, 나이 드신 부모님께 의지할 수도, 멀리 있는 동생네에게 죽는 소리를 한다고 해결될 사안이 아니었다.

## 긍정은 힘이 세다

이 이야기를 하려면 부연 설명이 있어야 할 것 같다. 시작 시점은 모호하나 우리가 살고 있는 전원주택 전셋집에 문제가 생겼다. 이 집으로 전세 들어오려고 계약을 할 때만 해도 주인여자는 사람 좋은 이였다. 우리에게 돈 많이 벌어 이 집을 사라는 덕담은 물론 남편의 인상이 좋아 앞으로 잘 될 것 같다며 긍정의 힘을 주던 집주인이었는데, 180도 변했다.

"시유 엄마! 미안한데 급한 일이 있어서 그러는데 시간 좀 내줄래요?"

어느 날 퇴근하고 첫째아이와 함께 집에서 쉬고 있는데 주인여자의 전화가 걸려왔고, 집 가까운 커피숍에서 보자고 했다. 일단 시간 약속은 했는데, 그때 이상하게 몸이 불편해서 남편에게 대신 나가달라고 부탁했다. 혹시 몰라 모든 상황에 현명하게 대처하는 장모님을 모시고 남편은 약속 장소에 나갔다. 정말 늦은 시각까지 있다 돌아온 엄마와 남편의 얼굴은 종잡을 수 없는 표정, 즉 조금은 상심한 황당한 심각한 표정이었다.

내용은 이러했다. 주인여자는 남편과 이혼 위기에 놓여 있고, 딸아이가 임신을 해서 결혼을 해야 하는데 급하게 돈이 필요하기에 이 집을 살 수 있냐는 거였다. 문제는 제시한 집값이 터무니없는 액수였고, 이 집의 가치와 맞춰봐서도 적정선은 아니라 판단되었다. 무엇보다 금액 자체가 우리가 감당할 수 있는 단위가 아니었다.

당연히 그럴 수 없다는 의사를 밝혔고, 그 순간부터 주인여자와 감정이 좋지 않게 흘러갔다. 며칠 뒤에는 우리가 집을 구입할 수 없는 상황을 알겠으니 당장 전세금을 7천만원 올려달라고 했다. 더 황당한 부분은 해당 금액 부분을 전세계약서를 통해 정정하는 게 아니라, 7천만원의 차용증을 써준다는 이야기였다.

이건 뭐 너무 어이없는 요구였다. 헌데 마음씨 좋은 남편은 그럼 마누라와 의논해보고 연락을 드린다는 뜨뜻미지근한 말로 순간을 모면했고, 결국 내가 나서서 상황을 수습해야 했다. 나는 7천만원의 차용증으로 전세금을 올려줄 수 없다는 의사를 명확하게 전했다. 지금 와서 생각해보면, 얼토당토않은 조건임은 생각지 않고 주인여자는 우리에게 두 번이나 기회를 주었는데도 거절했다고 생각했던 것 같다. 어느 땐가부터 주인여자의 태도는 완전히 바뀌었고 "시유아빠, 그렇게 안 봤는데 어쩜 사람 상황을 이렇게 매몰차게 모르는 척 하느냐, 이래서 내가 전세를 안 놓으려고 했다. 직장도 다니는데 대출 받을 수 있는 것 아니냐"며 대출을 받아서라도 7천만원을 내놓으라고 우기기까지 했다.

7천만원이라는 큰돈이 금방 어디서 뚝딱 나올 수 있는 것도 아니고, 여하튼 별 황당한 경우가 다 있구나 생각했지만 어떻게 이 상황을 받아들여야 할지 난감했다. 주인여자는 자신의 힘든 상황을 설명하면서 계속 대출 쪽으로 나를 설득하려 했다. 심지어는 자신이 남편과 사이가 안 좋아지면서 이 집으로 인해 문제가 많다는 식으로 끊임없이 신세한탄을 했는데, 사실 난 그런 이야기까지는 알고 싶지도 않았다.

마음은 아팠지만, 계속 나에게 달라붙어 호소함이 너무 불편했다. 그런데 하루 이틀 시간이 지나도 나의 대답은 똑 같았고, 주인여자는 원하는 답변을 얻지 못하자 돌변해 급기야는 장문의 문자를 보내 나를 파렴치한으로 몰고 갔다. 정말 황당했다. 나중에는 남편의 학교에 가서 행패를 부릴 태세였다. 우리 신랑은 당당하게 그리 하시라고 했다.

주인여자에게 우리는 본인이 힘든 상황에서 손을 내밀었는데 그걸 뿌리친 사람으로밖에 비춰지지 않았던 모양이다. 도저히 주인여자와 대화로 해결할 수 없다 생각되어 그녀의 남편에게 따로 연락을 취했다. 집주인 남자는 이런 상황을 전혀 모르고 있었다. 이건 말이 안 되는 일이니 그냥 무시해도 된다고, 전세 기간을 채워서 나가라고 우리를 안심시켰다. 우리는 그 통화 이후 한동안은 이 사건에서 비켜서서 아무 일도 없었던 것처럼 지낼 수 있었다.

하지만 이 일로 인해서 난 속앓이를 참 많이도 했다. 괜히 가족을 다 모아 전원주택살이를 한다고 해서 고생만 시키게 된 건 아닌가 하는 생각 때문에 밤잠 못 자며 마음 아파했다. 게다가 오래된 주택이라

수시로 이곳저곳 고장이 났지만 집주인과의 껄끄러운 감정 상태에서 연락을 취해 그런 상황을 알린다는 것이 여간 불편하지 않았다. 그런데 어느 순간부터 주인여자는 물론 남편 쪽과도 연락이 잘 안 되었고, 한 달이 지나서 외국이었다는 문자 답이 오기도 했다. 서로 감정의 골이 깊어질 대로 깊어진 집주인 내외는 이 집에는 아예 관심도 없었고, 당연히 우리 전화는 매우 귀찮은 존재였다고 보면 되겠다.

또 다른 문제는 사이가 좋지 못한 집주인 내외가 집을 처분하는 과정에서 혹시 경매에라도 넘어간다면 이 집을 담보로 꽤 많은 돈을 은행에서 빌린 상태였기 때문에 2순위인 우리는 위험해질 수도 있다는 사실이었다. 우리는 긴장의 끈을 늦출 수 없었다. 시간이 흐를수록 두려움이 커져갔고, 전세기간 2년을 기다려주기에는 도저히 위험해서 안 되겠다 생각한 나는 연락이 안 되는 집주인에게 내용증명서를 보내 전세금을 회수하고 나가겠다는 의사를 밝혔다.

이후 집주인은 입에 담기 힘든 폭언과 감정이 격하게 오른 표현들로 문자를 보내고 카톡도 보내면서 우리를 힘들게 했고, 심지어 전화를 해서 욕설을 퍼붓기도 했다. 어느 날엔가 운전을 하다 스피커폰으로 전화를 받았는데 집주인 남자가 여성 비하 욕설을 쏟아냈다. 옆자리에 타고 있던 남편이 얼마나 놀랐던지… 혼자 고군분투했던 나를 그때 불쌍하게 쳐다봤던 걸로 기억된다.

사실 우리의 전 재산이나 다름없는 전세금 3억원을 잃어버리고 식구들이 다 길거리로 나앉게 되지나 않을까 걱정이었지만, 내가 제일 걱정되는 부분은 혹시라도 모를 우리 아이들을 향한 해코지 우려였다. 다툼이 있는 동안 엄마는 혼자 집에 있는 것도 무서워하셨다.

이 상황은 거의 1년의 시간 동안 잠잠했다 불거졌다 계속되었던 것 같다. 그렇게 시간이 흘렀고, 12월 어느 추운 겨울날 집주인이 전화를 걸어와, 5일 뒤에 전세금을 내줄 테니 그 날 짐을 빼라고 통보했다.

그냥 멍…. 현실을 부정하고 싶었지만, 그럴 수도 없는 상황이 온 것이다. 이제 우리의 소중한 전 재산을 안전하게 되찾기 위해 다시 소송을 한다거나 집주인의 나쁜 행동을 탓하며 언쟁을 하는데 시간을 허비할 필요가 없다고 판단했다. 일단 집부터 찾아야 했다.

그리고 결정을 해야 했다. 머릿속에서는 '전원주택 전세살이를 더 한다, 혹은 대출받아 내 집을 마련한다' 사이를 수백 번도 더 오갔고, 몸은 주변 부동산중개소를 닥치는 대로 알아보기 시작했다. 새로 구할 집은 돈벌이를 하는 네 명(나, 남편, 동생, 올케)의 근무지 접근성도 고려해야 했고, 아이들의 환경이 지금과 너무 많이 벗어나서도 안 되었다. 20군데 넘는 부동산중개소에 전화를 넣어 놓았고, 가까운 곳은 직접 찾아가서 정확하게 우리가 필요한 정보와 함께 부탁을 드려놓았다.

연락 오는 곳은 일단 직접 가서 봤다. 그 와중에도 집주인과의 끊임 없는 신경전이 이어졌다. 5일 만에 집을 나가라고 한 집주인에게 어떻게 그럴 수 있냐고 한 번도 따지지 않았다. 나갈 준비를 하겠으니 전세금 반환을 요청한 일자에 정확하게 해줄 것만 당부해두었다. 혹시 모를 상황을 대비해서 변호사인 큰아주버님을 통해서 문의하고 같이 준비했다. 어느 하나도 소홀히 할 수 없었다.

이때를 생각해보면 당시 회사 사장님과 동료들이 큰 도움을 주었다. 나의 힘든 상황을 이해해주고, 같이 고민해주었고, 함께 해주었다. 모두가 내 일처럼 걱정해주고 조언해준 덕분에 말도 안 되는 시간 내에 문제를 해결할 수 있었을 거라 생각한다.

우리가 가진 돈은 한정적이었고, 전세살이 2년 사이에 집값은 천정부지로 올라 있는 현실에 또 다시 상처 입었지만 앉아 슬퍼할 시간도 사치였다. 그래도 하늘이 우리 가족을 저버리지 않았는지 주말에 부동산중개소 한 곳에서 연락이 왔다. 지금의 집과 그다지 멀지 않은 곳에 우리 가족이 함께 하기에 적합한 집을 발견했다는 것이다.

## 세상에서 가장 특별한 기분

지금 우리가 살고 있는 행복한 보금자리가 바로 이때 만난 집이다. 이 집을 처음 방문했을 때는 아주 추운 겨울날이었는데 햇살이 참 잘 들어오고, 아이들이 뛰어놀 작지만 잔디밭도 있고, 주차 공간도 있었다. 엄마와 함께 그 집을 방문해 현관문을 열고 들어섰는데 우리는 약속이나 한듯 서로 마주보며 웃을 수 있었다. 한 마음으로 이 집이구나 했던 것 같다. 집마다 다 주인이 있다더니, 이 집은 우리가 주인이 되겠구나 하는 생각이 딱 스쳐 지나갔던 것 같다. 그렇게 우리 집을 마련하게 되었다.

참 일이란 게 한 번 꼬이기 시작하면 그렇게 꼬이기만 하더니, 하나씩 풀리기 시작하니 또 그렇게 쉽게 풀리는 모양이다. 집주인과 감정의 골이 깊어질 만큼 깊어지면서 소송까지 갈 수도 있고 또 많은 돈을 잃을 수도 있는 전세금 문제는 이사 당일에 다 해결되었고, 나는 우여곡절 끝에 전 재산을 잘 챙겨서 이사할 수 있었다.

이사하는 당일은 얼마나 춥던지, 아이들 둘 데리고 부모님과 함께 남편도 없이 5톤 트럭 두 대가 넘는 짐을 꾸려 싣고 제3금융인지 어딘지 이름 모를 금융회사에서 전세금을 회수 받았다. 집주인은 제3금융의 대출을 냈나 보다. 돈이 내 통장에 들어올 때까지 난 맘 졸이며 예민했었던 것 같다. 지금 생각해도 이때 내가 이 모든 상황을 감정적으로 대처하지 않고 차분하게 처리했음을 정말 잘 했었다고 생각한다. 심하게 욕하고 몹쓸 말들을 한 집주인의 횡포에 감정 상해서 똑같이 대응했다면 아마 우리 가족은 아직도 이 문제를 해결하지 못한 채 어쩌면 전 재산을 지키지 못했을 수도 있었을 거다. 신이 우리를 저버리지 않음에 지금도 감사하고, 앞으로도 감사한 마음을 잊지 않아야 한다고 생각한다.

나는 집을 구입하고 나서도 마음 편히 쉴 여유가 없었다. 이제 우리 가족이 살기에 적합하게 리모델링을 해야 했다. 20년이 지난 주택이라 골조만 두고 정말 싹 다 바꿨다. 일단 이삿짐은 보관업체에 맡기고, 가족들은 경기도 김포에 있는 작은아버지 댁에 머물렀다. 먼 거리의 출퇴근은 문제도 아니었다. 엄마는 매일 그 먼 거리를 운전해 아이들을 다니던 어린이집에 보내고, 리모델링 현장에서 추위와 먼지와 싸우며 나와 실시간 소통했다. 리모델링을 해본 이들은 공감이 될 테지만 주택 리모델링은 정말 하나하나 손 갈 데가 많고, 골조만 두고 다 바꾸는 작업이라 작은 것 하나 놓칠 수 없었다.

어려움도 컸지만 처음 구입한 집이라 더 애정이 갔을 터이다. 명품 백을 생애 처음 구입한 여자가 애지중지 들고 다니고 집에 와서는 소중한 파우치에 넣어 보관하는 것처럼 나도 이 집을 그렇게 애지중지 여기며 작업했었다. 주방에서 오랜 시간 보내는 엄마를 위한 주방 인테리어, 건담 프라모델을 사랑하는 남편의 공간, 아르헨티나 동생네가 돌아왔을 때의 안락한 공간뿐만 아니라 작은 소품들도 신경 써서 준비했다.

그렇게 15일 정도 바짝 붙어 리모델링을 하고, 우리 가족은 드디어 진짜 우리 집에 왔다. 마음의 안정. 누가 뭐라 해도 우리 식구들이 행복하게 지낼 수 있는 보금자리가 있다는 것. 그것은 이루 말할 수 없는 감동이었다.

# PART 3

# 결혼은
# 아무나 하는 것이 아니다

# 시작의 시작

_ 류대희

워킹맘으로 이 큰 집에서 별 걱정 없이 살고 있는 서른넷의 나. 나는 두 아이의 엄마이자, 학생들의 학교 엄마이자, 철 없는 이 집의 둘째 딸이다. 남들이 보면 '딸 같은 소리 하고 있네, 누가 봐도 며느리지'라고 하겠지만, 이 집에서 내가 하고 있는 행동을 보면 누가 봐도 딸인 줄 안다.

그렇게 맘 편히 살게 된 것은 축복이고 행운이며, 감사할 일이다. 하지만 다들 예상하고 기대하는 것처럼 매 순간이 기쁨은 아니었다. 이런 대가족이 전원주택에 모여 오늘 하루를 살아내기까지 우리는 각자 참 많은 눈물을 흘렸다.

특히 아이 둘을 낳고 내가 그렇게 많이 울 줄은 결혼할 때만 해도 상상을 못했다. 아이를 키울 집이 없어 울고, 임신과 출산 후유증으로 피부가 뒤집어져서 울고, 잠을 못 자서 울고, 돌잔치 때 머리를 못 해서 울고, 남편이 지구 반대편으로 떠나서 울고, 모유가 안 나와서 울고, 아이를 혼내고 나서 울고, 형님과 둘이 술 마시다 울고…. 그리고 그 때에는 몇 년 뒤 이렇게 축복과 행운 운운하며 마음 편한 소리를 하게 될 줄도 상상을 못했다.

이게 어떻게 된 일인지 결혼 전의 삶을 잠시 떠올려 보려고 잠시 사색에 잠겨본다. 화려한 나의 과거 따윈 없다. 솔직히 지금의 남편과 아가씨로 연애 2년, 아줌마로 결혼생활 6년을 하고 나니 다소 객관성이 떨어지는 몇 가지 일들만 단편적으로 생각날 뿐이다. 그저 아름답게 포장된….

캠퍼스 커플인 우리 부부는 대학생 때는 서로 다른 곳을 봤었다. 야외에선 늘 사진기를 끼고 다니고, 암실에서 현상과 인화 작업에 몰입했던 나와는 달리, 같은 사진동아리에 있으면서도 남편은 동아리실에서 본 기억이 별로 없다. 지금 와선 학생회장이라 바빴다고 핑계를 댄다. 무늬만 사진동아리이고, 출사出寫 뒤풀이 술자리 때만 나타나는 그였다.

졸업 후 교직생활을 하며 교사 스노보드 동호회 시즌방에서 다시 만난 그는 여전히 밝고 해맑았다. 특유의 너털웃음이 참 매력 있고, 어딘지 애교스러운 부분도 있었다. 집에서는 믿음직스럽고 과묵한 남동생이자 아들의 이미지인 남편이 그 때는 참 그랬다. 그때도 난 '뒷발 차지 않는' 올바른 보딩 자세와 슬로프에 찍히는 예쁜 카빙 자국에 몰두해 있었던 반면, 남편은 뜨신 방바닥에 드러누워 있다가 어둑어둑해지면 술자리 갖는 걸 좋아했던 기억. 사람이란 이렇게 한결같다.

그래서 어쩌다 슬로프에 그의 연두색 보드복이 보이면 '어라? 웬일이지?' 하면서 눈여겨보게 되었고, 우연히 만나면 그 뒤를 졸졸 따라다니며 똑같은 자세로 라이딩을 해보기도 하고, 이후로는 그 연두색이나를 좀 설레게 했었다. 술만 마시는 줄 알았던 그의 보딩 자세가 생각보다 바르고 정직했던 것은 대반전이었다.

나는 죽을 둥 살 둥 도서관에 처박혀 공부해 임용고사에 높은 등수로 합격했지만, 알고 보니 그는 4학년 때에도 늘 술만 마시고 다니다임용고사는 뒤에서 문 닫고 들어온 등수였다고 한다. 그것도 늘 특유의너털웃음을 지으며 자랑하듯 말했다. 그는 노력파인 나와 달리 여유파이자 '닥치면 하지'파이며, 하늘의 귀여움을 받는 운 좋은 남자였다.

어쨌든 지금 뚜렷하게 기억에 남는 건 강원도 스키장에서 서울 강남가는 버스를 함께 타게 되었을 때 무지하게 좋았고, "밤에 산책할 사람?" 하고 술 깰 겸 빈 슬로프에 나가자 했을 때 가슴이 미친 듯이 뛰었고, 한 게스트가 시즌방에 와서 나에게 치근덕댔을 때 "에이, 형, 왜이래요?" 하면서 나를 방으로 데려가 안심시키며 폭 안아준 채로 누워잠든 그의 품에서 나는 잠을 전혀 이루지 못했다는 것이다.

내가 운 좋게도 스노보드 교사연수 강사로 용평에 가게 되었을 때,그도 함께여서 무척 기뻤다. 시설이나 일정 등 모르는 부분이 많아그를 열심히 따라다녔다. 아는 것도 일부러 모른 척하며….

꿈같은 시즌방 생활 후 교육청 영어 캠프 강사로 차출되어 방학 중에도 날마다 일해야 했던 날들 가운데 문득 생각났다는 듯 나는 그에게 먼저 문자를 보냈고, 그도 살갑게 답장을 주었다.

그런 날들이 계속된 후 우리는 처음이자 마지막으로 밤에 한 시간이 넘도록 통화를 했다. 대체 무슨 얘길 했는지 기억조차 나지 않는다. 그러나 연애시작과 동시에 우리는 단 한 번도 그리 오랜 시간 통화를 하지 않았다. 그는 그런 걸 전혀 안 좋아하는 남자였단 걸 깨달았다는 것도 반전이었다.

하루는 영어 캠프 일과 신규교사로서의 고충이 있었는지 내가 힘들단 기색을 내비치며 '치맥'이 당긴다 하니 그는 단숨에 당시 내가 살던 양재동으로 와주었다. 그리고 "가슴 뛰는 일이 뭐예요?"라고 서로 물어보며, 그의 고백을 끌어내는데 성공하였다. 그 때 세상에는 우리 둘 밖에 없는 것 같았다.

그렇게 우리의 시작이, 시작되었다.


### 가슴 뛰게 하는 일 _ 김지양

지금으로부터 1년 전, 결혼 6년차. 만 5주년을 앞두고 나는 문득 우리의 삶을 한 번 정리해보면 어떨까 하는 생각을 해보았다. 그동안 우리 부부는 많은 여행을 하며 다양한 이야기를 나누었다.

기록으로 남긴다는 건 쉬운 일이 아니다. 글을 잘 못 쓰는 것이 창피하다기보다는, 기록을 한다는 건 많은 노력과 그만큼의 삶에 대한 성찰이 필요하기 때문이다. 내게 삶을 바라보는 성찰의 깊이는 부족할지언정 그래도 시작해보기로 했다. 나중에 우리 아이들에게 엄마 아빠의 삶을 이야기해주고 싶기도 하고, 이 과정에서 나 또한 더욱 성숙해지지 않을까 하는 생각에서였다.

이와 더불어 가족들이 함께 살아가는 이야기는 우리 가족이 함께 살아가야 할 이유에 대해서 생각해볼 수 있게 해주는 계기가 될 것이다. 아르헨티나에 있는 동안 페루를 여행하면서 나스카 유적지를 돌아보는 경비행기를 타며 생각했다.

'역사란 기록으로부터 시작된다. 기록이란 이렇게 중요한 거구나. 그 흔적을 따라서 역사가 이루어지고, 오늘 우리의 삶이 이어지는구나.'

우리 부부는 아이들에게, 그리고 각자 자신에게 삶의 기록을 남겨주기로 결심했다. 결혼 전 연애시절부터 신혼 초, 그리고 두 아이를 낳고 키우는 지금까지의 기록을 다소 두서없이 써봐야지, 기회가 된다면 책으로 엮어 우리의 소중한 추억을 남기고 싶다. 어쩌면 추억들이 우리에게 삶의 방향을 이끌어주지 않을까 하는 생각이었다.

아내와 나는 대학교 사진동아리 선후배 사이다. 내가 3학년 때 그녀는 1학년. 아무리 떠올려 봐도 대학 때 그녀와 내가 쌓은 추억은 별로 없는 것 같다. 다 같이 어울리는 자리에서 본 기억밖에 없다. 착하게 보이는 여자 후배가 인사를 예쁘게 잘한다는 기억 정도일까. 꼬박꼬박 높임말을 썼던 후배가 어느새 지금은 내 두 아이의 엄마가 되어 있으니 세월이 참 빠르게 느껴지기도 한다.

대학을 졸업하고, 나는 입대했다. 군대를 다녀온 남자는 다 알겠지만 입대를 하게 되면 효자가 되고, 보고 싶지 않던 친지가 보고 싶고,

친구들은 물론 선후배 모두가 보고 싶어진다. 그래서 휴가 나와서도 남들이 그렇게들 싫어하는데 눈치 없이 동아리 MT도 따라가고, 여기저기 낄 데가 없나 찾곤 한다. 그런 이유로 그녀를 두어 번 정도 더 만났었던가?

제대 후 학교에 복직을 하고, 대학 때부터 친한 선배들을 따라서 다녔던 스노보드 동호회에서 다시 활동을 재개했다. 그녀도 어느새 졸업을 하고 스노보드 동호회에서 활동하고 있었다. 여러 회원들과 강원도 평창의 휘닉스파크 조강아파트에서 함께 숙식하며 활동을 했었는데, 그 때 그녀의 다양한 모습을 보게 되었던 것 같다. 남들보다 솔선수범하는 모습이랄까? 막내다운 모습으로 청소도 열심히, 스노보드 타는 것도 열심히, 뭐든 열심히 하는 모습이 참 예뻐 보였다.

그 때 그녀의 별명은 '모찌'였다. 눈 위에서 눈을 여기저기 묻히고 돌아다니기도 했고, 하얀 얼굴 또한 '모찌' 떡을 연상케 해서 생긴 별명이었다. 가끔 저녁 술자리를 하고 서로의 이야기를 나눌 기회도 많았고, 밤 산책을 할 기회도 있었다. 아무도 없는 슬로프를 함께 걸으면서 새해 계획도 나누는 것은 서로를 알아가기에 너무나도 좋은 환경이 아니었나 싶다.

시즌이 끝날 무렵인 2월, 그녀가 살던 집 근처 양재동에서 치맥을 먹기 위해 만나기로 했다. 평소 주량이 약한 그녀는 맥주 몇 모금에도 알딸딸함을 느끼지만 술자리를 좋아했고 특히 각종 술안주를 좋아했다.

그 시기에 유행했던 화두 중 하나가 '가슴 뛰는 일을 하라'였던 것 같다. 어느 정도 이야기가 무르익어갈 무렵 그녀에게 질문을 했다.

"요즘 대희의 가슴 뛰게 하는 일은 뭐야?"

어지간히 오른 취기는 쑥스러운 질문을 스스럼없이 하게 했고, 그녀는 자연스럽게 몇 가지를 늘어놓았다.

"스노보드 타는 것도 좋고, 사진 찍는 것도 여전히 좋고…."

별로 기억에 없는 것을 보니 내가 듣고 싶은 말은 아니었던 것 같다.

그런데 한참을 이야기해도 내게는 같은 질문을 하지 않았다. 그래서 다시 내가 물었다.

"나한테 가슴 뛰는 일은 안 궁금해?"

그랬더니 수줍게 웃으면서,

"참, 그렇네요. 지양 오빠는 가슴 뛰는 일이 뭐예요?"

나는 망설임 없이 바로 대답했다. 필요한 건 눈맞춤.

"너 만나는 거…."

아직도 발그레한 얼굴로 웃으면서 시선을 어디다 두어야 할지 몰라 하던 그녀의 모습이 눈에 선하다.

그렇게 시작했다. 그 날이 2월 5일. 매년 아내는 이 날을 기억한다. 나 또한 기억한다. 삶에 지쳐 웃음이 사라질 때도 그 날을 생각하면 입가에 웃음이 생긴다.

양재역 부근의 치맥 집. 가슴 뛰는 일. 그건 널 만나는 일.

"사랑한다. 대희야!"

# 소소한 연애담

_ 김지양

아내와 사귀기 시작한 후 내가 가장 먼저 하고자 했던 일은 그녀의 부모님을 만나는 것이었다. 다소 급하기도 한 나의 제안에 그녀는, 부모님은 경남 창원에 계시는데 아버지께서 주말에 올라오실 일이 있다는 것이었다. 그래서 나는 아버지라도 만나야겠다고 말했다. 성급하기 이를 데 없는 나의 이야기에 그녀는 자연스럽게 그러자고 했다. 지금 생각해보면 어디서 그런 용기가 나왔으며, 아내는 왜 그렇게 쉽게 동의를 했을까 싶다.

드디어 주말. 당당하게 나간 첫 인사자리. 출장 차 서울에 올라오신 그녀의 아버지를 양재동의 한정식집에서 뵙기로 했다. 약속시간보다 미리 간다고 갔는데도 아버님은 이미 와서 앉아계셨다. 두근두근…. 해병대 특수수색대 출신이 주눅 들어서야 되겠는가? 가자마자 미리 와 계신 아버님께 절을 드리겠노라고 말씀드리고 큰절을 올렸다. 그리고 시작된 저녁 술자리. 막걸리를 꽤 많이 마셨던 것 같다. 1차에서

5~6병, 2차로 옮겨서 양동이 막걸리까지….

당당히 결혼을 하겠노라는 말씀을 드렸더니, 아버님께서는 정식 만남을 허락하겠노라는 말씀만 하셨다. 이런 저런 이야기를 즐겁게 나누고 지하철역으로 총총히 걸어갔다. 결론은 예쁜 연애를 더 하라는 얘기셨다. 애지중지 키운 하나뿐인 딸을 시커먼 녀석에게 덜컥 주는 부모님이 어디 있겠는가? 결국 2년의 연애기간을 더 가지게 되었다.

연애기간 없이 일찍이 결혼을 했다면 어땠을까 하는 생각을 지금도 가끔 해본다. 물론 애도 빨리 키우고 좋았겠다라는 생각도 들지만, 우리가 양재동과 내가 살던 망원동을 오가며 연애를 했던 그 시기는 소중한 추억이 되었기에 다행이라는 생각이 들기도 한다.

서울의 남쪽 양재동과 서북쪽 망원동을 장거리 연애라고 하면 서울과 부산을 오가는 연인들이, 국제 연애를 하는 연인들이 한마디씩 하겠지만…. 같은 서울 하늘 아래 있어도 편도 1시간 20분이 넘게 걸리는 연애는 분명 장거리 연애가 맞았다. 이 시기에는 가급적 교사연수도 조금 덜 듣고 연애에 충실한 삶을 살았던지라 길에서 버리는 시간이 만만치 않았다. 때로는 지하철과 버스에서 픽픽 쓰러져 자기도 했고, 때로는 책도 읽었으며, 때로는 나의 미래를 그려보기도 했었다. 헤어지기 싫어 투덜거리는 나를 달래던 그녀의 모습이 지금도 생생하다.

그러던 중 누나(김성희)의 결혼 소식을 듣게 되었다. 반대하는 이 하나 없는, 가족 모두의 축하를 받는 결혼이었다. 그리 이른 나이도, 늦은 나이도 아닌 딱 적당한 시기의 결혼이었다. 아쉬운 것도 있었다. 누나와 같이 자취를 하던 터라 누나가 결혼을 하고 나면 나 혼자 지내야 했다. 적지 않은 나이의 매형(김태억)과 누나의 결혼 준비는 빠르게 진행되었다. 그 당시 매형의 속마음이야 어땠는지 몰랐지만, 듬직하고 자신감 있는 모습을 보면서 다행이라는 생각을 했다.

결혼식장에 당시 연애 중이던 아내도 함께 데리고 갔는데, 나중 얘기로는 상당히 민망했었다고 한다. 뭘 입어야 하는지도 고민이었고, 뒤로 숨고 싶은 심정이었다고 한다. 그러고 보면 식장을 가득 메운 남자 친구의 친척들에게 소개를 할 때마다 부끄러웠겠다는 생각이 든다. 이 날 찍은 가족사진에 아내의 모습은 없다. 아직은 그저 여자 친구일 뿐이었는데, 그럼에도 내 마음 한켠으로는 곧 이 자리에 우리가 함께 서겠구나 하는 믿음이 있었다.

당시 나는 누나와 함께 망원동에서 자취를 하고 있었는데, 거기서 그리 멀지 않은 곳에서 누나는 신혼생활을 시작했다. 가끔 찾아가서 저녁도 얻어먹고, 신혼을 즐기는 누나 내외의 모습을 보면서 내심 안심하기도 했다.

그런 누나에게 아이(시유)가 생겼다. 매형은 아이를 안 낳을 생각이었다는데 생긴 아이를 어쩌겠나? 매형 집에선 조카들이 다들 이미 제법 컸지만, 우리 집에선 첫 조카였다. 누나의 배가 불러오는 모습도 신기했고, 아이가 탄생하는 것도 신기했다. 아이를 워낙 좋아했던 나였지만 가족에게서 새 생명이 탄생하는 것을 보니 감회가 남달랐다.

조카 시유는 사랑을 독차지하면서 자랐다. 당시 우리 집안에 하나밖에 없는 아이였고, 또 예쁜 딸이었다. 나름 삼촌 역할을 한다고 한참 취미생활로 배우고 있던 목공으로 아기침대를 만들어 주었다. 지금 생각해보면 왜 그랬을까 싶다. 재료비만 100만원은 족히 들었고, 만드는데 걸린 시간도 100시간 가까이 걸렸다. 퇴근하고 3~4시간씩 공방에 몇 번을 다녔는지 모른다. 그 아기침대는 시 자매(시유-시아), 유유 남매(유준-유나) 모두에게 사랑을 받지 못했다. 그저 버리기는 아까운 애물단지이자 계륵이 되어버렸다. 지금도 집안 한 구석에서 자리를 차지하고 있는 그것을 보면 내 섣부른 정성을 한탄하기도 한다. 조만간 어떤 모습으로 리폼을 하든, 누구를 주든, 버리든 해야 할 것 같다. 시유는 이런 삼촌의 지극 사랑을 조금이나마 알고는 있을까?

그녀와 연애를 하면서 함께 시유를 만나러 가기도 하고, 영화도 보았고, 카페도 참 많이 다녔다. 커피를 왜 먹는지 이해를 못했던 나였는데 연애를 하면서 커피 맛을 알게 되었고, 카페에서 이유 없이 죽치고 시간을 때우기도 하였으며, 조조할인 영화도 자주 보았다. 신논현역 근처 아침 빵 뷔페를 즐겨 가기도 했던 그 때가 그립다. 그 빵가게에서 먹던 올리브 빵을 언제 다시 먹어보겠는가? 물론 지금 가본다 한들 그 때의 설렘을 다시 느낄 수는 없겠지….

그녀와 연애를 하다가 결혼을 앞두고 나는 성당을 다니기 시작했다. 그녀의 간절함도 있었겠지만, 내 스스로의 다짐도 있었던 것 같다. 종교생활을 하는 사람이 종교생활을 하지 않는 사람보다 못한 삶을 살아가는 모습을 많이 보면서 나는 종교생활을 하지 않더라도 그들보다 나은 삶을 살리라 생각했던 철없는 시절도 있었다. 지금 생각은 종교생활을 하면서 늘 나를 돌아보고 내 삶을 가꾸는 것이 내게 더욱 값진 게 아닐까 생각한다. 종교생활은 다른 이들을 보기에 앞서 나를 먼저 살피는 것이기에. 더욱이 가족이 함께 하는 종교생활은 종교의 종류와 상관없이 서로에게 작은 삶의 위안과 감사한 마음가짐을, 때로는 화해의 시간을 주기도 한다.

6개월의 교리를 받는 기간 동안 그녀를 더 많이 만날 수 있었고, 주말마다 함께 서울 곳곳의 성당을 찾아다니며 연애를 했던 그 때를 떠올려보면 참 장하기도 하다. 대학교를 다니면서 알게 된 존경하는 교수님 한 분이 이 시절의 나를 보고 "김지양, 많이 안정되어 보인다"는 말씀을 하셨다. 전보다 더 늙어보여서 그랬는지, 대학생활을 너무 흥청망청 해서 그랬던 것인지 모르겠으나 좋은 말씀을 해주신 것으로 생각된다. 어쩌면 정말로 종교생활을 하면서 내가 많이 바뀌기도 했는지 모른다. 연애를 하면서 그녀를 더 많이 알아가게도 되었지만, 동시에 하느님과도 매주 만나면서 연애를 한 셈이다. 다른 종류의 두 연애는 연애 기간의 우리를, 그리고 지금의 우리를 더욱 성숙하게 해준 것 같다.

종교생활을 안 했었다면 연애를 하면서 서로를 더 힘들게 하기도 했을 것이고, 지금도 더 많이 서로를 아프게 하면서 살아가고 있지 않을까 싶기도 하다. 어쩌면 지금처럼 대가족이 함께 살아가는 기회도 없지 않았을까?

## 우리 누나 완전 쿨해 _ 류대희

그를 만나볼수록 나와 공통점이 많지는 않았다. 나와는 너무 다른
사람. 그래서 더 빛이 나는 사람. 내가 그를 더 밝혀주고 싶다기보다
는 사실은 그 옆에서 나도 빛을 내고 싶었다. 법륜 스님이 '덕을 보려
하지 말라'고 하셨는데, 난 속으로 엉큼한 생각을 했다.

긍정적이고 활달하면서도 진중한 모습에 끌려 연애를 시작한 지 보
름도 안 되어 그가 청혼을 했을 땐 그냥 웃음만 나왔다.

'이 오빠, 농담도 진하네!'

그런데 우리 부모님을 뵙겠다고 하니 장난이 아닌 것 같아 덩달아
나까지 긴장이 되었다. 독실한 천주교 신자이셨던 우리 부모님께서 신
자 사위 아니면 안 된다고 하셨다는 말에 그는 바로 내가 다니던 성당
의 예비자 교리반에 등록을 했다. 그렇게 매 주일 자신이 사는 망원동
과 성당이 있는 양재동을 오갔다. 나도 의리가 있어 몇 번 같이 들어주
기도 했다. 하지만 그는 근무하는 학교의 청소년단체 대장이라 주말에
종종 학생들을 인솔하러 1박 2일, 2박 3일로 캠프를 가야 했기에 교리
를 듣는 과정이 순탄치만은 않았다.

그렇게 반 년이 지나고, 그는 친정아버지가 권한 '요셉'이라는 새로
운 이름을 얻게 되었다.

"요셉? 으하하하…"

주변 사람들은 세례명이 요셉이라 하니 정말 어울리지 않는다며 박장대소를 하였다. 지금도 돌아서서 키득댄다. 심지어 몇 년 뒤, 아르헨티나에 갔을 때도 자기를 '호세José'라고 소개하면 그 나라 사람들도 그런 올드한 이름을 어떻게 얻게 되었냐고 물어보곤 했다. 그래도 남편은 '스테파노'보다는 낫다고 늘 웃으며 얘기한다. 역시 긍정적인 남자다. 스테파노를 폄하하는 것이 아니라, 남편 얼굴에 스테파노면 기절초풍할 일이기 때문이다.

부모님은 내 남자 친구의 입교와 세례로도 모자라 최소한 결혼 전에 2년은 연애를 해야 서로를 조금이나마 알 수 있지 않겠냐고 하셨다. 물론 지금은 '2년으로도 짧았다'라고 말씀드리고 싶다.

우리는 함께 교사연구회도 나가고, 무언가를 만들어 내겠다고 머리 싸매고 같이 고민하기도 하고, 무엇이든 치열하게 함께하였다. 맛집 탐방도 열심히 하고, 영화도 열심히 보고, 명동성당에서 수화를 기초부터 중급반까지 같이 공부하기도 하였다. 더 열심히 했으면 아이들 앞에서 부부 싸움을 할 때나, 바깥에서 비밀스런 이야기를 할 때 수화의 도움을 얻을 수도 있었을 텐데….

시즌이 끝나고 스노보드 동호회 모임에 손을 잡고 "짜잔~!" 하며 나타난 우리를 보고 깜짝 놀라던 지인들도 시간이 지나자 자연스럽게 나를 보면 남편의 안부를 묻고, 남편을 보면 "대희는?" 하고 물어보았다.

그러다 나 역시 남편의 가족을 자연스럽게 만날 기회가 있었다. 당시 남편은 누나(김성희)와 함께 망원동에서 자취를 하고 있었는데, 남편 집에 초대가 된 것. 초대라기보다는 '놀러와' 정도의 느낌이었는데, 그럼에도 미래의 시누이가 될 분인데 하며 지레 걱정하는 나에게 안심시켜준 한 마디는 지금도 아주 생생하다.

"우리 누나 완전 쿨해!"

나는 형님을 보고 홀딱 반해버렸다. "언니, 언니" 하면서 종종 만났었는데, 결혼과 동시에 '형님'이라 호칭을 바꾸면서 은근히 서운하기도 했었다.

인상 깊었던 시부모님과의 만남은 당신들이 계신 강원도 원주에서였다. 나는 나름대로 단정하게 입고, 수수하지만 예뻐 보이게 화장도 했다. 원주에 내려가서 내가 지을 수 있는 가장 참한 미소를 지어보였지만, 예비 시부모님께서는 의외의 반전이 있었다. "옷 갈아입고 편하게 누워 있어"라고 하시던 어머님, 땀을 뻘뻘 흘리며 정자세로 소파에 무릎을 모으고 앉아 있는 아들의 여자 친구 앞에서 노련한 솜씨로 부직포 걸레를 열심히 밀고 다니시던 아버님의 모습….

끊임없이 간식을 내어주시는 것도 인상적이었다. 간식을 먹으며 차나 커피를 마시는 가족의 분위기가 좋았다. 열 식구가 함께 모여 사는 지금도 티타임을 자주 가진다. 알코올 타임도 마찬가지고…. 밥도 한 공기 넘치게 담아주셨는데 밥보다 반찬을 좋아하는 나는 다소 당황스럽기도 했다. 그래도 잘 먹는 모습을 보여드리는 게 좋을 것 같아서 나름대로는 노력하고 선방하였다. 좋은 냄새가 나는 형님의 트레이닝복을 입고 낮잠까지 자야 했다. 이 집에서는 낮잠이 필수 코스였다.

과하고 부족한 것 없이 있는 그대로를 보여주시며, 그리고 부족한 나 또한 있는 그대로 맞이해주신 그 분들을 뵙고 나는 이 남자와의 결혼을 굳게 다짐하게 되었다.

# 결혼 준비

_ 김지양

2년의 연애를 하다 보니 자연스럽게 부모님들께서 상견례 이야기를 하셨고, 기다린 보람 끝에 결혼을 준비하게 되었다. 남들처럼 다른 사람들을 비교해가며 스트레스 받지 말고 우리끼리 있는 돈으로 해보자며 시작한 결혼 준비였다. 스드메(스튜디오, 드레스, 메이크업)를 시작으로 본격적인 결혼 준비는 시작되었다. 여유 있게 준비하면 더 나을 거란 생각이었지만 결혼 준비기간이 길다 보니 꼼꼼한 그녀는 더 알아보면서 스트레스 아닌 행복한 스트레스를 받기도 했다. 물론 지금 생각해보면 별일도 아니었지만 말이다.

누군가는 결혼 준비가 힘들어서 두 번은 못하겠다는 말도 했다는데 애 둘 낳고 살아보니 결혼 준비는 뭐 아무것도 아니다. 소꿉놀이 하는 기분으로 서로 배려하면서 준비한다면 싸울 일도, 아프게 할 일도 없다. 이 때 많이 했던 것은 대화였던 것 같다. 결혼식은 신부를 위한 날이라고 했던가? 그래서 모든 것을 그녀가 좋아하는 방향으로 맞춰주려고 했던 것 같다. 그녀가 좋아하고 행복해 하는 모습을 보는 것이 내 행복이기도 했기 때문이었다.

결혼 준비를 하면서 좋았던 것 중 하나는 성당의 예비 신혼부부 교리였던 것 같다. 2박 3일간 주말에 예비 신혼부부들이 모여서 함께 살아가는 삶에 대해서 생각해보는 시간이었다. 오랜 삶을 살아온 노부부와 신혼부부, 신부님이 함께 오셔서 서로의 이야기도 들려주고 서로의 사랑을 되짚어보게 했던 것 같다. 사람은 누구나 나쁜 습관과 나쁜 길로 현혹되기 쉽기에 언젠가 여유가 생기면 ME marriage encounter(성당의 3년차 이상 부부를 대상으로 한 부부 재교육)를 받아보고 싶기도 하다.

결혼식장은 당연히 성당이었다. 그런데 알아보니 아무 곳에서나 내가 원하는 대로 결혼을 하기가 쉽지 않았다. 여러 군데를 돌아보고 결정한 곳이 한강 성당. 위치는 물론 주차도 비교적 좋은 편이어서 그곳으로 결정하게 되었는데, 내가 결혼하는 것을 보고 나중에 몇몇 후배가 한강 성당에서 결혼하는 것을 보니 괜히 기분이 좋아졌다. 가끔은 미사라도 드리면서 찾아가고픈 성당이 되었다. 나중에 유유 자매(유준-유나)가 크면 이곳에서 엄마와 아빠가 가장 예쁜 옷을 입고 결혼한 곳이라고 알려주고 싶다.

결혼을 해서 가족이 된다는 것은 모든 슬픔과 기쁨과 어려움들을 기꺼이 함께한다는 것이다. 때로는 멀리서, 때로는 옆에서 지켜봐주기도 하며, 도움을 주기도 하며, 함께 울어주기도 하는 것. 실제 평범한 사람들의 삶에는 어떤 화려함도, 영화 같은 삶도 없다. 그저 하루하루의 평범한 삶을 감사히 여기며 함께 어울려 살아가면 되는 것이다. 가까울수록 더욱 가꾸고, 가족일수록 더 지켜주는 삶을 살아야 할 텐데….

나는 아직 갈 길이 멀다.


### 나랑 결혼해 줄래 _ 류대희

종종 화가 나고는 했었다.

'왜 나만 이렇게 열심히 알아봐야 해?'

이래도 흥 저래도 흥, 이것도 상관없고 저것도 상관없고, 그러다가 답답한지 뭐가 그렇게 중요하냐며 결혼을 하기만 하면 되는 것 아니냐고 하는 그 한 마디에 나는 또 서운해지고….

그래도 성당 투어를 하면서 단 한 마디의 불평도 없었던 그에게 지금도 감사하기만 하다. 성당은 꼬박 여덟 군데를 다녔다. 미리 연락을 하고, 사무실에서 상담을 받고, 성전을 둘러보고, 기도를 하고, 혼인 미사 안내장을 꼼꼼히 챙기는 것은 보통 일이 아니었다. 그래도 힘들지 않고 즐겁기만 했다. 데이트 장소가 영화관, 카페에서 성당으로 바뀐 것이라 생각하면 되었으니 말이다.

스튜디오 역시 쉽게 정하지 못했다. 단신인 우리들에게 적당한 밝고 명랑한 분위기의 웨딩 사진을 전문으로 하는 모 스튜디오로 결정하기까지 스무 군데가 넘는 스튜디오의 샘플을 뒤지고 또 뒤져보았다. 생애 한 번인데 후회 없이 해내고 싶었다. 지금 생각해보면 사진은 만족스럽지만, 그렇게까지 할 것 있나 싶긴 하다. 지인들 결혼식장에서 보게 되는 웨딩 사진들 중 어느 것 하나 아름답지 않은 것이 없었으니 말이다.

의외로 신혼여행지를 정하는 데에는 이견이 없었는데 하와이는 액티비티를 즐기고 활동적인 우리에게 딱 맞는 곳이었기 때문이다. 평소 둘 다 쇼핑을 즐기지는 않았지만 이때 아니면 언제 해보겠느냐 심정으로 총알까지 두둑이 준비했다. 친구에게 하와이 여행책을 두 권 빌려 정독하고 메모하고, 남편에게도 진지한 표정으로 이거 꼭 읽어봐요 했다. 나의 눈빛을 못 이기겠다 싶었던지 남편은 책장을 넘기기 시작했고, 나중에 지인들을 만날 적마다 이렇게 얘기하곤 했다.

"내가 하와이 가려고 책을 두 권이나 봤는데 말이야…"

이렇게 결혼을 준비하면서 우리는 예물과 예단은 최소화하고, 전세자금을 마련하는데 주력하기로 했다. 결혼은 우리 둘이 하는 것이라며 양가 부모님께서는 우리에게 아무 말씀도 안 하셨는데 나중에 알고 보니 예단은 하지 말라시던 시부모님께서 친지분들께 나 대신 이불을 몇 대씩 해서 보내셨다는 것이다. '나중에 배로 갚을게요'라고 생각하며 지낸 지 몇 년째, 아직도 빚은 늘어만 간다. 앞에서 뒤에서 나도 모르는 사이에 이것저것 많이 챙겨주시는 시부모님께 나는 한없이 철없는 며느리이자 둘째딸이기만 하다.

연애를 시작하고 얼마 안 있어 부모님은 경남 창원에서 경기도 용인으로 삶의 터전을 옮기셨다. 양재동 자취방에 있던 내 짐을 용인 집으로 다 옮겼었는데, 다시 그 짐을 응암동 신혼집으로 조금씩 옮겨야 했다. 신혼집은 신혼부부 전세자금대출 — 이것 때문에 혼인신고를 먼저

했었다 ― 로 구했다.

그 사이에 첫 조카 시유가 태어났다. 얼굴이 상기되어 들뜬 목소리로 휴대폰을 가리키며 "나, 삼촌 됐어!"라고 하던 남편의 모습이 아직도 생생하다. 그 동안 길을 오가며 만났던 아기들은 그저 남의 아기였었는데, 시유가 태어난 순간부터 모든 아기들의 존재가 소중해지기 시작했다.

출산 후 형님은 일을 쉬며 강원도 원주의 친정에서 시유를 보살피고, 아버님은 일을 하고 계셨고, 어머님은 형님 산후조리를 돕고 계셨고, 나와 남편은 서울에서 둘이 자유를 누리며 결혼을 준비하는 나날을 보냈다. 상견례를 하고 난 뒤 무려 열 달이나 되는 결혼 준비기간이었다.

드디어 D-1. 이제는 '친정'이 될 용인으로 향했다. 결혼 전날 잠은 꼭 엄마 옆에서 자야 한다는 남편의 말 때문이었다. 지금 생각해보면 이런 뭉클한 센스 뒤에는 아마도 어머님과 형님의 코칭이 있지 않았나 싶다.

그리고 결혼식 전날, 은반지 위에 만들어 붙인 나무 반지와 함께 '결혼해줄래?'라는 말을 드디어 듣고야 말았다. 그동안 몇 차례 프로포즈가 있었지만 그때마다 결혼해달라는 말을 하지 않았기 때문에 무효라고 툴툴거렸더니 이날 뒤에서 나를 살짝 안아주며 속삭였다.

"사랑해, 나랑 결혼해 줄래?"

그래, 까짓 거 결혼해 주지 뭐!

결혼식 당일에는 얼굴을 두껍게 화장하고 눈도 두 배로 키우느라 바빴다. 남편은 내가 메이크업 받는 모습을 사진으로 열심히 찍어 주었는데 나중에 확인해보니 안티가 아닌가 하는 생각이 들었다.

그래도 고마웠다. 내가 자랐던 경남 창원에서 부모님의 지인들과 내 친구 몇 명을 태운 버스가 한 대 올라오고, 서울에서 만든 인연들도 잔뜩 결혼식장을 메워 주었다. 버스 대절에서부터 손님 간식 준비는 부모님께서 해주셨다. 그렇게 한강 성당에서 많은 지인들을 모시고 성대하지는 않지만 진중하고 무게감 있는 혼인 미사를 치렀다.

그 날도 나는 엄청 울었다. 행복과 기쁨의 눈물이었다. 첫 번째 축가 팀은 수화반에서 만난 범석 선생님과 윤정 언니 커플과 소빈이, 영서 언니의 수화 노래였다. 특히 청각장애를 지닌 선생님이 듣지도 못하는 노래에 맞춰 수화를 해보이는데 그 모습이 너무 뭉클해 눈시울을 적실 수밖에 없었다.

이어 전혀 예상치 못했던 깜짝 무대로 눈물보가 터졌다. 양가 아버님과 남편의 '시월의 어느 멋진 날에' 삼중창 때문이었다. 이들이 어떻게 연습을 했는지 짐작조차 못했다. 친정아버지께서 결혼식 전날 안방으로 남편을 불러들이는 모습을 보기는 했는데, '내 딸한테 잘 해줘라'는 사랑 담긴 한 말씀을 하셨겠지 하고 넘겨짚었을 뿐이었다. 비밀스럽게 연습을 하셨을 줄은…. 비록 음정도 박자도, 세 사람의 조화도 전혀 맞지 않는 무대였지만 나는 메이크업이 다 지워지도록 울 수밖에 없었다.

세상에서 제일 행복한 날이었다.

# 신혼여행, 하와이에서

_ 김지양

        우린 아직도 그 신혼여행의 달콤함을 잊지 못한다. 결혼 10주년이 되면 다시 오자는 약속을 했다. 사랑하는 사람과 함께하는 결혼 후 첫 여행이 어찌 좋지 않겠냐마는….

    같은 학과 동기인 공수와 같은 날 결혼하게 된 것은 너무나도 큰 우연이었다. 덕분에 대학동기들과의 결혼 전 청첩 모임도 함께하고 여러모로 좋기도 했다. 그런데 신혼여행 장소가 같다는 더 큰 우연도 있었다. 같은 날 더 이른 시간에 결혼한 공수는 우리보다 1시간 빨리 출발해서 하와이로 갔다. 우리는 폐백도 양가 부모님만 모시고 대충 치르고 짐이며 계산이며 모든 건 남은 식구들에게 맡기고 부랴부랴 공항으로 떠났다.

    게다가 우리는 신혼여행을 다녀와서 양가 부모님들께 인사를 드려야 하는 의식도 생략하기로 사전에 부모님께 양해를 부탁드려서 더 긴 신혼여행을 즐길 수 있었다. 일정은 길었으나 많이 돌아다닐 계획으로

B급 호텔에서 묵었지만, A급 호텔에 묵고 있던 친구 덕분에 우리는 그 호텔을 구경했고, 호놀룰루에서는 하루 렌트를 같이 해서 함께 여행을 하기도 했다.

한적한 마우이는 우리에게 하와이의 여유로움을 인상 깊게 해준 장소였다. 오픈카 렌트로 따사로운 햇볕을 만끽했고, 태평양 밤하늘의 수없이 많은 별들도 볼 수 있는 호사로움을 누렸다. 마우이에서 가장 인상 깊었던 것은 한 번의 저녁식사이다. 원주민의 화려한 공연과 함께 뷔페를 먹게 되었는데, 해질 무렵의 예쁜 경치 속에서 펼쳐지는 공연과 야외 뷔페는 환상의 궁합이었다.

우연하게도 앉은 자리에는 결혼 50주년을 기념하기 위해 온 멋진 노년 부부와 우리를 포함한 신혼부부 두 쌍이 함께했다. 신혼부부와 금혼식을 맞이하는 부부들의 저녁식사 자리는 화기애애했다. 우리는 그들을 보면서 우리 또한 50주년에 저렇게 다정다감한 부부가 되고 싶다는 부러움을 가지게 되었다. 그들은 우리를 보며 우리의 젊음이 부럽지 않았을까 싶다. 액티비티와 화려한 경치도 좋았지만, 지금 생각해 보면 사람들이 오래 기억에 남게 되는 건 내 개인의 취향일까?

호놀룰루에서는 각종 레저(스카이다이빙, 스킨다이빙 등)와 다양한 먹거리에 시간 가는 줄을 몰랐다. 마우이는 마우이대로, 호놀룰루는 호놀룰루대로 나름의 즐길거리가 가득했다. 간간이 쇼핑도 즐겼고, 와이키키 해변의 불꽃놀이도 즐겼다. 관광지에도 물론 삶을 살아가는 많은 사람들이 있었지만, 하와이에서는 그들 일하는 사람들조차도 여유 있는 표정이었다. 여행자들은 당연히 말할 것도 없다. 지나가다가 어디든 들러서 해변을 즐길 수도 있었고, 각자 자신의 시간과 삶을 즐기는 분위기가 그동안 한국에서 아등바등 지내던 삶을 잊고 충분히 즐긴 신혼여행이 아니었나 싶다.

우리 부부 성격에는 한 곳에 머물러 여유를 즐기는 것보다는 아직은 여기저기 둘러보고 레저를 즐기는 것이 더 어울리는 것 같다. 언제 하와이를 다시 갈 수 있을까 하는 생각을 아직도 하면서 살아가고 있으니 얼른 하와이 계라도 하나 들어야지 싶다. 그리고 무엇보다 양가 부모님 결혼 50주년 때 하와이를 꼭 보내드리고 싶다.

# 신혼의 달콤함은 너무나 짧다

_ 김지양

결혼식을 준비하면서 아쉬운 게 참 많았다. 감사함으로 살아도 아쉬운 삶인데 막상 결혼할 시기가 되면 못해주는 게 아쉽고, 더 좋은 것을 못 주는 게 아쉽기만 하다.

우리의 신혼집은 풀옵션 복층 오피스텔이었다. 좁지만 가전제품 하나 살 필요 없는 그곳은 우리에게 더없이 좋은 선택의 조건이 되었고, 더블 침대 하나와 소소한 몇 가지만 준비해서 신혼생활을 시작했다. 응암동 오피스텔에서의 하루하루는 행복 그 자체였다. 함께하는 소꿉놀이도 좋았고, 좁지만 손님을 초대하는 것도 재미있는 추억이었다.

물론 즐거움으로만 시작했던 오피스텔에서의 생활은 결혼 후 3~4개월 만에 찾아온 임신으로 인해 걱정거리가 되기도 했다. 그래도 그곳에서 임신해서 만삭인 아내와 함께 야간에 평소에는 먹지도 않는 맥도날드 패스트푸드를 시켜먹던 그때는 오피스텔의 크기만큼이나 작은 추억이었지만, 지금까지도 소중한 추억으로 남아있다. 집 바로 앞 불광천 산책도 좋았으며, 사람 사는 동네 같은 분위기의 응암동은 아직도 잊지 못하는 우리 신혼생활의 시작점이다.

## 로마에 가면 로마법을 따라야 _ 류대희

결혼하고 처음 맞이하는 추석 명절, 나름대로는 새댁 흉내를 내어 한복을 입고 원주에 내려갔지만 시부모님은 나를 보시자마자 바로 불편한 한복을 벗으라 하시고는 수면바지를 내주셨다. 처음 인사드리러 갔을 때와 같은 패턴이었다. 밥은 많이 안 먹어도 반찬이나 간식 같은 것을 워낙 좋아하는지라 명절 음식을 하는 것은 즐거웠다. 혹여 밉보이지 않으려 열심히 애를 썼지만 어머님의 부지런한 손을 따라갈 재간은 없었다.

추석 전날의 바쁜 때였지만 평소처럼 이 집안의 문화에 따라 낮잠도 자야 했다. 어머님도, 아버님도 피곤할 테니 눈을 좀 붙여야 한다면서 우릴 방으로 들여보내셨던 것이다. 로마에 가면 로마법을 따라야 하느니….

신혼 때 어머님 생신상도 처음이자 마지막으로 차려 드렸다. 이후에는 애가 어려서, 아르헨티나에 있어서, 애가 둘이라 등등의 핑계를 대다가 결국은 요리 실력이 없어서라는 슬픈 결말을 맞게 되었다. 하지만 종종 희망하곤 한다. 아무도 모르게 멋진 상을 차려 놓고 다시 한번 시부모님을 기쁘게 해드리는 날을….

결혼 후 서너 달 뒤, 아버님 환갑 여행으로 다 같이 괌에 갔었다. 김성희 패키지라고 해도 과언이 아닐 정도로 형님이 거의 모든 것을 준비하셨다. 하지만 불행하게도 그 때 거기서 무엇을 했는지 거의 기억이 안 나신다고 한다. 그 때까지만 해도 형님이 10개월이었던 어린 시유를 보살피며 그 좋은 바닷가에서 다크서클이 턱 끝까지 내려오도록 힘들어 하는 게 남일 같지 않았는데…. 그 순간에 유준이가 내 뱃속에서 꿈틀거리며 자라고 있었을 줄은 상상도 못했었다.

인상적이었던 것은 아버님과 아주버님이 그렇게 쇼핑을 좋아하시는지 처음 알게 되었다는 것이다. 로스ROSS라는 이월 제품 아울렛에서 아버님은 신발 여섯 켤레를 사셨고, 형님은 캐리어 두 개를 사서는 몇 년 입을 옷을 사서 채워 오셨다. 결국 한 번으로는 부족해 이튿날 또 가고, 그 다음날은 제품이 입고된다고 하여 아침에 문을 여는 시간에 맞춰서 줄을 서 있다가 1등으로 들어가기도 한 경험도 있다. 이 집안 식구들은 남편만 빼고 다 쇼핑을 좋아하는구나 하는 것을 깨달았다.

조카 시유는 내 피는 안 섞였어도 정말 사랑스러웠다. 출산휴가를 마친 형님이 복직하면서 어린이집을 다니는 시유를 뒷바라지하기 위해 어머님이 올라오셔서 우리도 더 자주 만나게 되었다. 시유를 보러 신혼집에서 걸어서 20분 걸리는 형님 집으로 가면 시유는 유난히 나를 반겼다. 어머님도 온갖 과일을 과즙기에 넣어 갈아주시고, 형님은 종종 고구마 맛탕을 해주셨다. 남편 말로는 그것이 누나가 할 수 있는 몇 안 되는 요리 중 하나라고 했다. 시유가 까르륵거리며 숨넘어가도록 웃는 소리를 들으면 정말 행복해지고 힘이 났지만, 육아는 내게 아직 먼 일 같았다. 거기다 나는 방학마다 세계를 돌아다니며 실컷 놀고

2년쯤 뒤에 아이를 갖겠다는 야심찬 포부를 가지고 있었다. 그러나 하느님의 계획은 따로 있었나 보다.

임신 사실을 확인한 후, 남편이 진심으로 기뻐하는 걸 보고 나도 안심이 되었다. 그리고 아들 유준이가 태어나기 전까지 신혼이 더 연장되었다.

행복한 임신 기간을 보냈다라고만 회상하고 싶다. 하지만 임신 5개월 때, 습진이 온 몸에 생기기 시작했고, 입덧으로 속이 더부룩해서 시시때때로 토했다. 그 때 일기를 다시 펴보면 가려워서 잠을 못 자는 밤이나 피부가 점점 이상하게 변해가는 모습을 보면서 한탄한 날들이 부지기수였음이 보인다. 나도 불쌍하고, 뱃속의 아이도 불쌍해 참 많이도 울었다. 그래도 남편은 더 상냥해졌고, 태교 일기를 같이 써 주었으며, 날마다 배에 대고 아이에게 동화를 들려주었다. 어머님도 몰래몰래 신혼집에 오셔서 정리도 해주시고, 냉장고도 채워주셨다.

또 남편은 세례를 받은 지 3년 만에 견진성사를 받았다. 유준이가 태어나기 전이었다. 바쁜 일정에도 견진교리 보강까지 받아가며….

나는 임신 사실을 알고 나서부터 7개월간 학교에서는 6학년 담임으로 정말이지 진땀을 뺐고, 월요일에는 남편과 함께 교사연구회 연수를 듣고, 집에서는 빵을 열심히 구웠고, 대학원 논문을 쓰고, 여름방학에는 1급 정교사 자격연수를 듣고, 산전 요가도 꾸준히 하고, 틈틈이 맛집 탐방, 태교 여행, 뜨개질을 했다.

이 모든 것이 유준이가 세상에 나오면서 올 스톱이 되었다.

# 출산, 그리고 전원주택

_ 류대희

　　　　　아이는 너무 작았다. 태명을 콩알이라고 지은 내 탓 같았다. 내 뱃속에서는 충분히 크지 못했지만, 한 달 만에 두 배로 쑥 커 버린 아들 유준이는 상당히 예민한 아기였다.

　　나는 단유斷乳 우울증을 적잖이 겪었고, 전셋집 문제가 발목을 잡아 육아휴직을 하지 못한 채 계속 직장 생활을 해야 했다. 출산 후에도 피부에서 진물이 나오고 습진이 없어질 기미를 보이지 않아 항생제 복용을 해야겠다며 피부과 의사가 권한 단유였다. 또 신혼집이 경매에 넘어가면서 전세금을 돌려받을 수 없을지도 모른다는 불안감에 잠 못 이루는 날들도 많았다.

　　그래서 유준이가 물건을 붙잡고 설 수 있을 때까지 자랐던 곳은 용인 외갓집이었다. 친정 부모님은 8개월간 물심양면으로 유준이를 키워주셨다. 아버지는 놀아주다가 배 위에서 아이가 잠들면 그 자세로 쪽잠을 같이 주무셨고, 엄마는 본인 생활 하나 없이 성당 레지오에도 아이를 달고 다니며 많은 걸 희생하셨다. 하루 종일 애 보느라 힘드셨을 텐데 내가 퇴근하고 친정집에 도착하면 엄마는 당신이 애 보는 동안 저녁부터 먹으라고 하시고, 또 아이가 아프면 나보다 더 못 주무시고 업고 밤을 새우셨다.

남편은 학교 일이 바빠서 거의 주말에만 내려왔고, 난 일주일에 두 번씩 용인에서 서울로 학교까지 통근하는 불편함을 감수해가며 아이에게 얼굴도장을 찍었다. 울면서 집을 나와 울면서 퇴근했다. 아이가 보고 싶은 것도 있었고, 아이에게 미안하기도 했고, 아이가 나중에는 엄마를 거부하고 할머니랑 산다고 할까봐 너무 겁이 나서였다. 또 다른 이유는 통근 시간이 너무 길었기 때문이다. 몸도, 마음도 힘들었다. 유일하게 힘들지 않은 시간은 아이와 함께 있는 시간뿐이었다.

그러다가 합가合家 이야기가 나왔다. 전원주택에 대한 목마름이 있던 남편과 형님 남매의 결단력이란! 집을 짓더라도 한 번 살아보고 지어보자는 생각에서 먼저 고양시 관산동에 전원주택을 얻게 되었다. 유준이를 매일 볼 수 있다는 생각에 나는 덜컥 오케이를 하였지만, 주위에서 시부모님과 함께, 거기다 시누 가족도 함께 사는 게 말이 되냐며 말리는 이들이 많았다.

그러나 난 남편에 대한 믿음이 있었고, 시부모님의 성품을 잘 알고 있기에, 그리고 내겐 언니와도 마찬가지인 형님이 있어서 너무나 든든하기만 했다. 아주버님도 부탁을 하면 득달같이 달려들어서 해결해 주시는 큰오빠 같았다.

다만 유준이가 애착 관계였던 외할머니와 헤어지면서 그 둘이 얼마나 마음이 아플지 생각하지 않을 수 없었다. 내가 "엄마, 이제 편하게 잘 지내세요. 하고 싶은 것도 하시고…. 그런데 유준이가 없어서 집이 너무 허전하겠어요." 하고 울먹거릴 때마다 엄마는 "친할머니는 유준이를 세상 누구보다도 사랑해줄 것이니 걱정 말라"고 하셨다.

용인에서 다닐 때에 비해 통근 시간이 썩 단축되진 않았지만, 큰 마당이 있는 집에서 이제 막 걸음마를 시작한 유준이가 더 자라서 사촌누나 시유와 뛰어노는 모습을 매일 볼 수 있게 된다는 것은 실로 어마어마한 행복이었다. 시간이 지나면서 시유와 유준이는 자주 투닥거리긴 해도, 안 보이면 서로 찾고 의지하는 존재가 되어가고 있었다.

그러다 가을이 되고, 유준이가 돌을 맞이했다. 우리 집안의 첫 아기인 시유는 패밀리 레스토랑에 지인들을 초대하고 돌잔치를 열었었는데, 이번에는 작은 한정식집에 식구들만 불러 조촐하게 돌상을 차려주기로 했다.

그 날은 내가 관산동 집에서 처음으로 시댁 식구들에 대한 서운함이 생겼던 날이기도 하다. 그 때문에 나는 화장기 없는 '쌩얼'에 부은 눈으로 아이를 안고 돌사진을 찍어야 했다. 무엇 때문이었는지 정확히 기억은 안 나지만 남편은 아침부터 바빠 집에 없었다. 나는 오전 내내 유준이를 먹이고, 첫 낮잠을 재우고, 옷을 챙기느라 시간이 그렇게 흘렀는지를 몰랐다.

그런데 갑자기 시어머님과 형님이 부산하게 현관을 나가는 모습이 눈에 들어왔다. 당시 우리는 현관 바로 옆에 있는 1층 큰방을 사용하고 있어서 별 관심을 두지 않더라도 현관을 드나드는 이의 기척을 쉽게 알 수 있었다. 물론 시어머님과 형님은 몰래 나가시려던 것은 아니었지만 내게 미리 '미용실'에 다녀온다고 말씀하시진 않으셨다. 내가 "어디 가세요?"라고 여쭤보니까 별 대수롭잖게 머리를 하고 오신다는 것이었다. 나는 그때까지 화장도 하나 못하고, 밥도 제대로 못 먹고 아이를 보느라 초췌한 몰골인데….

돌잔칫날 아침에 미용실에서 머리를 하고 꽃단장하는 것은 둘째 치고 얼굴에 분도 바르지 못한 채 거울을 하염없이 바라보다가 결국 눈물이 터지고 말았다. 왜 하필 그 날 남편은 외출을 해야 했는지 야속하기만 했다. 남편에게 전화를 걸었다. 꾸역꾸역 울음을 머금은 목소리로 "나도… 머리… 하고 싶은데…"라고 얘기했다. 남편은 수화기 너머로 "그럼 해!" 하고 영혼 없는 대답을 했고, 나는 그것이 더 서러워 전화를 끊고는 쌕쌕 자고 있는 아이 옆에서 눈이 붓도록 울었다.

마음 같아서는 식당 예약을 취소하고 싶었지만, 어디 그게 내 맘대로 될 일인가! 시간이 임박해서야 나를 태우기 위해 나타난 남편은 내 몰골을 보고는 당황해 했다. 시간이 없기도 했지만, 난 시위라도 하듯 산발한 머리를 하나로 질끈 묶고 말없이 아이를 카시트에 앉히고 남편의 차에 올랐다. 속은 부글부글, 미용실에 가야 하는 건 난 데 하면서….

하지만 지금 그 날 찍었던 사진을 다시 보면 오늘의 화장한 나보다 더 예뻐 보인다. 젊음이 역시 좋기는 좋은가 보다.

계절이 바뀔 무렵, 거실 소파에 앉은 형님이 둘째를 임신했다는 소식을 전해주셨다. 둘째 조카라고? 사람이 참 신기하기도 하다. 동시에 그렇게 여러 가지 감정이 들 수 있다니…. 축하와 기쁨(우린 아이를 좋아하니까), 설렘(유준이에게 여동생이)과 걱정(아이 셋은 둘과는 또 다르므로), 그리고 뜻밖에 시샘(이제 모든 집안일은 내가 해야 하나? 조금, 부럽군)…. 만감이 교차했다.

유준이 하나로도 충분히 행복하고, 또 충분히 힘이 드는데 둘째라니 싫다가도 유준이를 품었을 때 내가 세상에서 제일 귀한 사람이 된 듯한 느낌과 조리원에서 느꼈던 안락함이 새삼 그립기도 했다.

시샘의 결과였는지, 두 달 뒤에 내게도 둘째 유나가 찾아왔다. 유나의 존재는 먼 이국땅에서 알게 되었다. 겨울방학이라 아주버님이 시유를 돌보는 동안, 우리 세 식구는 시부모님을 모시고 숙부님이 계시는 멕시코에 한 달 간 여행을 가게 되었던 것이다.

그 좋은 곳에서 유난히 입맛이 없고, 그렇게도 속이 안 좋았다. 뭐든 잘 먹는 내가 '새우가 앵앵거린다'라는 시부모님 표현에 새우를 못 먹고, 타코를 보면 속이 미식거렸다. 여전히 피부가 다 낫지 않아 국제적인 휴양지 아카풀코에 가서도 바닷물에 몸 한 번 담가보지 못했다. 모터보트를 신나게 덜덜거리며 타다가도 몸에 와 닿는 바닷물에 온몸이 화끈거리고 타는 듯해 괴로웠다. 행여 잠결에 긁다가 이불에 핏자국이라도 남길까 싶어 밤에는 더 조심했다.

그 와중에도 둘째는 몸 속 어딘가에서 엄마 맞을 준비를 하고 있었다니…. 휴양지 근처 약국에서 임신 테스트기를 사 두 줄을 확인했다. 크게 고민할 것도 없이 둘째의 태명은 '올라iHola!'가 되었다. 롤러코스터를 탄 듯 나는 걱정(살이 또 찌겠군), 설렘(유준이에게 친동생이), 또 걱정(피부가 또 난리 나겠군), 작은 기쁨, 또 다시 걱정(또 아들이면 어떡하지?)을 연이어 맛보았다.

다음 해에 시유와 유준이는 같은 어린이집에, 노란 버스를 타고 손을 흔들며 등원을 하게 되었다. 걱정 중 대부분은 현실이 되었지만 딱 하나, 둘째는 아들이 아닐 거라는 희망이 생겼다.

둘째 때는 더욱 잠을 이루기 힘들었다. 유준이는 아토피로 자다가 긁기도 했고, 그 즈음 30분 넘게 비명을 지르는 것처럼 소리 지르며 우는 야경증도 몇 차례 지나갔다. 나 역시 피부가 진정이 되지 않았는데 호르몬 변화로 인한 불면증 탓이었다. 그래서인지 뱃속의 아이는 좀체 사이즈를 부풀릴 생각을 하지 않아 더욱 걱정이었다. 식이요법도 별로 소용이 없었다. 유준이는 어르신들이 '아씨 탄다'라고 하는 말마따나 동생이 들어서는 걸 직감적으로 알았는가보다. 나더러 자기를 안고서 내 부른 배 위에 굳이 올라 앉혀 달라고 하지를 않나, 있는 투정 없는 투정을 다 부렸다. 둘째가 태어난 뒤에는 어떤 상황이 전개될는지 몰라 걱정도 되었지만 말문이 조금씩 트이는 유준이를 보면 걱정은 금방 사라지고 그저 행복할 때가 많았다.

당시 유준이는 넓은 거실을 지붕 있는 붕붕카를 타고 전력질주를 하다 드리프트를 하는 재미에 빠져 있었다. 관산동에서는 항상 아이들에게 먼저 밥을 먹이고 난 뒤 어른들이 식사를 했다. 우리가 밥을 먹고 있으면 옆에 와서 "두따해떠(주차했어)"라고 얘기하는 모습이 무척 사랑스러웠다. 문제는 주차를 너무 자주 한다는 것이었다. 아이들이 태어나면 저 차에 깔리진 않을까 하는 생각도 들었다.

유준이는 때때로 용인 외갓집에 가서 온 식구의 사랑을 독차지하는 주말을 보내기도 했다. 친정 부모님께서는 종종 우리더러 아이는 당신들이 놀아주고 있을 테니 영화라도 보고 오라고 하셨다. 남편과 손을 꼭 잡고 영화를 보면서 신은 나지만 집에 있는 아이와 친정 부모님 걱정을 안 할 수가 없었다.

놀이터라고는 눈을 씻고 봐도 찾아볼 수 없는 관산동에서의 생활과 달리, 아파트 단지 내에 있는 친정집은 아이가 놀기에는 안성맞춤이었다. 걸어서 온갖 편의시설을 누릴 수 있었던 덕에 용인에서는 늘 소비가 컸고, 늘 할 일이 많았다. 그럼에도 남편은 아파트는 치를 떨고 싫어했다. 나중에는 직접 집을 지어 살고 싶다는 얘기까지 했다.

날이 따뜻해지면서 마당에서 고기를 구울 일이 많아졌다. 우리 학교에서 교과실 선생님들이 놀러오셨을 때에도 어머님은 온갖 대접을 다 해주셨다. 멕시코 숙부님 내외와 도련님이 놀러왔을 때에도 마당은 고기 냄새로 가득 했다. 신이 난 아이들은 위험한 줄도 모르고 고기 굽는 그릴 근처에서 뛰다가 어른들 꾸중을 들어도 또 언제 그랬냐는 듯 마당을 신나게 뛰어 다녔다.

봄에서 여름으로 계절이 지나가며 해가 길어졌다. 저녁을 먹고 나도 하늘이 어두워지기 전까지 제법 긴 시간이 남아, 유준이와 시유를 각각 손잡이 있는 유모차 자전거나 수레에 태워 동네 한 바퀴를 돌고 와서 씻기곤 했다. 볼록한 배를 안고서도 산책하는 것은 즐거웠다. 아이들도 이 '동네 한 바퀴'를 무척 좋아하고 기다렸다.

합가한 지 1년 만에 남편은 그동안 마음에 두고 있던 해외 파견 근무를 신청했다. 워낙 경쟁률이 높기도 하고 쟁쟁한 사람들이 많이 지원하는 분야인지라 나는 별 생각 없이 "한 번 해봐요"라고 했다가, 임신 막달에 아르헨티나로 떠나는 남편의 짐을 싸게 되었다. 물론 나는 곧 태어날 아기와 유준이를 데리고 관산동에 남아 있기로 했다. 신생아를 안고 그 먼 곳을 갈 수가 없었기 때문이었다. 아르헨티나로 파견 나갈 남편의 짐만 싸는데, 기분이 너무 이상했다.

유나가 태어나고 이틀 뒤에 남편은 아르헨티나로 떠났고, 나는 산후조리원에, 유준이는 관산동에 있다가 때때로 친정 부모님이 용인에 데려가시고, 그렇게 이산가족이 되어 버렸다. 눈이 퉁퉁 붓도록 만 사흘을 울었다. 지금 생각하면 왜 그렇게 울었나 모르겠다. 호르몬의 영향 때문이라 하고 싶다. 남편은 출국 전 마지막으로 둘째를 품에 안고, 그 자리에 없던 유준이는 휴대폰 사진으로 띄워 그렇게 네 식구 가족사진을 남겨놓았다. 유준이가 아빠와 헤어지면서 많이 울었을 텐데, 그 모습도 보지 못했다. 시유도 공항이 떠나가라 울음을 멈추지 못했다 한다.

산후조리원 원장님은 혹여 내게 산후 우울증이 오지는 않을까 세심히 신경써주셨다. 그런 상황인데 먼 곳에 잘 도착했다는 남편이 "여기 또 파견교사를 뽑는다 하니 너도 얼른 시험 준비해"라고 연락이 왔을 때는 어찌나 화가 나던지…. 하지만 나는 산후조리원에서부터 시작해 취미에도 없던 한국사능력시험 기출문제를 2쪽 모아찍기로 인쇄해 잘 보이지도 않는 작은 글씨를 눈을 비벼가며 공부했고, 아이에게 젖을 물리는 동안에도 텝스 공부를 틈틈이 하였다. 시험일에는 유축해 놓은 모유를 부모님께 드리며 아이들을 부탁드리고 시험을 보러갔다. 그렇게 애쓰고 노력한 끝에 좋은 결과를 얻게 되었고, 나 또한 파견교사 원서를 넣었다.

그 이후로는 출산휴가를 얻어 쉬다가 육아휴직을 연이어 냈다. 첫째들인 시유와 유준이를 어린이집 노란 버스에 태워 보내고 나서는 큰 집에 적막이 찾아왔고, 간간이 둘째들인 시아와 유나가 번갈아 우는 소리만 들렸다. 시아는 유나보다 2달 20일 가량 먼저 태어났는데 유전의 영향인지 영양이 좋은지 우량했다. 나는 그게 너무 부러웠다. 더구나 어머님께서 이제 시아는 안아 재울 수가 없을 것 같다고 했을 때에도 우리 유나는 언제 저렇게 크나 싶었다.

남편이 없었지만 그렇게 시간은 잘도 흘러갔다. 그런데 무슨 연유에서였는지 모르겠지만 어느 날 마음 속 깊은 곳에서 서운함이 물밀듯 밀려왔다. 시유야 첫 손주니 어머님께서 너무나 큰 애착을 가지고 키워주신데 대해 전혀 투덜댈 이유가 없었다. 문제는 둘째였다. 남편도 없는데다 아이가 둘이 되다보니 현실이 더 버거워졌다. 물론 틈틈이 형님 내외가 유준이를 데리고 마트며 키즈카페며 데리고 다녀오시는 동안 조금은 여유가 있을 때도 있었다.

하지만 어머님께서는 집안일을 하시고, 아버님께서 시아를 안고 2층으로 올라가시면 1층엔 큰애들과 유나만 남았다. 아이들이 어린이집 노란 버스에서 내리면 나는 바로 두 녀석들을 씻겼다. 문제는 둘을 목욕시키고 나오면 밖에서 혼자 울고 있는 유나였다. 속상한 마음으로 우는 아이를 안아 올리면, 다시 번갈아 징징대는 큰애들…. 아버님께서 유나를 아주 안 봐주신 것은 아니었지만 시아만큼 안아주시지는 않으셨다, 아니, 그러지 못하셨으리라.

나는 그게 갑자기 서운해졌다. 유나도 당신 친 손주인데, 시아만 안고 어르고 보듬어주시는 것만 같았다. 시아는 순둥이였고, 유나는 예민한 아기여서 아버님은 종종 유나가 꽥꽥거리고 울면 고개를 설레설레 흔들며 "내가 얘는 어떻게 못 하겠다"라고 하신 적도 있었다. 사실 아르헨티나에서 돌아온 뒤에도 "유나는 안 되겠어"라면서 힘든 내색을 종종 하시곤 했다. 그러다 이제는 저녁을 먹을 땐 아버님이 유나를 끼고 전담마크 해서 먹여주신다고 하니 그 간의 서운했던 감정들이 죄송스러움과 옹졸함, 부끄러움으로 다가온다.

내게 행복한 날들보다는 버거운 날들이 많았던 것으로 기억되는 유나의 신생아 시기가 지나고, 백일이 가까워졌다. 백일 잔칫상 대여는 형님이 해주셨고, 상은 어머님이 차려주셨다. 집에서 조촐하게 한다고 했는데도 여러 모로 손이 많이 가는 것을 식구들 도움으로 백일잔치를 겨우 치를 수 있었다. 가족사진에 남편만 없었다.

　백일이 지나고 드디어 백일의 기절이 찾아왔다. 유준이 때도 겪었던지라 예상은 했다. 유나는 하루 종일 안겨 있으려 하고, 젖을 물고 자려고 해서 너무나 지쳤다. 누가 둘째는 쉽게 키운다 했던가! 부쩍 낮잠도 더 못 자고, 밤에도 서너 시간마다 깨기 시작한 유나가 어떤 밤에는 한 시에 깨서 먹고, 새벽 네 시부터는 계속 울었다. 한 시간을 울리다 배고픈가 싶어 젖을 물리면 별로 먹지 않고 또 우는 것으로 보아선 놀자는 건가 싶기도 했다. 그런 밤이 지나면 유준이 밥은 어머님이 먹여 주시고, 나는 유준이 어린이집 가는 마지막 모습만 겨우 보아야 했다.

　남편과는 하루에 한 번씩 빠지지 않고 화상통화를 하였는데 화면 속 남편은 수염이 덥수룩해져 있었다. 나날이 얼굴이 초췌해져감에 마음이 아팠다. 그러면서도 부러웠다. 한 번은 비자 연장 겸 우루과이에 가서 혼자 스테이크를 먹고 있다는데 지구를 뚫고 가서 고기 한 점 얻어먹고 싶은 심정이었다. 한편 유나는 자기한테 아빠가 있는지 없는지도 모르는 세상에서 살고 있었고, 유준이는 며칠 아빠를 찾더니 화상통화를 하다 도망가기 일쑤였다. 자기를 두고 간 아빠에 대한 서러움 때문이었을까. 그때 아이는 어떤 마음이었는지 궁금하다.

　어머님이랑 둘에서 애 넷을 데리고 씨름하던 날들도 더러 있었다. 둘째를 재우고 있는데 갑자기 유준이는 유나를 내려놓고 밖으로 나가 놀자고 떼를 쓰는가 하면, 2층에 가서는 시아를 먹이고 재우던 어머님더러 시아 떼어놓고 나가 놀자고 울기도 했다. 날마다 전쟁 아닌 전쟁을 치르고 있던 내게 단비가 내렸으니, 파견교사 선정 공문이 왔다. 사실 벌써부터 나는 선정이 되었든 안 되었든 유나도 신생아 티를 벗고 백일이 지났으니 조만간 아르헨티나로 갈 생각이었다.

아르헨티나로 떠날 짐을 꾸리는 내 모습은 관산동 집을 벗어나면서 느끼게 될 자유를 떠올리며 무척 신이 났다. 함께 짐을 꾸려주시던 어머님은 그런 나를 보고 어떤 마음이셨을까? 꼼꼼하지 못한 나 대신에 들기름이며 고춧가루며 온갖 식재료들을 뽁뽁이로 둘둘 말아 테이프로 치밀하게 말아주시며 어떤 기분이 드셨을까…. 그때 어머님 마음을 헤아리지 못한 나를 돌아보면 죄송한 마음뿐이다.

### 꿈이 있는 가족 _ 김지양

유준이가 태어나고 관산동 주택으로 누나 가족, 부모님과 합가를 하게 되었다. 마당 있는 집에서 아이들을 키우고 싶은 내 작은 소망을 실현한 것이다. 주위에 쉽게 볼 수 없는 모습인 만큼 모든 과정이 쉬운 것만은 아니었다. 그래도 가족끼리 대화하고, 추진하는 모든 과정이 행복한 일이었다. 아이들이 우리가 함께 살아가는 이야기들을 보고, 경험하게 될 것이라는 생각은 우리의 선택과 결단에 큰 의미 부여가 되었다.

그렇게 내 삶의 버킷리스트 중 하나인 내 집을 짓고, 내 땅을 밟으며, 내 먹거리를 경작하며 살아가는 일을 추진하게 된 것이다. 비록 전셋집이지만 관산동 전원주택 생활은 내게 많은 가르침을 준 소중한 경험이 되었다. 1200m²(약 350평)에 이르는 넓은 주택에 살다보면 손이 갈 곳이 많다. 아이와 함께 우리 네 식구만 살면서 주택관리를 했다면 아마 더 힘들었을 것이다. 관리를 포기하거나 돈으로 해결하지 않았을까 싶다.

전원생활 속에서 맑은 공기, 삶의 작은 여유를 만끽하기 위해서 해야 할 일은 실로 엄청나다. 그래도 어렵지 않게 웃으면서 살아갈 수 있었던 것은 우리 가족들의 역할 분담 덕분이다. 우리 가족은 자연스럽게 정해진 역할들을 해나갔다. 그 일을 했다고 큰 칭찬이나 보수가 돌아오는 것은 아니었다. 그저 가족 모두가 함께 살아가는데 좀 더 쾌적하고, 아이들이 뛰노는 공간이 한 단계 나아질 뿐이다. 그래서 3년 전의 관산동에서도, 지금의 사리현동에서도 이렇게 함께 살아갈 수 있는 것에 더욱 감사한 마음을 가지게 된다.

잔디밭의 잔디는 한창 시기에 어찌나 빨리 자라는지 모른다. 외국 영화에 보면 동네 애들한테 알바로 잔디 깎기를 시키기도 하던데 그런 상황은 아니다. 잔디밭의 넓이만 500m²(150평)는 족히 되었던 관산동. 깎아서 정리까지 하려면 보통 힘든 일이 아니다. 그래서 이제는 어딘가에서 예쁜 잔디밭을 보면 누군가의 손길에 고마운 마음을 가진다. 잔디를 깎고 치운다고 끝은 아니다. 곳곳에 피어나는 잡초들을 수시로 제거해야 한다.

잔디 깎는 일은 매형이 많이 했다. 그러면 어머니나 내가 정리를 하고. 무슨 일이든 혼자서 해결되는 일은 없다. 잡초 제거는 아침저녁으로 어머니가 한 바구니씩 뽑으셨다. 그래도 대단한 생명력들은 늘 새로이 솟아났다. 때로는 잔디밭에 핀 한 송이의 민들레가 아이들에게 기쁨을 주기도 하였고, 때때로 찾아와주는 방아깨비는 아이들에게 생물에 대한 호기심을 가져다주었다.

우린 일과 함께 삶 속의 작은 행복들을 찾아가고 있었다. 유준이가 어릴 때 조금씩 갖고 놀던 축구공을 생각하면 그 넓은 마당이 그립긴 하다. 지금의 사리현동 마당은 축구를 하기에는 좁기 때문이다. 언젠가 다시 그런 마당에서 유준이와 함께 축구를 할 날이 오지 않을까?

관산동에선 전세로 살던 터라 특별한 인테리어보다는 깨끗하게 집 안을 유지하는 일에 더 신경을 써야 했다. 그래도 수년 동안 구석구석 사람의 손길이 닿지 않은 곳이 많아서 집 안팎을 깨끗하게 유지하는 일은 쉽지 않았다.

전원주택살이에서 집 앞 청소는 그 집의 몫이다. 집 담벼락으로 엄청나게 매달린 담쟁이덩굴은 예쁜 눈요기꺼리였지만 엄청난 낙엽이 되어 떨어졌다. 아스팔트 작은 틈새에서도 각종 풀들이 어찌나 잘 자라는지 모른다. 아버지와 어머니는 집 주변은 물론 온 동네를 깨끗하게 청소하셨다. 아마 조금만 더 젊으셨다면 동네 일대를 다 청소하고 다니지 않으셨을까 싶다.

2014년 1월에 우리 가족은 부모님을 모시고, 멕시코에 이주해 사시는 작은 아버지 댁으로 큰 맘 먹고 한 달 간 다녀왔다. 이 여행은 어찌면 남아메리카에 우리가 연을 갖게 된 첫 번째 계기가 아니었을까 싶다. 장거리 비행에 힘들기도 하였고, 아직 말문이 트이지 않은 유준이를 데리고 여행을 한다는 게 쉽지만은 않았다. 그런데 이 과정에서 우린 둘째 유나를 맞이하게 되었다. 혹시 모른다는 생각에 아내가 현지에서 구입한 임신 테스트기를 통해 우리에게 두 번째 천사가 오게 되었다는 것을 알게 되었다. 그리고 시작된 아내의 입덧! 우리 여행은 아내의 임신으로 조심스러울 수밖에 없었다. 그럼에도 언제 다시 오겠냐며 갈 때는 미국 디트로이트, 올 때는 시애틀 경유를 잡아 여행하면서 오갔으니 당연히 더 힘든 것은 말할 것도 없었다.

아내의 둘째 임신 소식은 다소 갑작스러웠고, 누나도 임신 중이어서 한 집안에 임신부가 둘이 된다는 것은 부담이 되기도 하였다. 첫째가 아들인지라 뱃속의 아이가 딸이라는 소식은 우리를 더 들뜨게 했다. 아들과 딸이 중요한 것은 아니었지만 예쁜 딸 하나 가져보는 것이 아빠들에게는 얼마나 큰 소원이겠는가? 유준이를 낳고 키우면서 아들이 여럿 있어도 좋겠다는 생각은 했었다. 그런데 딸이라는 소식은 왜 그리 좋던지…. 그래서 우리 딸의 태명은 '올라'였다. 스페인어권 나라 멕시코에서 알게 된 우리 둘째 유나.

딸같이 행동하기도 하는 유준이지만 유나를 보면 역시 다르긴 다르다. 딸과 아들 하나씩 낳고 키워보는 이 행운을 내가 가지게 되다니…. 우리가 아르헨티나에서 생활 여행자로 잠시 머물게 되었다는 걸 생각해보면 '올라'라는 유나의 태명은 다 이렇게까지 이어지려는 계획이 있었나보다.

그렇게 예쁜 아들과 딸을 두고 난 또 다른 나의 미래를 그리기 시작했다. 물론 그 새로운 계획 속에는 우리 가족이 있었다. 그리고 나는 둘째가 태어난 직후, 아르헨티나 한국학교 근무를 위해 떨어지지 않는 발걸음을 옮겨야 했다.

# 잠시 아르헨티나 좀 다녀올 게요

_ 류대희

유준이 어린이집 재롱잔치를 하던 날이 우리 출국 날이었다. 비록 아이는 무대에서 아무것도 안 하고 멍한 표정으로 서 있다가는 다리가 아프면 앉았다가 다시 일어선 게 다였는데도, 보고 있는 엄마는 그저 대견스럽고 코끝이 찡해지기까지 했다. 무대가 끝나자마자 친정 부모님까지 열한 명이 차 3대에 이민가방을 9개 싣고서 공항으로 출발했다. 아이 둘을 나 혼자 데리고 갈 수가 없어 친정엄마도 함께 비행기에 올랐다. 그렇게 아르헨티나로 떠난 지 21개월쯤 지나 우리 가족 모두는 한국으로 돌아왔다. 그것이 나의, 우리의 첫 분가 경험이었다.

우리가 아르헨티나의 수도 부에노스아이레스에 도착하고 2주 뒤, 친정아버지도 아르헨티나로 오셔서 엄마와 함께 루한 성지도 둘러보고, 이과수 폭포에도 갔다. 부모님 두 분은 따로 오셨지만 나갈 때는 함께 출국하셨다. 1월 말의 일이었다.

엄마는 2월 중순에 다시 오셨다. 내가 한국학교에서 근무를 시작하면서 유준이가 한국학교 병설유치원에 다니게 되었고, 유치원 적응기간에 따라 아이들은 오전에 잠깐씩밖에 등원을 하지 않아 누군가가 유준이와 함께해야 했기 때문이다. 이번에는 오실 때도, 가실 때도 엄마 혼자셨다. 경유도 해야 하는데 혹시라도 국제 미아가 되는 건 아닌지 식구들 모두가 걱정했다. 그래서 처음 아르헨티나에 올 때 이용했던 항공사의 루트와 동일한 비행기표를 끊어드렸다. 불과 3주가 지났을 뿐인데도 엄마는 양손 가득 엄청난 짐을 가져 오셨다. 2년은 족히 먹고도 남을 정도의 미역과 김, 다시마, 건강식품, 로션 등등….

유준이는 외할머니 덕분에 다행히 낯선 유치원에 적응을 잘 했다. 유나도 베이비시터를 한 번 바꾸고 나서는 적응을 잘 하는 것 같았다. 다시 한국에 돌아가실 때가 된 엄마는 가시기 전날까지 우리가 먹을 김치를 잔뜩 해서 냉장고를 채워주셨다. 엄마를 영영 부에노스아이레스 집에 묶어두고 싶었다. 공항에 배웅해드리고 나서 빈 주방에 서서 그렇게나 울었다.

아르헨티나에서 우리 네 식구는 참 별일을 다 겪고 왔다. 그곳에서는 돈을 벌고 쓰는 게 빠르니 1페소도 아까워 가계부를 철저히 쓰게 되었고, 집안일과 육아를 남편과 함께한다고 해도 힘이 드는 것은 어쩔 수 없었다. 그러다보니 아이들에게 예민하게 군 적도 더러 있었다. 아직도 가끔 유준이가 얘기하곤 한다. 엄마가 아르헨티나에 있었을 때는 자기를 더 혼내지 않았냐고…. 뜨끔하지 않을 수 없다.

집안 살림을 도맡아하기 시작하다 보니 보이지 않던 것들이 보이고, 생각지 못했던 것들까지 신경이 쓰였다. 하루에 몇 번씩 청소를 해도 묻어나오는 먼지를 보고 한탄하기도 했고, 쌓이는 빨랫감이 처음에는 반갑지 않다가 나중에는 얼른 쌓여서 빨아 버리고 싶기도 했다. 김치도 내 손으로 처음 담가봤는데, 나중에는 김칫국물도 아까워 찌개를 끓이고, 남은 찌개에다 물을 부어 또 끓이고, 김칫국물로만 김치 없는 김치전을 만들어 먹기도 했다. 없는 요리 실력을 발휘해서 저녁상을 차리면 아무도 불평불만 없이 잘 먹어 주었는데, 그게 그렇게나 고마울 수가 없었다. 늘 묵묵히 집안일 하시던 시부모님의 노고를 그제야 조금이나마 깨닫게 되었다.

사람을 좋아해 관산동에서 하루가 멀다 하고 손님을 치르던 우리 부부는 아르헨티나에서도 바빴다. 아이를 두고 어디 좋은 데 가서 식사를 할 수는 없었으므로, 한국식품점에서 장을 봐온 재료로 손님맞이를 했다. 한국학교 선생님들, 미까네 가족, 과외선생님 가족, 베이비시터인 미르따 부부, 운 좋게 바로 윗집에 들어가 이웃사촌이 된 다민이네 가족….

난 요리에 대한 자신감과 경험치가 빠른 시간 안에 상승함을 느꼈지만, 더 자신감이 붙은 것은 남편 쪽이었다. 피자 도우도 손수 만들고, 각종 전을 기가 막히게 바삭하게 구워냈으며, 내가 몸이 안 좋은 시기에는 김치도 혼자 담갔다. 감자튀김, 야채튀김, 닭튀김 등 각종 튀김요리는 남편이 담당했다. 레몬차와 자몽차도 끊이지 않고 새로 만들어졌다. 잘 한다, 잘 한다 칭찬해주니 더 신이 나서 일했다. 그래서 나는 피자 도우와 전류, 튀김류, 팝콘은 손을 놓고 일부러 계속 못 하는 척을 했다. 진짜 못 하는 것은 물론 아닐 테지만, 앞으로도 평생 못 하는 것으로 하고 싶다. 남편의 캐러멜 팝콘은 기가 막히니까….

유나는 9개월 10일 때부터 아장아장 걷기 시작해서는 모유를 먹고 싶으면 헤실거리거나 입술을 삐죽거리면서 다가와서는 내 옷을 들추고 알아서 찾아 먹기 시작했다. 쭈쭈를 발견하면 세상 다 가진 듯 너무나 행복한 표정으로 헤벌쭉 웃고…. 내가 피곤하거나 잠에 취해 누워 있으면 내 위에 엎드린 자세로 빨아먹기도 하고, 평소에도 얌전히 요람 자세로 먹지 않고 거의 나를 올라타거나 엉덩이 하늘한 자세 등 자기 맘대로 먹었다. 샘 부리는 유준이도 한두 번씩 빠는 시늉을 했는데, 솔직히 녀석은 조금 징그럽긴 해도 모유를 한 달도 채 못 먹였던 터라 미안한 마음이 샘솟곤 했다.

그렇게 하루 이틀 지내다보니 유나는 11개월이 되었다. 모유 수유가 아이 건강은 물론 가계에도 도움이 되니까 학교에서 점심을 5분 만에 먹고 20분 넘게 보건실에 숨다시피 하여 유축을 해 모유를 냉동시킨 뒤 베이비시터에게 갖다 주면, 내가 없는 동안은 그걸 데워서 먹여주고는 했었다. 모자란 것은 제일 비싼 액상 분유를 사다 먹였다. 그렇게라도 해야 워킹맘으로서 느끼는 미안함이 덜해질 것 같아서였다. 이유식도 괴발개발 만들어 두면 내가 요리 솜씨 없는 건 아이도 기가 막히게 알아서 몇 입 먹다가 혀를 쭉 내밀고 안 먹겠다고 시위하는 통에 유나는 일찌감치 밥을 먹이기 시작했다.

단유를 결심했던 건, 밤에 자다가도 젖을 찾으려 들고 낮에 밥마저도 잘 안 먹으려 하기 때문이었다. 거기다 근무 중반부터 시작된 극도의 스트레스로 인해 피부 상태가 더 악화되면서 스테로이드제와 항히스타민제를 써야 했다.

단유하면서 젖몸살을 며칠 겪고 나서 유나는 더 이상 젖을 찾지 않았지만 손가락을 심하게 빨기 시작했다. 잘 때에도 손가락이 없어서는 안 되었다. 지금도 잘 때 무의식중에 입 속으로 들어가는 손가락은 내게 미해결 과제로 남아 있다. 그래도 유나는 배변 훈련은 일찌감치, 자연스럽게, 편하게 시작했다. 둘째라 그런지 유준이가 변기에 앉아 있을 때마다 큰 관심을 보인 덕분인 것 같다.

한국에 있는 식구들과는 매일은 아니었지만 꼬박꼬박 화상통화를 했다. 너무나도 좋아진 세상이다. 휴대폰은 무선인터넷이 될 때만 전화를 할 수 있었고, 주로 카메라 용도로 썼다. 관산동 집에서 사리현동 집으로 옮기는 과정에서 우리가 걱정할까봐 통화를 하는 중에도 어머님과 형님 내외는 힘든 내색을 크게 안 하셨다. 소송 문제에 집을 짧은 시간 안에 구하고, 엄청난 스케일의 리모델링까지 하시면서 성당에서 세례까지 받으셨다는 것을 나중에야 들었다. 죄송스럽고, 감사하다는 말밖에는 할 수가 없었다.

어쨌든 이제 유준이에게는 관산동 할머니라고 하지 않고, 사리현동 할머니라고 해야 했다. 처음에는 낯설었고, 아이도 네 글자나 되니 어려워했다. 한국에 돌아가면 우리 집은 이제 사리현동에 있는 거야라고 아이에게 얘기할 적마다 마음속 깊은 곳에서 안도감이 밀려왔다. 타국 생활을 하는 우리에게 돌아갈 집이 있다는 것은 정말 멋진 일이었다. 식구들이 공들여 우리 공간까지 마련해 놓았다 하니 설레기도 했다.

우리가 한국을 떠나올 때 조금씩 기어다니기 시작하던 시아는 화면 속에서 조금씩 어린이가 되어가고 있었고, 부모님도 나이 드심이 느껴지기 시작했다. 특히 친정아버지 머리카락이 새하얗게 변한 걸 보고 속상하기도 했다. 한창 곁에서 재롱 떨 손주들이 지구 반대편에 있다며 통화할 때마다 아쉬워하셨다.

나는 일과 육아와 집안일에 허덕이면서도 씩씩하게 파견근무를 1년 하고 난 후에는 교육청에 조기복귀 신청과 함께 육아휴직으로 바꾸고, 반 년 간 스페인어 공부도 하고 유나와 단 둘이 꿀 같은 시간을 보냈다. 내 인생에서 다시없을 포근한 솜사탕 같은 추억일 것이다. 유준이와 그런 시간을 진득하게 보내지 못했던 것이 미안하다.

한동안 일요일에는 현지 성당도 다녀 보았지만 한국성당의 유아실이 우리 가족에게는 꼭 필요했다. 한국성당에서는 미사가 끝나고 마당에서 빵이나 떡을 먹을 수 있었는데, 유준이와 유나는 우리 부부가 영성체를 하면 자기도 곧 빵을 먹을 수 있을 거라며 좋아했다. 오후에는 낮잠을 재우고 공원을 산책하는 것이 일과였다.

종종 아이스크림 가게에서 1+1 행사를 할 때는 아껴뒀던 돈을 꺼내 무려 2kg에 달하는 아이스크림을 사서 냉장고에 넣어 두고 행복해 했다. 아이들을 재우고 나면 냉장고 옆에 서서 한 입 두 입 아이스크림을 떠먹었다, 아니, 퍼먹었다. 아르헨티나는 둘세dulce(단 것)의 나라였다. 빵도 다 달았다. 아파트는 나름 주상복합이라 1층에는 빵집이 있었는데, 크루아상처럼 생긴 메디아루나가 일품이었다. 몇 개 사다가 커피와 먹으면 그만이었다. 한국에서 그렇게 단 것을 많이 먹어본 적이 있었나?

평생 먹을 아이스크림과 고기를 거기서 다 먹었다. 고기 하면 또 아르헨티나였다. 아사도(갈비)는 아르헨티나의 전통음식이요 자랑거리이자 또 하나의 문화였다. 아사도는 우리 식구끼리 오븐에 구웠을 때마다 실패해서, 집에서는 엄두를 못 냈다. 대신 미까의 아빠 마르띤Martin이 훌륭한 아사도르(고기 굽는 사람)여서 우리는 자주 얻어먹을 수 있었다.

덕분에 나는 살이 포동포동하게 올랐다. 두 아이를 낳고 나서 처녀적 몸무게까지 찍었다가, 아르헨티나에서 십의 자릿수가 바뀌는 경험을 하다니! 그래도 행복했다. 대신 매일 바지를 못 입고, 고무줄 달린 레깅스를 입어야 했다.

맛있는 것을 먹은 뒤에는 인터넷에 접속해 가족 밴드(네이버 어플)에 사진을 올려 자랑하기도 했다. 밴드는 주로 아이들 모습을 올리는 용도로 활용했다. 친정 부모님과 사리현동 식구들에게 그 많은 사진을 다 보내면 스팸처럼 여겨질 것 같아서였다. 그러면 종종 시유와 시아의 사진도 올라오고, 원주에 계신 남편의 외사촌네 아이들 사진도 올라오곤 했다. 지구 반대편에서도 아이들은 잘 크고 있었다. 감사할 일이었다.

한국 나이로는 유준이보다 한 살 아래지만 아르헨티나에서는 동갑 내기인 다민이라는 여자아이가 종종 우리 집에서 같이 놀았다. 유준이가 윗집에 올라가 놀 때도 많았다. 그러면 나랑 윗집 언니 중 한 명은 조금은 쉬거나 남은 집안일을 할 수 있었고, 때로는 아이들 노는 동안 같이 차를 마시기도 했다. 다민이에겐 일곱 살 많은 오빠가 있어 아이들을 잘 데리고 놀아주었다. 나는 먼저 아이를 키워본 경험이 많은 윗집 언니에게 육아 상담이나 남편에 대한 하소연을 하기도 했다. 멀리 있어 친정엄마도, 시부모님도 해결해주지 못하는 일이었다.

놀랍게도 일을 그만두고 나니, 둘째를 낳고도 호전될 기미가 없었던 내 피부는 아르헨티나에서 지낸 지 1년 반이 되어가며 점차 나아지기 시작했다.

열심히 모은 돈과, 그 땅에서 차를 사려고 모아온 돈으로 우리는 방학 때마다 곳곳을 여행 다녔다. 일찍 찾아온 아기천사로 인해 신혼의 달콤함을 일찌감치 포기해야 했던 우리 부부는 악을 쓰다시피 해서 여행을 다녔다. 어린 두 녀석을 데리고 참 많이도 쏘다녔다.

아이들은 너무 빨리 자랐고, 물가도 너무 빨리 많이 올랐다. 나는 더 남아서 유나와 오붓하게 지내며 때때로 베이비시터를 쓰면서 스페인어를 계속 배우고 싶은 마음에 남편이 파견근무를 연장했으면 싶기도 했지만…. 부에노스아이레스 하늘은 여전히 아름다워도 한국으로 돌아가야 할 때가 조금씩 다가옴을 느꼈다.

## 아르헨티나 생활, 살며 사랑하며 도우며 _ 김지양

아르헨티나에서의 우리 가족 이야기를 간단하게 정리하는 것은 매우 어려운 일이다. 그만큼 많은 일들이 있었고, 2년 가량의 시간은 힘겹기도 했지만 행복하기도 했던 추억이었다.

유나가 태어나고 사흘 후, 나는 홀로 아르헨티나로 출발하였다. 아내와 갓난아기를 산후조리원에 데려다 주고 눈물의 이별을 하며 출국했다. 내가 3개월 가량 혼자 아르헨티나에서의 적응기를 거쳤을 때, 아내는 백일이 된 유나와 두 돌이 넘은 유준이를 데리고 30시간을 넘게 날아서 아르헨티나에 도착했다.

유준이는 아르헨티나 한국학교 병설유치원 만 2세반에 들어갔다. 한국에서 사회 경험을 한 번 했었던 터라 적응이 오래 걸리진 않았다. 유치원의 오전 일과에는 아르헨티노 담임이 스페인어로 수업을 했고, 오후에는 한국인 담임이 한국어로 일과를 진행했다. 다행히 오전에는 오후 담임이 보조교사로 같은 공간에서 아이들을 돌보는데 도움을 주는 시스템이었다. 스페인어라고는 일, 이, 삼도 모르는 유준이는 자연스레 한국인 선생님에게 더 많은 의지를 했다. 현지 담임이 "올라, 유준!Hola, Yujun!" 하고 인사를 건네도 곧바로 한국인 선생님에게 가서 붙어 있었다. 그래도 꾸준한 현지 담임 훌리에따Julieta의 애정에 나중엔 운베소Un beso(볼 키스) 정도는 나눌 수 있는 여유를 가지기도 했다.

신기한 것은 유준이가 친구들 중에서 한국말을 전혀 못 하는 다문화 가정의 아이와 제일 친하게 지냈다는 것이다. 둘은 몸짓 하나로 함께 웃고, 한 명은 스페인어로, 한 명은 한국어로 의사소통을 하고, 나중에는 상대방 언어의 단어 한두 개로 어설피 대화를 했다. 역시 의사소통은 언어 능력이라기보다 마음이 먼저인가 싶었다.

밥 대장 유준이는 한국학교의 음식 적응도 훌륭하게 잘했고(물론 한국에서도 그랬듯 편식을 했다), 선생님을 힘들게 할 정도로 왕성한 움직임은 있었으나 많은 관심과 사랑을 받으며 잘 다녔다.

매일 아침 출근하는 아빠와 함께 학교에 가는 즐거움도 유준이가 가진 행복한 일이었으리라 믿는다. 나 또한 유준이를 데리고 출근하는 길에서 느끼던 상쾌함은 잊을 수가 없다. 그러면서도 유준이는 한국에서 매일 아침 함께 어린이집 노란 버스를 타고 다니던 시유를 기억하고, 한국에 가면 시유 누나랑 꼭 같이 유치원에 다닐 거라는 이야기를 입에 달고 살기도 했다. 둘은 사촌이지만 남매처럼 자랐다. 한국에 돌아온 지금도 그렇게 싸우면서도, 그렇게 서로 찾는다.

내 어릴 적을 생각해보면 누나가 내 가장 가까운 단짝이었던 것 같다. 싸우기보단 누나의 챙김을 받으며 사이좋게 자랐던 내 어린 시절은 우리 아이들에게 꼭 알려주고 싶은 이야기이다. 그래서 지금 이렇게 함께 살고 있지 않을까? 서로 결혼을 하면서 누나랑 나누던 "우리 이제 명절에 만날 일은 없겠다"라는 이야기가 그렇게 섭섭했었는데, 이렇게 같이 살게 되어 왠지 마음이 따뜻해진다.

가족이 함께 살게 되기까지 늘 꿈꾸었던 풍경은 '아이들이 커서도 바로 옆집이나 한 동네에 살면서 할아버지 할머니께 인사를 드리면서 살게 되면 좋겠다'라는 것이었다. 형제가 둘밖에 없으니 사촌 간에도 늘 친형제처럼 지냈으면 좋겠다. 유유 남매와 시 자매가 기쁜 일도, 슬픈 일도 함께 나누면서 따뜻한 가족과의 관계에서, 더 나아가 주변에도 늘 따뜻한 사람으로 자랐으면 한다.

아르헨티나 한국학교로 오가는 등굣길과 하굣길에 지나는 학교들 주위엔 언제나 부모들로 이루어진 엄청난 인파를 만날 수 있었다. 그들을 보면 매일 집에서 자녀들을 보는데도 늘 애정표현에 적극적이었다. 현지 아이들뿐 아니라, 아르헨티나 문화를 늘 접하며 자란 한국학교 학생들도 가족끼리의 애정표현과 감정표현이 자연스러워 보였다. 나는 아내에게, 우리 아이들에게도 저들처럼 넘치게 애정을 표현하며 지내자고 이야기하곤 하였다. 그러한 인사 문화는 한국에 온 지금도 꼭 이어가고 싶다.

12시간의 시차가 있다는 것만 고려하면 비싼 전화비를 내지 않아도 SNS(사회관계망서비스)의 화상통화 서비스를 이용할 수 있으니 집에서 인터넷만 된다면 한국과의 연락은 어렵지 않았다. 유유 남매가 서로 전화기를 들겠다고 난리를 치는 통에 전화기 2대로 동시에 화상통화를 했다. 애들 때문에 어른들은 대화 나눌 기회가 거의 없었는데, 애들 뒤로 보이는 얼굴을 보면서도 부모님께선 "많이 말라 보인다, 먹는 것은 괜찮니?" 하고 걱정하셨다. 괜찮다는데도 늘 걱정 가득이셨다.

나이 예순이 되어도 자식은 자식이라더니 애 둘을 낳은 아들을 보시면서도 걱정뿐이셨다. 정신없이 전화를 끊고 나면 괜히 사랑한다는 말

한마디 따뜻하게 못한 아쉬움이 늘 있었다. 특히 아르헨티노 가족들의 단란한 모습을 보노라면 한국의 가족들이 많이 보고 싶었다. 가끔은 넷 밖에 없는 시간이 좋기도 했지만 역시 많은 가족들과 나누는 사랑과 정은 늘 아쉬웠다.

무엇보다 타국 생활이 힘들 때면 언제든 돌아갈 수 있는 한국의 집과 가족들을 떠올리곤 했다. 군대에 들어가면 효자가 되고, 나오기만 하면 불효자가 된다는 말처럼 타국에 있으니 가족에 대한 소중함이 더 마음깊이 새겨진 것 같다. 쑥스러움에 표현하지 못하는 말들은 아직도 늘 가슴에 품고 지낸다.

아르헨티나에서는 우리 가족의 육아를 도와줄 그 누구도 없었다. 모든 의식주 문제와 일들은 우리가 해결해야 했다. 다행히도 좋은 분들을 많이 만나서 도움을 받게 된 것은 우리 인생의 큰 복이라 생각한다. 내가 받은 그 사랑과 도움들을 언젠가 나도 베풀며 살아가리라 늘 다짐하며 지냈던 아르헨티나 생활이었다.

그런 마음을 떠올리며, 아르헨티나를 떠나기 전 우린 큰 파티를 열었다. 아르헨티나 사람들이 하는 것처럼 아파트 옥상의 넓은 파티 장소를 대여했다. 소고기와 소세지 등을 30kg 정도 사고, 한국 음식과 반찬, 음료와 술, 후식도 준비했다. 거의 30명 가까운 지인들이 왔다. 많은 손님들을 맞으며 정신이 없어 한 분 한 분께 우리 마음을 다 전하지 못했기에 아쉬웠지만, 그렇게나마 모든 분들을 뵙고 감사함을 표하고 싶었다.

우리가 의지할 가족도 없이 힘들게 지낼 때 얼마나 많은 사람들이 우리에게 도움을 주었는지 떠올랐다. 모두에게 감사했다. 특별히 그 날 일찍 일을 마무리하고 와서 함께 고기도 사고, 숯불을 피워주었던 마르띤 형에겐 말로 표현할 수 없을 만큼 고마웠다. 지구 반대편 아르헨티나에도 이렇게 정이 많은 사람들이 사는 곳이라는 것을 알게 해준 마르띤 형! 평생 가까이에서 지내고 싶은 형은 우리가 한국의 가족을 잊고 지낼 수 있게 도와주기도 했지만, 오히려 형을 보면서 더욱 가족이 그리워지기도 했다.

마지막 파티를 끝내고 다시 이민가방 10개를 쌌다. 버릴 것은 버리고, 휑한 집안을 둘러보니 잠이 오지 않았다. 아르헨티나에서의 마지막 퇴근, 마지막 산책, 그리고 마지막 외식을 했다. 마르띤 형이 마지막 저녁을 사주겠다고 와주었던 것이다. 아이들 넷을 데리고 찾은 일식집에서 식사를 했다. 맛있는 음식을 먹으면서도 그 맛이 느껴지지 않았다. 그동안의 고마움을 표현하고 싶었지만 애들이 난리를 치는 통에 결국 정신없이 쫓기듯 나왔다.

마지막 밤을 그렇게 보냈다. 감정을 차분히 정리하고, 모든 것을 잘 마무리하기엔 우리의 상황이 쉽지 않았다. 우리가 사는 1층 입구를 늘 지키던 뽀르떼로(경비원)를 보면서도 눈물이 핑 돌았고, 집 앞 공원의 조용한 밤풍경을 보면서도 기분이 이상했다. 매일같이 다니면서 보던 이 모든 것에서 이젠 멀어진다는 생각을 하니 말로 표현할 수 없는 감정이 밀려왔다.

낯선 이국땅에 가족이 다함께 모여, 2년이 채 되지 않는 시간 동안이지만 어린 남매를 데리고 참 많이도 돌아다녔다. 부에노스아이레스 도심지에서도 공원이며 맛집을 많이 돌아다녔고, 방학이면 아르헨티나의 지방(살타, 꼬르도바, 이과수, 깔라파테, 우수아이아, 바릴로체, 멘도사, 헤네랄 라바제 등)은 물론 중남미 국가(페루, 볼리비아, 우루과이, 칠레, 멕시코, 미국 등)를 돌아다녔다. 어디를 가나 그곳 나름의 독특한 경험에 이어지는 놀라움과 감사함은 평생 잊을 수 없는 추억이 될 것이다. 기회가 된다면 여행기의 감동도 누군가와 함께 나누고 싶다.

아르헨티나에서 겪은 육아, 만난 사람, 여행의 기억은 우리의 삶에 굳은살을 더 단단하게 했다. 똑똑한 것인지, 바보 같은 것인지 시간이 흐른 지금도 내게 남은 아르헨티나의 기억은 늘 그리운 부에노스아이레스의 푸른 하늘만큼이나 맑기만 하다.

# PART 4

# 한 지붕 아래
# 세 가족

_ 이음전

예전 같으면 흔한 이야기인데, 요즘은 어디를 가서 우리 가족 이야기를 하면 "아니, 정말요?" 하고 놀란다. 우리 가족은 아들 내외와 손자 손녀, 딸 내외와 손녀 둘, 그리고 할아버지, 할머니라는 조금 독특한 구성원 열 명의 식구가 한 지붕 아래에서 북적대며 산다.

　이렇게 모여살기까지는 사연도 많다. 딸(김성희)이 결혼하고, 손녀(김시유)가 태어나면서 자연스럽게 맞벌이하는 딸의 육아를 도와주는 심정으로 첫 손녀를 맡아 키우게 되었고, 주말마다 부부가 강원도 원주로 아이를 보러 내려오곤 했다.

　2년 뒤에 아들(김지양)도 결혼하였고, 이듬해 손자(유준)가 태어났다. 손자는 경기도 용인 외갓집에서 외할머니의 육아 도움을 받으며 자랐다. 부부가 맞벌이를 한다지만 서울에서 집을 사서 살기에는 하늘에 별 따기 만큼이나 어려운 일이었고, 부모인 우리도 도와줄 수 있는 형편이 못 되었다. 게다가 손자의 아토피로 아들 내외가 너무 힘들어 했다.

그러던 중에 아들과 딸은 이런저런 고민을 나누었고, 사위와 며느리까지도 그것을 받아들이면서 서로의 직장이 있는 서울로 출퇴근이 가능한 경기도 주변 지역의 집들을 알아보기로 했다. 부지런히 발품을 판 보람이 있었는데, 무엇보다 경기도의 주택은 전세가격이 매매가의 30~40% 정도밖에 안 된다는 것을 알게 되었다. 서울 아파트의 전세가격이 매매가의 80% 정도인 것을 생각하면 제법 저렴한 가격이었다.

어쩌면 전원주택에서 아이들을 키울 수 있는 기회가 생길지도 모른다는 생각을 조금씩 하게 되었다. 마침내 경기도 고양시 관산동에 위치한 마당 넓은 전원주택을 전세로 구하게 되었고, 우리 노부부는 아들과 딸이 원한다면 앞뒤 재어보고 할 것 없이 당연하다는 생각으로 함께 살게 되었다. 그렇게 대가족 삶은 자연스럽게 시작되었다.

그때부터 우리의 즐겁고 행복한 대가족 생활은 시작되었다. 공기가 좋고, 마당이 넓은 관산동 전원주택 전셋집. 그동안 몸도 마음도 힘들게 살았었기에 아들 내외 가족과 딸 내외 가족이 함께 살면서 모두가 만족했다. 주말이면 딸 친구, 아들 친구, 사위 친구, 며느리 친구를 돌아가면서 맞이하는 주말 손님은 덤으로 얻는 행복이었다. 워낙 사람을 좋아하는 가족이기에 우리 먹던 대로 함께 나누어 먹고, 더러는 함께 자고 가기도 했다.

그리고 나면 월요일에는 우리에게 주어진 일들이 산더미처럼 남아 있기도 하다. 그래도 우리는 가족과 그리고 가족의 지인들과 함께하는 생활이 행복했다. 무엇보다 아이들이 누구 눈치 보지 않고 마음대로 뛰어놀고, 노래하고, 춤추면서 자유로이 클 수 있다는 게 너무 좋았다. 나머지 소소한 힘든 문제는 어른들이 감내할 일들이었다.

이내 딸이 둘째를 가졌고, 며느리도 둘째를 가졌다. 그렇게 둘째들이 태어나면서 집안에 변화가 있었는데, 아들 내외(김지양-류대희)가 지구 반대편 남미 아르헨티나로 파견근무를 떠났다. 북적거리던 집에서 네 명이 빠지니 텅 빈 것 같았다.

게다가 살던 전셋집에 문제가 생겨 내가 떠나고 싶어도 떠날 수 없는 상황에서 해결의 기미가 보이지 않아 소송까지 이르게 되었다. 모든 것을 잃고 길로 나앉을 수도 있었기에 마음고생이 심했고, 우여곡절 끝에 정말 힘들게 돈을 받고 빠져나올 수 있었다. 집주인은 단 5일의 시간을 주고, 그 기간 안에 집을 구해 나가라고 했다. 그것도 추운 겨울에. 서러운 세입자 처지를 비감할 겨를도 없이 돈을 다 받아 나올 수 있다는데 위안하며 서둘러 집을 알아보았지만 5일 만에 새 집을 찾아 이사하는 것은 불가능했다.

결국 이삿짐은 보관창고에 맡기고, 경기도 김포의 친척 집으로 들어가 지냈다. 한동안 김포에서 한강다리를 건너 매일 관산동까지 5세 시유를 다니던 유치원에 등원시키고, 그 와중에도 우리가 살 주택을 구하고 리모델링까지 시작하였다. 관산동에서 그리 멀지 않은 사리현동이란 곳이었는데, 그곳에서 새로운 둥지를 틀었다. 마당도 작아지고 집 크기도 조금 줄었지만, 아들 내외가 들어오면 같이 살 집을 만들기 위해서 밤낮으로 김포와 사리현동을 오가며 집을 손보았다. 짧은 시간에 많은 일들을 하면서 받았던 스트레스를 생각하면 세상의 야속함을 느끼기도 했지만 사리현동에서 우리들의 보금자리에 자리 잡고 나니 모든 것이 어느새 작은 에피소드처럼 느껴지곤 한다. 지금도 관산동 주변을 지날 때면 가족 모두가 함께 첫발을 내딛던 그 때가 새록새록 떠오르곤 한다.

그러면서 거의 2년을 해외에서 지내던 아들 내외가 아이들과 함께 들어왔다. 10식구가 다시 합체. 또다시 북적거리며 함께하는 생활이 시작되었다. 그리고 주말엔 손님이 몰려오기 시작했다. 이젠 손님이 오지 않는 주말이면 왠지 손님이 기다려지기도 한다.

나는 각각 맞벌이하는 딸 내외와 아들 내외와 함께 살면서 아침에 따뜻한 아침밥은 꼭 먹여서 출근시키겠다고 마음으로 다짐했지만 한 번도 못해주고 있다. 추운 겨울 새벽, 그들은 가장이란 무거운 짐을 지고 집을 나선다. 귀여운 아들딸을 할머니인 내게 맡기고 대문을 나서는 자식들을 보면서 늘 마음이 짠하다. 그래서 적어도 애들 걱정은 안 하게 해주리라 혼자만의 다짐을 한다.

간혹 7세 손녀 시유는 "할머니 웃으면서 말해요, 내가 좋아하는 반찬이 없어요"라고 투정을 부리기도 하고, 4살 된 손녀딸은 엄마가 준비해준 옷이 싫다며 안 입고 투정부리기도 한다. 4명의 어린 녀석들이 할머니를 힘들게 하면 소리를 질러보고, 안 되면 달래도 본다. 그래도 아이들에게 만이라도 아침밥은 꼭 먹여서 보내야 한다는 집념으로 매일 아침을 부지런히 시작한다.

그렇게 네 아이를 유치원과 어린이집으로 보내고, 뒤늦은 밥 한 술 뜨고 커피 잔을 들고 앉아 있으면 하루 종일 써야 할 내 에너지는 벌써 방전이 된 느낌이다. 잠시 동안의 휴식을 끝내고 정리하고 나면 이내 점심시간. 우리 집 삼식이 할배가 점심 먹자고 그런다. 화가 난다. 혼자 한 끼라도 해결해주면 좋으련만. 또 한 끼 먹고 나면 저녁 준비시간. 5시면 애들이 와서 저녁을 먹인다. 간식을 먹으면 밥을 먹지 않아 밥부터 먹이고 간식은 그 이후에 자유롭게 즐기도록 한다.

순서대로 퇴근해서 10명의 식구들이 저녁을 다 먹고, 아이들이 마음껏 뛰어놀고 나면 9시쯤 된다. 이젠 우리가 헤어질 시간. 각자의 방으로 "이제는 우리가 헤어져야 할 시간"을 외치며 책을 읽으러 간다. 하지만 헤어지는 시간은 보통 30분이 걸린다. 서로 인사하다 놀다를 반복하다가 각 방으로 들어가고 나면 그동안 엉망이 된 이곳저곳을 정리한다. 그렇게 하루 일과가 끝나고, 나도 방으로 들어간다.

요즘은 피곤할 때가 많다. 엄마라는 사람 때문에 세상에 태어나서 힘들게 살고 있는 내 아들딸. 그들에게 조금이나마 도움이 될 수 있도록 건강 지키면서 잘 살고 싶다. 남들이 뭐라고 하든 난 행복하다. 늘 함께할 수 있는 아들, 딸, 복덩이 손녀(시유, 시아, 유나), 손자(유준). 요즘 시대에는 아주 드문, 사랑이 충만한 우리 보물들! 사랑한다.

# 함께 살아야 하는 이유

_ 이음전

        60대 중반이 되어 새삼 가족이 함께 살아가는 이유에 대해서 생각해본다. 간단하지만 쉽지 않은 일. 그 이유 속에 우리 삶의 지향점이 있지는 않을까?

1. 모두 함께 있어서 행복하다.
2. 서로가 궁금해할 일이 없다.
3. 우리 부부에게 직장이 생겼다. 건강만 챙기면 직장을 잃을 일은 없다.
4. 아들딸이 직장에서 아이들 때문에 걱정할 일이 없다. 아이들 문제는 할머니 할아버지가 해결해준다.
5. 식구가 많아 아이들 성격도 좋다. 울고불고 하루에도 몇 번씩 싸우지만 늘 서로를 찾고 사랑을 나누며 지낸다.
6. 좋지만 힘들다. 엄청 힘들다. 그럼에도 불구하고 감사하다. 건강

하니 또한 행복하다.

7. 아이들과 저녁에 헤어질 때 "내일 아침은 어떻게 만나?"라고 하면 아이들은 "웃으면서 만나요"라고 한다. 아침에 아이들이 울면서 일어나서 나오면, 들어가서 마음껏 울다가 웃고 싶을 때 나오라고 방으로 들여보낸다. 이제는 웃고 인사도 한다. "할머니, 안녕히 주무셨어요?" 이게 사는 보람이다.

세상에서 손주 보는 일이 제일 힘들다고 한다. 그 말은 맞다. 하지만 세상에 안 힘든 일이 어디에 있겠나? 그래도 마음 편히 내 자식들 보는 게 제일 행복하고, 보람 있다고 생각한다. 오늘 화내고 내일 후회한다. 그래서 한 번 더 안아준다.

## 뒹굴이 사위

세상 편하게 살고 있는 우리 집 뒹굴이 사위. 취미는 건담, 만화책, 기타 수집. 음악을 즐겨듣고 손에는 늘 아이패드가 들려 있다. 세상의 모든 지식을 아이패드로 접한다. 아이들을 사랑으로 대하고, 매사에 긍정적이다. 둘째손녀 시아가 태어나자 너무 못 생겼는데 귀엽단다. 그러면서 장모님을 많이 닮았다고 그러는데 칭찬은 분명 아닌데 기분이 나쁘지는 않다.

키도 크고, 몸집은 뚱뚱하다. 식탐이 많다. 미식가임과 동시에 대식가. 라면을 먹어도 만두, 고기, 계란 등 온갖 재료를 넣어서 나름 잘 끓여먹는다. 키가 크니 높은 곳에 위치한 예쁜 그릇을 내려서 담아 먹는다. 커피 애호가. 큰 컵에 아이스로 커피를 내려마신다. 때로는 라떼, 때로는 아메리카노. 주스컵도 따로 쓰고, 물은 컵으로 안 마시고 물통을 들고 그냥 벌컥벌컥 들이킨다. 그리곤 늘 누워서 뒹굴뒹굴한다. 주말이면 다들 일어나 청소도 하고 아침도 먹고 할 시간에도 엄청난 소리의 코고는 소리를 내며 자곤 한다. 세상 편하게 즐기면서 산다.

나를 귀찮게 하지도 않고 편하게 하지도 않지만, 나는 그런 뒹굴이 사위가 좋다. 한 번도 밉다는 생각이 든 적은 없다. 사위처럼 나도 살아보고 싶지만 그렇게 못하니 부럽기만 하다. 요즘은 불어난 몸 때문에 발목이 아프다고 운동을 시작했다. 집에서 저녁도 안 먹는다. 살이 얼른 빠져 잘 생긴 옛날 모습으로, 건강한 모습으로 돌아오길 바란다.

무엇보다 한 집에서 처남과 처남댁까지 함께 살기 힘들 텐데 서로 이해하며 잘 지낸다. 서로 잘 챙겨준다. 직업이 같아서인지 통하는 게 많다. 가끔씩 우리는 각자 아이들을 재우다 카톡으로 딸, 사위, 아들, 며느리까지 주방으로 불러 모아 맥주를 한 잔 나눈다. 그 때 집안 모든 이야기가 오가고, 서로의 고충도 털어놓는다. 그 중에 말을 제일 많이 하는 사람이 나다. 불만을 표시하기보다는 그 상황을 내게 주어진 행복으로 받아들이려는 일종의 넋두리다. 이 집에서 난 하는 일이 정말 많다. 아이들을 돌보지, 10식구의 식사준비와 아이들 학원 픽업, 아이들 병원까지, 일일이 내 입으로 다 얘기하진 않는다. 늦은 나이에 운전을 배운 것이 가장 잘한 일이자, 스스로를 힘들게 하는 일이 되었다.

사위는 그런 내게 수고하시네요, 라는 말은 안 해도 한 마디씩 툭툭 던지곤 한다. 내가 운전할 때는 가만히 계시라면서, 편하게 앉아 계시라면서, 또 제일 불편한 자세로 모두를 불편하게 한다면서… 그런 말들이 다 장모 생각하는 말인 줄 안다. 그런 사위가 고맙다.

## 착한 며느리

사랑 많고, 정 많고, 눈물도 많은 우리 며느리는 예쁘기도 하고, 똑똑하기도 하다. 하지만 생활지능은 좀 낮아 보인다. 늘 뭔가 분주하게 지낸다. 엄청 열심히 일을 하는데 마무리가 안 되는 때도 종종 있다. 그래서 뒤따라 다니면서 치워주고 챙겨주게 된다. 심성이 착하니 늘 남의 이야기에도 눈물을 흘린다. 그리고 잘 들어준다.

아이들하고 놀아준다고 일을 잘 벌인다. 주방을 완전 초토화시키고 어디론가 사라지기도 한다. 정리하고 나면 "어머, 제가 치우려고 했는데 벌써 치우셨네요" 하곤 한다. 그래서 우리가 한 집에서 살고 있나 보다.

다른 집 며느리는 본인들 방에 들어오는 걸 싫어한다는데, 우리 며느리는 밤에 자고 일어나면 몸만 쏙 빠져서 출근한다. 애들이 자고 있으니 어쩔 수 없다. 침대 이부자리 정리와 청소는 시아버지가 매일 해준다. 간간이 올라가서 서랍정리도 해주게 된다. 혹시 기분 나쁠까 싶어서 불편하면 말하라고 하니, 제가 못하는데 해주시니 감사하다고 한다.

그래서 우린 사위 방, 며느리 방 할 것 없이 우리가 다니며 정리를 한다. 생활 속에 숨겨진 것이 없기에 오히려 편하게 살게 되는 것 같다. 자식하고도 마음이 안 맞아서 서로 힘들어하고, 안 보기도 하는 세상에서 난 무슨 복인지 착한 며느리와 착한 사위까지 함께 살고 있다. 더 바랄 것 없는 늘그막 삶을 행복하게 살고 있다.

## 손자의 유춘기

요즘 들어 부쩍 눈을 치켜뜨고 힘도 쓰면서 반항 아닌 반항을 하고 있는 하나뿐인 손자. 엄마 아빠 말은 잘 듣는 것 같은데, 왜 할머니 할아버지 말은 안 무서워하는지 모르겠다. 할머니이긴 하지만 나름 난 육아와 교육에 관심이 많고, 노력도 많이 하는 편이다. 그래서 안 되는 것과 되는 것을 분명히 구분을 지어준다. 나름 타일러도 보고, 칭찬도 하고, 안아주기도 하지만 안 통할 때가 있다.

알러지(아토피)가 심한 손자 녀석인데 먹는 것에 대한 욕심이 많다. 특히 요즘 과자는 얼마나 맛있는 것이 많은지 아이들을 통제하기가 힘들다. 그러다보면 트러블이 생기곤 한다. 저만 안 준다고 울고불고 난리도 보통 난리가 아니다. 정말 힘들고 마음이 아프기도 하다.

언젠가 하루는 화도 나고 해서 저녁밥을 차려주면서 침묵으로 일관했다. 그런데 침묵이 먹혔는지 손주 네 명이 스스로 밥을 잘도 먹는다. 할머니가 무표정에 말도 안 하니 이렇게 잘 먹을 수가 없다. 어려도 다 안다. 요 녀석들이 할머니를 들었다 놨다 한다.

# 매일 반복되는 나의 일상

_ 이음전

아침 6시면 직장 나가는 네 식구(딸, 아들, 며느리, 사위)가 출근준비를 한다. 내가 할 일은 일어나서 세탁기를 돌리고, 아이들 먹일 보리차와 밥하고 반찬 한두 가지 만들어 아이들 아침을 먹이면서 하루가 시작된다. 옷 입히고, 머리 묶어주고…. 하지만 한 번에 오케이가 없다. 옷도 엄마가 준비해준 옷은 절대 안 입는다. 본인들이 골라서 다시 가져온다. 이렇게 전쟁 같은 유치원과 어린이집 등원 길. 신발도 나름 골라 신고 대문을 나선다.

아이들을 등원시키면 우리 노부부는 간단하게 아침을 먹고 커피를 마신다. 할아버지도 할 일이 많다. 각방의 이불 정리, 청소, 빨래 널기, 분리수거…. 나름 바쁘게 남은 일들을 하다보면 어느새 점심시간이다. 간단하게 빵으로 점심을 해결하는 할아버지는 운동을 나간다. 그러면 나에게 잠시 동안의 자유가 허락된다. 음악을 틀어놓고 커피를 마시면서 한 시간 정도의 휴식을 취한다.

달콤한 휴식은 짧다. 바로 저녁식사 준비를 시작해야 한다. 아이들이 하나둘씩 도착한다. 아이들이 어린이집에서 먹고 가져온 도시락통 4개, 간식통 4개, 수저세트 4개가 설거지 바구니에 가득이다. 씻고 말려서 다시 가방에 챙겨 넣어주어야 한다. 할 일이 정말 많다. 그래도 우리 가족은 일거리를 먼저 보는 사람이 말없이 일을 한다.

많은 식구들이 살다보니 늘 일이 생긴다. 누군가 감기몸살이라도 걸리면 줄줄이 따라간다. 소아과, 이비인후과, 안과, 피부과. 이리저리 아이들을 태워서 데리고 다녀야 할 때도 있다. 요즘은 오후에 손자손녀를 태우고 발레 학원을 다닌다. 모든 일이 할머니 몫이다. 손주들이 원하고, 아들딸이 부탁을 하니 어쩌겠나?

아직은 움직일 능력이 되니 천만다행이다. 할머니인 나도 할 일이 많다. 수요일 성당 레지오, 금요일 성당 제대 꽃 봉사. 정말 일주일을 잘 활용하며 살고 있다.

저녁밥은 열 명이 먹는다. 아이들도 네 명이다보니 밥을 잘 먹는다. 한 달에 쌀 40kg은 족히 먹는다. 잡곡까지 포함하면 50kg이 될지도 모르겠다. 다 같이 하는 외식은 쉽지 않아 외식은 개인별로 한다.

## 다 늙어서 세례를 받다

우리 집 아들딸의 사돈들은 모두가 천주교 신자이다. 그럼에도 불구하고 한 번도 우리에게 성당에 대해 말씀하신 적은 없으셨다. 아이들은 어릴 때는 불교 유치원을 다녔었고, 나 또한 절을 자주 다녔다.

그런데 아들 가족이 아르헨티나로 파견을 떠났을 때 천주교 세례를 받아야겠다는 생각이 들었다. 그래서 스스로 성당으로 가게 되었고, 딸과 남편까지 함께 예비자 교리과정을 거쳐 세례를 받게 되었다. 지금 생각해보면 묵묵히 기다려주신 사돈들이 감사하다는 생각이 든다.

이런 저런 일들이 많았지만 예비자 교리반에서 열심히 했다. 그 과정에서 좋은 교우들을 만났고, 그래서 행복하다. 요즘은 이웃을 만나기가 힘든 세상이 되었다. 서로 커피 한 잔 나누는 일이 쉽지 않은 세상이다. 여러 이유가 있겠지만, 옆집 사람들에게 "커피 한 잔 드시러 오세요" 해도 "네" 하고 대답하고는 그만이기 일쑤다. 그런데 성당에 다니면서 좋은 분들을 만나 커피도 나누고, 밥도 함께 나누는 일들이 생겼다. 내 일상에 들어오게 된 사람들. 가끔 영화도 보고, 부부끼리 만나 저녁을 함께하면서 서로의 삶을 나누고, 힘든 노년의 이야기를 할 수 있다는 것은 큰 위안이 된다. 그로 인해 행복해졌다.

### 만약 내가 아프면?

요즘 들어 늘 하는 생각이지만 만약 내가 아프면 어쩌나 걱정이다. 자다가도 일어나서 비타민을 챙겨먹고, 목이 칼칼한 날 밤엔 쌍화탕도 마시고, 홍삼도 따뜻하게 마시고 잔다. 내 몸을 걱정하고 챙기는 편이 아닌데 대식구가 함께 살다보니 자연스레 이렇게 지내게 된다. 몸이 아픈 것도 걱정이지만, 아침이면 "할머니 밥 주세요" 하고 찾아오는 어린 손주 네 명이 늘 나와 함께 있다.

　내가 아프면 이 녀석들 아침을 누가 챙겨 먹일까? 때로는 늦잠을 자고 싶고, 몸이 마음대로 움직여지지 않을 때도 많지만 손주들 아침밥은 챙겨 먹여야지 하면서 일어나곤 한다. 녀석들 아침을 먹여서 유치원과 어린이집에 보내고 나면 왠지 큰일을 한 것처럼 마음이 편안해진다. 그래서 손주들이 더 클 때까지는 무슨 일이 있어도 내 몸을 챙겨야지 싶다. 그런데도 때때로 이런 할미의 마음을 아프게 하는 예쁜 녀석들. 녀석들 때문에 힘들지만, 또 녀석들 때문에 힘이 난다.

　한 번은 친구와 통화를 하는데 그날따라 몸이 무겁고 안 좋았다. 시끌벅적 놀고 있는 아이들 때문에 정신없어 방문을 슬쩍 닫고 들어와 통화를 이어 나갔다. "나는 아프면 안 돼. 아침이면 우리 애들 밥 줘야 돼. 나 아프면 누가 밥 주니?" 하고 친구에게 얘기하는데, 뒤에서 부스럭 소리가 들렸다. 어느 틈엔가 큰 손녀 시유가 이불 안에 쏙 들어가 있었던 것이다. 나는 "어, 있었니?" 하는데 시유 눈이 빨개진다. 전화를 끊고 났더니 "할머니, 감동이에요…" 하고 얘기하는 손녀딸. 이제 정말로 아프면 안 되게 생겼다.

## 내 인생의 크나큰 위기

남들에게는 그렇게나 자상하지만 집에서만큼은 본인을 먼저 생각하는 남편. 하루 세끼가 부족해서 간식까지 꼬박꼬박 챙겨먹고, 자주 화를 낸다. 손주들이 장난감을 가지고 놀다 내팽개치고 다른 것을 가지고 놀면 정리 안 한다고 화내고, "애들 이렇게 키우면 안 된다, 세 살 버릇이 여든까지 간다"면서 구시렁거리고, 아이들이 아직 어리다고 하면 또 화내고… 이러면서 우리는 늘 말싸움을 하게 된다.

어느 날 화를 못 참은 남편은 내게 불만을 늘어놓더니, 내가 애들한테는 천사처럼 대하면서 본인한테는 소리 지르고 화를 낸다고 불평했다. 우린 이렇게 골이 깊어지기 시작했고, 급기야 남편이 두 손을 들고 이제 이혼하자는 말을 했다. 이 참에 나도 잘 되었다 싶어 그러기로 했고, 그날 본인 짐을 모두 정리해서 캐리어 가방 3개에 싸놓고 아들딸 퇴근하기를 기다렸다.

남편이 아들딸 보고 이제 못살겠다, 이혼해야겠다고 말하니 두 분 뜻대로 하세요, 하면서 마지막으로 이유를 말해보라고 한다. 난 옛날에도 성질이 나빴고 지금도 성질이 나쁘지만, 네 엄마는 옛날에는 착했는데 요즘 나빠졌다고 하면서 그걸 못 참겠다는 것이 남편의 이유였다.

그 상황에서 우리 집 뒹굴이 사위가 들어오더니, 어른들이 심사숙

고해서 내리신 결정이니 반대하지 말고 얼른 짐을 실어드리자고 한다. 헛웃음이 나왔다. 대문 밖에 차 트렁크 열어놓고 짐을 실어드리고 안녕히 가시라고 인사하고 들어온다. 집안에 이 난리가 났는데 며느리는 세상모르게 자고 있다.

그날 뜬눈으로 밤을 지새우는 동안 만감이 교차했다. 이른 새벽, 아들이 조용히 나를 불렀다. 눈이 팅팅 불어서 아들을 볼 수가 없다. 너무 미안하고 부끄러웠다. 그때 며느리가 출근길에 "죄송해요. 아버님 가시는데 인사도 못 드렸네요" 한다. 놀러가는 게 아니고 이혼을 한다는데 무슨 인사인가 싶었다. 또 다시 헛웃음이 나왔다. 아마도 며느리는 어제 잠을 일찍 자는 바람에 시아버지가 원주에 놀러 가셨는지 아는가 보다. 그래서 뒹굴이 사위와 착한 며느리랑 우리가 함께 살고 있지 않나 싶다.

다행히도 문제는 1주일 만에 끝났다. 그 1주일이 1년 같았다. 사실은 평소에 불만도 많지만 고마운 것도 많다. 청소, 빨래, 이불 정리는 물론 모든 집안 정리를 도맡아 깨끗하게 하는 남편이다. 말과 행동만 따뜻해지면 좋으련만! 다 늙은 나이에도 사람의 욕심은 끝이 없다.


## 60대 중반의 내 삶

나는 바쁜 삶 속에서도 가끔은 달빛을 보곤 한다. 난 달빛을 좋아한다. 오늘 저녁은 성삼일聖三日이라 8시 미사를 보려고 나서는데 둥근 달이 눈에 들어온다. 저 달 속에 많은 것을 그려본다. 엄마도 보고 싶고, 친구도 보고 싶고, 동생들도 보고 싶다. 그러다 나도 모르게 눈물이 핑 돈다. 왠지 달빛은 나를 슬프게 만드는 것 같다.

그 옛날 어릴 적 강원도 시골에서 자라던 시절이 떠오른다. 그때는 영화 구경을 하러 시내에 나간다는 것은 엄두도 못 내던 그런 시절이었다. 무척이나 추웠던 어느 해 겨울, 산과 들이 온통 눈과 얼음으로 꽁꽁 얼어 있을 때 가까운 군부대에서 지역주민들에게 공짜로 영화를 보여주었다. 지금처럼 옷도 두껍지 않았고, 신발도 고무신이었다. 그래도 추운 줄 모르고 친구들이랑 깔깔대고 영화를 보던 그때가 그리워진다. 그 시절의 추억을 달빛에 담아본다.

어느새 내 나이가 60대 중반이다. 그렇게 추억을 함께 했던 친구들이 한두 명씩 만날 수 없는 먼 길을 떠나곤 한다. 친구를 잃는 것도, 친구를 잃어갈 나이가 된 것도 슬프다.

# 함께 사는 우리, 따로 똑같이 행복한

_ 김승일

왠지 글을 쓰려니 좀 쑥스럽네. 평범한 한 가정의 아빠였고, 화물차 운전기사로 젊은 시절 대부분을 보냈던 아빠라 글을 쓸 기회가 없었잖니. 그래서 더 쑥스럽다. 아빠가 클 때는 이런 대가족의 모습이 대부분이었는데, 지금 시대에는 거의 찾아볼 수가 없지. 어디 가서 남들에게 우리 가족 얘기를 하면 다들 난리도 아니지. 부럽다고 난리들인데 그때마다 나는, 네가 와서 한 번 살아봐라 이러지. 그들에겐 동경이지만 우리는 생활이잖아!

물론 말은 이러면서도 속으론 어깨가 으쓱할 때가 대부분이지. 이처럼 다른 사람들과 이야기할 때면 우리가 참 행복한데 말야, 함께 생활을 하다보면 가끔은 나만 힘든 것이 돋보이는 날이 있어. 그때마다 내가 왜 이런 고생을 사서 하는지 하는 생각이 들면서 짜증이 날 때도 많고, 힘들 때도 많지. 어느새 내 나이 70줄에 들어서고 보니 몸도 마음대로 안 되고, 그래서 그런 것 같기도 해.

하지만 힘들어도 자식들, 손주들 매일 볼 수 있다는 것은 좋지. 하루 중에 가장 좋을 때는 애들 어린이집 다 등원시키고 집으로 돌아왔을 때, 오후에 운동할 때, 저녁 먹고 TV 볼 때야.

함께 살다보니 늘 좋은 일만 있는 건 아니지. 제일 힘들 때는 비 오는 날이야. 시유(첫째)는 따로 다른 어린이집에 다니니까 등원시키는 게 어렵지 않은데, 문제는 나머지 세 명이거든. 비가 오는 날이 하필 월요일이나 금요일이면 어린이집 가방뿐만 아니라 따로 챙겨야 하는 아이들 낮잠 이불도 한 짐이 되니까 말이야. 작년에는 유나(넷째)랑 시아(셋째)가 제 손에 애착인형까지 하나씩 들고 가야 했으니 난리도 아니었지. 녀석들은 아직 혼자 우산을 들고 가기에도 벅찬 나이인지라. 게다가 꼭 시아랑 유나는 내 손을 잡고 가려 하니 집에 데려올 때는 늘 전쟁이 따로 없어. 그리고 집에 들어서면서부터 그동안 선생님께 예쁨 받으려고 스트레스를 받았는지 그걸 다 이 할배 할매한테 풀려다보니 서로 싸움이 나기 일쑤고….

밥 먹일 때에도 넷 다 얌전히 앉아서 먹으면 좋으련만 유나는 한 입 먹고 일어나 돌아다니고, 시아는 밥을 먹는 둥 마는 둥 하고, 시유는 늘 자기 밥이 많다며 덜어 달라 빽빽대고…. 밥상머리교육이란 게 이렇게 어려운지 몰랐네. 예전에 우리 애들은 착했던 것 같은데 말이야. 이럴 때는 할배 할매의 힘으로는 역부족이란 걸 느껴.

애들 넷을 어린이집으로 떠나보내고 청소 끝내고 나면 그래도 여유가 좀 생기고, 그때서야 날마다 치르는 전쟁이 사실은 행복이란 걸 깨

닳게 되지. 하지만 그것도 잠깐, 아이들 넷과 씨름하다 보면 현실은 다시 전쟁의 연속이지. 남들처럼 가끔씩 보면 잔소리도 안 하고, 좋은 할아버지가 될 텐데 말이야. 같이 살면서 매일 보고, 또 청소도 하다 보니 급하고 깔끔한 이 할애비 성격에 잔소리를 계속 하게 되지. 그런 부분이 좀 아쉽기도 해.

그러나 어쩌겠어. 대가족이 함께 살다보니 일정 부분 그런 역할이 필요한 것을. 그래도 요즘 애들이 제법 커서 어린이집이라도 다니니 운동이라도 다니고 그럴 여유가 생겼지. 이제 1~2년만 더 고생하면, 다들 초등학교라도 가서 엄마 아빠 따라다니면 더 편하고 좋은 날도 오겠지. 그때가 되면 더 늙었겠네.

다복한 집이지. 아들, 딸, 사위, 며느리, 손자, 손녀가 한 집에 다 같이 사니까. 친구들 만나면 다들 부럽다는데, 이렇게 살기가 어디 쉽나. 우리가 부자였거나, 태억이 같은 사위, 대희 같은 며느리가 아니었다면 불가능했겠지. 힘들어도 함께 살아간다는 것은 아이들에게도 좋은 일일 거야. 더 늙어서 아프지는 말아야 할 텐데, 지금은 그게 걱정이지.

예전에 돌아가신 아버지가 하시던 말씀들, 행동들이 가끔 생각이 나. 어느새 닮아가는 내 모습도 보이고 말이야. 나는 공부를 많이 안 하고 놀기를 좋아해서 힘든 일을 했지만, 아빠의 아버지는 반대였잖아. 생활 능력은 부족하셨어도 옛날 선비 같던 모습은 잊혀지질 않지. 사는 게 뭐 있겠어? 하루하루 열심히 살면서 자식 크는 모습 보고, 같이 맛있는 음식 먹고 그러는 거지.

하루는 긴 데 지나고 나면 내가 벌써 이 나이가 됐나 싶어. 여기 정착하기 전에 강원도 원주에 살 적에는 아파트 단지에 잠깐 살았잖아. 물론 나는 그때가 좋았지. 아파트는 깨끗하고, 관리하기도 쉬우니까. 지금 집은 위층, 아래층 다 청소하려면 두 시간은 꼬박 걸리는데…. 아파트 살 때 한 가지 안 좋은 점이 있었다면 이기적인 사람들이 많았다는 거야. 아래층에 사람이 있든 없든 쿵쿵대는 사람들과, 다른 사람들 생각은 하지도 않고 항의부터 하는 사람들, 쓰레기도 아무데나 버리는 사람들, 오밤중에 시끄럽게 음악 틀어놓는 사람들…. 차마 말 못할 일도 많이 겪었지. 인사도 꼭 하는 사람들만 했지. 우리 손주들은 가는 곳마다 인사 잘 하고 예쁨 많이 받고 자랐으면 좋겠어. 거기서도 지금의 나처럼 손주 봐주는 노인네들이 있었는데 내가 그렇게 될 줄이야. 우리 애들 뛰어다니는 것 보면 지금 주택은 정말 아이들 키우기에는 안성맞춤이야. 이따금씩 현관 아래로 텃밭에서 수확한 고추며 상추 같은 거를 넣어주는 동네 사람들도 있고….

우리 사회가 갈수록 살기가 빡빡해지는 것 같아. 만약에 내가 계속 원주에 살았더라면 우리 손주들 얼굴을 얼마나 볼 수 있었을까. 지인들 얘기 들어보면 명절마다 자식들 내려오게 하는 것도 미안하다고, 갈수록 젊은 애들 눈치를 봐야 한다는 이들도 있으니 원. 그런 얘기 들을 때면 슬퍼지네. 만약에 나나 우리 마누라가 손주를 봐주지 않았더라면, 그러지 못할 형편이었다면 우리 애들은 얼마나 힘이 들었을까.

경력은 단절되고, 집에 틀어박혀 애만 보면 우울하기까지 했을 테지.

나한테 고마워해야 하는 게 당연하다는 얘기는 아니야. 갈수록 출산율이 떨어지는 것도 이해가 돼. 모든 부모가 우리 같진 않을 테니까. 애 키우기가 얼마나 힘들어. 게다가 나도 이렇게 살게 될진 몰랐지만, 애초에 내가 자식들한테 부양만 받기를 바라고 놀고먹을 거라 생각은 안 했어. 뭐라도 사회에 도움 되는 일을 하고 싶었어. 지금 내가 하는 일? 분명히 우리 아들딸뿐만 아니라 이 사회에도 도움이 된다고 믿어. 적어도 내가 잘 하고 도움이 될 만한 일을 찾았잖아. 제2의 직장이라 여길 만큼 자부심을 느끼고 싶구나. 나한테 빨래와 청소, 신생아 보기에 전문성이 있다는 것은 우리 며느리도 인정하는 바니까. 우리 아이들도 어디 가서 남 피해주지 않고 서로 아끼고 돌보며 도움이 되는 존재가 되었으면 한다. 손주들도 그리 키우길 바란다.

너무 바삐들 살지 말고 여유도 좀 가져. "노세, 노세 젊어서 노세…" 그러잖아. 젊어서 일을 열심히 해야겠지만, 신나게 즐기고도 살아야지. 그래도 세대가 바뀌면서 우리 자식들은, 그리고 손주들은 더 잘살았으면 싶기도 하지. 사람 욕심이 끝이 없어. 아무튼 다들 건강하고 행복하게 살면 되지 뭐.

PART 5

# 사리현동의 10인,
# 이제 다시 시작이다

# 대가족 생활에 적응하기

_ 김지양

아르헨티나를 떠나 한국행 비행기를 타는 마지막 날. 어린 아이 둘을 데리고 많은 짐과 함께 저녁 비행기를 타려니 걱정이 앞섰다. 혹시나 하는 마음에 여권이며 서류며 이리저리 들춰보았다. 다행히 공항까지 함께 해준 마르띤 형이 있어 마음이 놓였다.

쌀쌀한 8월의 부에노스아이레스. 엄청난 짐을 끌고 공항 입국심사를 했다. 3개의 카트에 짐을 쌓아서 줄을 세워 놓고 마르띤 형과도 마지막 인사를 나누었다. 눈물이 흘렀지만 형을 쳐다볼 수 없었다. 형의 눈을 보면 펑펑 울어버릴 것만 같았다.

그렇게 마르띤 형과 작별하고, 우린 한국으로 오는 비행기에 몸을 실었다. 아쉽기도 했지만 가족이 있는 한국으로 돌아갈 생각을 하니 홀가분하기도 했다. 한국에 도착해 공항에서 가족들을 보면 어떤 느낌이 들까?

2년 전 아르헨티나로 떠날 때도 정신없이 출발을 했는데 도착할 때도 여전했다. 양가 모든 가족이 다 나와서 우리를 맞아주었다. 꽃목걸이는 없었지만 우승하고 돌아오는 국가 대표선수들만큼이나 큰 환대를 받았다. 그렇게 우린 가족이 기다리는 한국으로 돌아왔고, 설레는 마음으로 사리현동 집으로 향했다.

새로운 집에서의 첫 날. 처음 보는 집인데도 아늑하게 느껴졌던 것은 가족이 함께하기 때문이었을 것이다. 가족은 그렇게 우리에게 안정감을 준다. 우리는 감사하게도 양가 부모님의 무한 사랑 안에서 살아가고 있다. 결혼을 준비하고, 신혼생활을 거쳐 유준이와 유나를 낳고 살아가는 지금까지 우리가 알게 모르게 받았던 양가 부모님의 도움과 사랑을 생각하면 끝이 없다. 그 분들은 우리가 힘들 때마다 늘 곁에 계셨다. 지금은 각각 용인과 일산으로 우리와 떨어져 사시는 거리만큼이나 아쉽지만 멀지 않은 장래에 양가 부모님이 모두 근처에서 함께 사셨으면 하는 것이 내 또 다른 버킷리스트이다.


**아이가 넷** _ 류대희

토요일 저녁, 역시나 온 가족이 승용차 3대에 나눠 타고 공항에 마중 나왔고, 2년 전 내가 떠날 때와 달리 이번에는 남편까지 12명이 함께 집으로 향했다. 버린다고 많이 버리고 왔는데도 이민가방에 담은 짐은 차 세 대에 가득 찼다. 나는 친정 부모님 차에 탔는데, 차 안에서 먹으라고 락앤락 통에 담아 오신 복숭아를 보고 환호성을 질렀다. 한국 복숭아라니! 지금 아르헨티나는 겨울이라 복숭아는 눈 씻고 찾아봐도 없는데….

식구들이 관산동에서 사리현동으로 이사를 한 것은 우리가 한국으로 오기 반 년 전의 일이었다. 지난 집 주인과의 소송이며 새 집을 사고 대대적인 리모델링을 하면서 한국에 있던 식구들이 얼마나 고생했는지 나는 얘기를 듣고 또 들어도 직접 겪어보지 않았으니 짐작이나마 겨우 할 수 있을 따름이다. 새 집에 들어와 보니 곳곳에 엄청난 노력을 한 흔적들이 눈에 띄었다. 여기가 우리 집이구나! 관산동에서와 달리 우리 식구는 2층에서 지내게 되었다.

사촌 시유가 "이제 이 집에서 같이 사는 거야!"라며 잔뜩 들뜬 기분을 감추지 못하고 1층과 2층을 오가며 유준이와 유나를 데리고 다녔다. 2층 우리 방 앞에서 이민가방을 잔뜩 벌려놓고 짐을 대강 정리하는 동안 아이들의 웃음소리가 천장을 뚫고 나갈 기세였다. 우리가 가져온 짐뿐만 아니라 관산동에서 넘어와 주인이 없어 풀지 못했던 짐이 너무 많아서 다 정리하는 데는 3-4일은 걸렸다. 아르헨티나에서 짐 없이 사는데 익숙했던 우리였기에 사람 넷이 사는데 이토록 많은 짐이 필요했었나 싶었다. 미니멀 라이프는 남 얘기가 틀림없었다.

그 사이 시유는 꼬마 숙녀가 되어 유준이가 홀딱 반할 정도로 이것저것 챙겨주니 유준이는 자정 넘어까지 놀다가 시유 누나랑 잔다며 울고불고 난리도 아니었다. 시아는 삼촌의 인상이 무섭다고 생각했는지 볼 때마다 울어서 그것도 웃음이 되어 나왔다. 그리고 시아와 유나는 비록 2개월 반밖에 차이가 안 나는 동갑내기지만, 이 집에서의 서열은 확실해야 한다는 어른들의 의견에 따라 우리도 시아 언니라고 소개해 주었다.

유준이가 8개월이 되면서부터 아르헨티나에 가기 전까지 함께 살았던 시부모님과 시누 가족들…. 그래서인지 오랜만에 다시 합가를 했는데도 전혀 불편하지 않았다. 오히려 '내 집에서 엄마랑 언니랑 큰오빠랑 다시 산다!'는 느낌이었다.

한국은 더웠다. 덥고 습했다. 12시간이라는 시차 적응을 위해 우리 부부가 유일하게 노력했던 것은 낮잠 안 자기였다. 경유지였던 터키 이스탄불에서 한국으로 올 때는 거의 잠을 자지 않기도 했다. 반면 아이들은 낮잠을 꼭 재웠다.

아이들은 첫 날, 긴 낮잠 자듯 밤에 잠을 잘 자주었다. 다음날인 일요일은 성당 가는 날. 우리 가족이 아르헨티나에 나가 있는 사이에 시부모님과 시누, 조카들은 세례를 받고 심지어 어른들은 견진성사까지 받았더랬다. 몸이 녹아내리는 정도로 피곤했지만 온 식구가 함께 성당으로 향하면서 어찌나 행복하던지….

둘째 날, 아이들은 금방 적응했는지 낮잠도 자지 않고 놀았다. 유준이와 시유는 몇 년을 못 보다 만난 연인처럼 꼭 붙어 다녔다. "누나!" 하며 졸래졸래 따라다니는 유준이. 첫아이는 딸이었으면 했었던 나는 시유의 존재가 무척 감사하다.

이 날 오후엔 어린이집 상담을 다녀왔다. 그런데 어린이집 준비물을 사러 마트에 가는 길, 차에 타자마자 곯아떨어진 유유 남매. 아무리 건드리고 깨워도 밤잠처럼 일어날 생각을 안 하고, 결국 저녁도 굶은 채 마트에서 잠만 자다 돌아왔다. 한국의 마트를 보면 눈이 뿅~! 할 거라면서 아이들의 반응이 궁금했었는데….

그리고 셋째 날인 월요일, 아이들은 바로 어린이집에 등원했다. 시차 적응도 덜 되었는데 입국 후 이틀만에 아이들을 어린이집에 등원시킨 것은 현실적인 이유에서였다. 우리 부부가 9월부터 당장 복직 모드로 들어가야 하기 때문에 처음부터 할머니가 등원을 시켜주는 연습을 해야 한다며, 시어머님이 시아까지 아이들 세 명의 손을 잡고 어린이집으로 향하시는 모습을 보는데 여름인데도 코끝이 시렸었다. 난생 처음 엄마와 떨어져 사회생활이란 것을 하게 된 유나도, 2년 사이 기관을 두 번이나 바꾸게 된 유준이도 대견스럽기만 했다.

그 날 내내 우린 "애 데려가라"는 전화가 올까봐 조마조마했다. 하지만 11시가 되어서 어린이집에서 걸려온 전화 내용은 "잘 논다", 1시가 되었을 때에는 "잔다"였다. 결국 아이들은 첫날부터 5시까지 어린이집에 있게 되었다.

알고 보니 처음엔 시아가 어린이집에 안 간다며 우니까 유나도 따라서 "와앙" 울다가, 막상 어린이집 가서는 소리도 못 내고 훌쩍였다고 한다. 선생님이 계속 안아주니까 안정이 되면서 친구들에게 말도 걸고, 시아랑 손도 잡고 다녔다는데, 그 모습을 상상하니 너무 짠했다.

결국 5시까지 못 버티고 우리가 먼저 어린이집 준비물을 가방에 챙겨 픽업을 갔고, 선생님 손에 이끌려 멍한 표정으로 교무실로 들어온 유나는 나를 보자마자 "엄마!" 하면서 울었다. 밥도 잘 먹고, 잘 놀았다는 말이 엄청난 칭찬 같기만 했다. 유나는 집으로 오는 동안 "엄마가 보고 싶어쪄"라고 두 번이나 얘기했다. 내 목에 매달려서. 눈물이 핑 돌 것 같았다.

시유랑 같은 유치원에 다니는 줄 알았던 유준이는 매우 실망했다. 그래도 아침에 잘 구슬려 동생 지켜주는 보디가드가 되어야 한다고 했더니 어깨에 힘을 빡 주고 등원해서는, 역시나 밥도 두 그릇 먹고 선생님 말씀도 잘 들었다고 한다. 아이들에게 폭풍 칭찬을 해주었다. 그날은 다 같이 외식을 했다.

우린 아이들을 어린이집에 보내놓고 한순간도 쉬지 못했다. 해외 장기체류 후에 귀국해서 처리해야 했던 일들이란… 동사무소 가서 양육비와 보육비 신청, 아이핀 유효기간 연장, 복직을 위한 가족관계등록부와 어린이집에 보낼 주민등록초본 떼기, 실손보험 환급을 위한 출입국증명서 발급, 전화로 3개월 이상 외국 체류자들을 위한 보험료 환급 신청, 적성검사와 운전면허시험장에 가서 면허증 갱신하기, 유효기간이 다 되어가는 PP카드 연장 신청, 그리고 화장품을 새로 싹 구입했고(아르헨티나에서는 화장품을 한 번도 산 적이 없었다), 옷 정리와 방 정리, 곧 다가올 유나 생일 케이크 예약, 어린이집에 돌릴 답례품 구입 등등…. 마치 퀘스트(게임을 원활하게 진행하기 위해 이용자가 수행해야 하는 임무 또는 행동)를 하나하나 수행하는 기분이었다.

휴대폰 구입 및 개통에 따르는 일도 만만치 않았다. 액정이 깨진 내

휴대폰과 4년이 넘은 남편의 휴대폰과는 작별하고, 새로 장만한 휴대폰에다 필요한 앱을 다운받고, 개인정보를 변경하고, 공인인증서 받고, 지인들에게 문자 돌리고, 주소록 정리하고(인간관계가 결혼할 때 한 번, 아르헨티나 다녀와서 두 번 정리되었다. 난 얼마나 많은 사람들의 휴대폰에서 지워졌을까)… 여간 불편한 일이 아니다. 다시는 휴대폰 번호를 바꾸고 싶지 않다.

어린이집 등원 둘째 날인 화요일, 그 누구도 울지 않았다. 다만 유나는 어린이집 문 앞에서 멈칫거리다 들어가기를 주저했다. 새벽 5시 반에 일어난 유나는 등원해서 낮잠을 두 번 잤다고 한다.

셋째 날인 수요일, 유나는 문 앞에서 헤어지려는 할머니를 붙잡고 "할머니 어디가?"라며 자기도 집에 간다고 했단다.

참 다행인 것은 성격이 밝고 낯을 안 가리는 유나가 기억에도 없는 할머니와 할아버지, 고모를 참 좋아하고 따르고 뒤에서 와락 안고 종종 "고모!", "할머니!" 하면서 애교를 부린다는 것이었다. 거기다 "시유 언니", "시아 언니" 하면서 챙기고 돌아다니는가 하면 한 두어 달 동안은 장난감을 뺏거나 남이 싫어하는 행동을 하지 않았다. 그 점이 신기했다. 내 딸 맞아? 두어 달이 지나자 본색이 드러나긴 했지만 말이다.

아이가 넷이니 정신은 없지만 자기들끼리 잘 놀고, 그렇지 않을 때라도 대식구라서 내가 짐을 정리하거나 다른 일을 할 때에는 누군가 아이들과 놀아주고 먹여주고 있고, 머리도 묶어주고 옷도 예쁜 걸로 입혀준다는 것. 얼마나 감사한 일인가!

나는 학교 복직과 동시에 예쁜 1학년 아이들을 맡아 의도치 않게 복직 다이어트라는 것을 경험했으니, 한 달 만에 4kg이 넘게 빠졌다. 남편은 나보다는 가까운 학교로 발령이 났다. 아침 출근길에 형님과 아주버님, 나와 남편 이렇게 네 식구의 카풀로 교통체증이 심한 서울로 진입하며 다시 일상으로 돌아왔음을 실감한다. 나의 사리현동 대가족 생활은 그렇게 일상에 부딪히면서 알게 모르게 적응해가고 있었다.

# 나에게 가족이란

_ 김성희

           나에게 가족은 서로가 기댈 수 있는 따뜻한 공간이었고, 가정을 꾸리는 것이 당연하게 여겨졌다. 그만큼 결혼은 나에게 자연스런 과정이었다. 누구와 어떻게 할지에 대한 고민 외에 결혼 자체에 대한 고민은 없었기 때문이다. 사실 오히려 난 내가 이렇게 늦은 나이에 결혼할지 몰랐다. 그래도 반드시 20대에 결혼해야 한다는 나의 목표에 맞춰 결혼할 수 있었으니 다행이라 생각한다.

   남편과 결혼을 하는 과정은 순조로웠고, 전혀 무리가 없었다. 본인의 결혼이라 해도 결혼 과정 전반에 거의 관심이 없었던 남편과 다툴 부분도 없었고, 나 또한 으레 남들이 하는 결혼 준비과정 절차를 다 밟을 생각이 없었으니 무리가 없었던 것 같다. 그리고 양가 부모님 또한 그런 우리의 마음을 읽어주셨는지 반대가 없으셨기에 가능했다.

   지금 와서 생각해보면 결혼 준비과정부터 우리 가족 형태를 형성하는 데까지 오는 걸 가능하게 한 부분이 이것이 아니었나 하는 생각이 든다. 나의 시댁은 공무원으로 퇴직하신 아버님과 어머님 아래 모두 결혼하여 각각 자식 둘씩 낳아 키우고 있는 아들 세 가족이 있다. 아주 합리적이고 전형적인 경상도 집안의 느낌이 물씬 풍기는 그런 집안이다.

아들 셋을 낳아 키우시고 큰아들의 아이들까지 키워주신 어머님은 정말 이제는 육아에, 살림에 지치셔서 모든 것을 손에서 내려놓으셨다. 등산과 바둑 두는 걸 좋아하시는 아버님은 과묵하시고, 별다른 활동 없이 조용하게 지내신다. 그런 와중에 독신선언을 한 막내 녀석의 갑작스런 결혼소식은 별 흥미도 없으셨던 것 같다. 다시 말해 우리의 결혼은 시댁에서는 엄청난 환대도 없었고, 반대도 없는 그냥 그런 결혼이었다.

반면, 우리 집은 내가 딸자식이 귀한 집안의 첫딸인지라 시끌벅적하진 않았지만 많은 친척들과 친지, 친구들의 관심과 환영이 있었다. 다만 그 관심과 환대가 불편할 수도 있는 남편에 대한 나의 배려로 남편은 그걸 알지 못했을 것이다.

조금 특이하고 남다른 남편에 대한 나의 배려는 여기서부터 시작이었다. 결혼부터 시작해 육아로 이어져 대가족살이 전개까지의 나의 배려는 지금까지도 끊임없이 이어지고 있다. 주위에선 아직도 가끔 남편이 대가족살이를 불편해 하지 않느냐고 묻는데 그건 남편을 몰라서 하는 소리다.

남편과 내가 지금 같은 가족의 형태를 가질 수 있었던 배경을 이해하는 것이 좋겠다. 결혼부터가 시작이었고, 출산과 육아에 이어지면서 아주 자연스러운 결과였다고 이야기하고 싶지만 사실은 깊은 내막이 숨겨져 있다.

처음부터 아이를 원하지 않았던 남편과는 달리 난 결혼하면 아이를 낳는 것은 당연한 것이라고 생각했다. 내가 속한 환경에서는 사랑하는 사람과 결혼을 하고 가정을 꾸리면 당연히 아이를 낳고 행복하게 산다. 이것은 정해놓은 룰 같은 별다른 고민이나 생각 등이 필요하지 않은 부분이었다. 따라서 나는 당연히 아이를 낳을 준비를 했다. 그런데 남편의 태클이 들어왔다. 아이를 원하지 않는다는 남편의 말에 처음에는 화가 났고, 대화를 해도 별 다른 소득이 없기에 그냥 말을 안 듣기로 했다. 산부인과를 다니고 한의원을 다니면서 나만의 노력을 했던 것으로 기억한다.

산부인과에서 다낭성 난소증후군이라는 병을 앓고 있다는 것을 알게 되었다. 사춘기 때부터 시작된 나의 오래된 생리불순이 알고 보니 이런 병이 원인이었던 것이다. 이는 특별한 원인은 알 수 없으나 배란 장애로 인하여 불임으로 이어질 수 있는 병이었다. 진단을 받고는 덜컥 놀랐고, 왠지 나의 병으로 인해 아이를 못 가지는 상황이 온다는 게 슬펐다. 그리고 의사는 실제로 나의 병이 불임의 원인이라고 진단했다.

나의 원인으로 아이를 갖지 못하는 상황이 너무 싫고 우울했다. 의사의 진단을 믿고 싶지도 않고, 상황을 인정하고 싶지도 않았다. 나는 한의원을 다니면서 침도 맞고, 한약도 먹으면서 민간요법을 써보겠다 생각했다. 그리고 혼자 노력했다. 그렇게 한 민간요법이 맞았는지, 매일 입버릇처럼 하는 남편의 말대로 남편이 강한 건지 모르겠으나 운이 좋게 결혼 6개월이 지나고 아이를 가졌다.

임신을 확인한 뒤에, 나에게 불임선고를 한 의사에게 한 방 먹이고 싶었지만 행복한 내가 참기로 했다. 의사를 한 방 먹이기 전에 기쁜 마음으로 임신 소식을 알리려 전화한 나에게 왜 임신했냐고 말하는 남편을 한 방 먹이고 싶었다. 하지만 뭐 그다지 남편에게는 섭섭하지도 않았다. 내 소식에 흥분하며 기뻐해준 아빠 엄마, 나의 친구, 눈물을 훔치며 축하해준 동생이 있었으니 나는 행복에 충분히 취해 있었다. 내가 아이를 원했고, 내가 원한 대로 이루어졌으니까. 세상 모든 것에 감사하고, 고마웠다.

아이를 갖고 행복한 마음도 잠시, 바로 시작된 입덧. 정말 거짓말처럼 임신 소식 다음날부터 바로 입덧이 시작되었고, 생전 처음 겪는 메스꺼움에 날카로워진 나는 엄청 고생을 하면서 임신 기간을 보냈다. 이때부터 엄마의 도움을 다시 받기 시작했던 것 같다. 나의 힘든 순간, 누군가가 필요한 순간에는 엄마가 항상 옆에 있었다. 그리고 나의 결혼 뒤 힘든 시간 대부분은 엄마 아빠와 함께였던 것 같다. 그렇다고 내가 부모의 의존도가 높은 것은 아니다. 공감을 중요시 여기는 나는 공감을 할 상대가 필요했고, 결혼한 후에도 공감의 상대가 남편이 아니라 부모라는 점이 문제라면 문제라고 할 수 있겠다.

하루는 임신 중에 닭발이 먹고 싶어서 주문을 했다가 메스꺼움에 몇

조각 못 먹고 버려야 했던 적이 있었는데, 남편은 아직도 그 남긴 닭발 이야기를 한다. 아내가 얼마나 입덧이 심했는지에 대한 기억은 전혀 없다. 이뿐만이 아니다. 기억하건데 임신 기간 중에 무언가 먹고 싶다는 이야기를 별로 한 적도 없는데, 한 번은 딸기가 먹고 싶어서 부탁을 한 적이 있었다. 그런데 나갔던 남편이 빈손으로 들어와서는 비싼 딸기를 사달라고 했다며 오히려 나에게 화를 냈던 적이 있다. 지금 생각해도 어이가 없다. 이 시대의 간 큰 남자가 나의 남편이다. 사실 간이 크다기보다는 그냥 실제로 딸기가 비싸다고 생각해서 안 사왔을 것이다. 본인만의 생각이 있고, 그 독특함을 본인은 잘 모르는지 아는지 관심도 없는 사람이 나의 남편이고, 아이들의 아빠이고, 우리 집의 사위 역할, 고모부 역할을 담당하고 있는 사람이다.

남편으로는 그다지 후한 점수를 주고 싶은 생각은 없지만, 아이들의 아빠로는 후한 점수를 주고 싶긴 하다. 초등학교 교사라는 직업적인 부분인지 모르겠지만 아직 동심을 잃지 않고 아이들과 같은 눈높이에서 생각하고 함께 노는 것이 가능해서 가끔은 나의 부족함이 그로 인해 메워짐에 고마움을 느끼게 된다.

집안의 많은 일들을 해내야 하고 해결해야 하는 나는 늘 바쁘다. 하지만 남편은 늘 느긋하고, 나의 세상과 남편의 세상은 다른 사이클로 돌아가는 것 같아서 약이 오를 때도 많다. 바로 해야 하는 일이 있는데 그 일은 늘 성격 급한 사람이 하게 되어 있는 건 맞는 것 같다. 그래서 모든 일은 나에게 오게 된다. 가끔 그게 억울해서 소리쳐 화를 내는데 상황을 알 리 없는 아이들이 볼 때는 아빠는 약자, 엄마는 강자처럼 느껴질 수도 있다는 생각이 들어 요즘은 자제하려 애를 쓴다. 화가 치밀어 오르는 데도 꾹꾹 참아보려고 애를 쓰고 있는 중이다.

대가족이 함께 살다보니 사실 부부 싸움도 생각보다는 쉽지 않다. 화를 내고 싶어도 일단은 참게 되는 상황도 있다. 어른들도 계시고, 아이들도 있고, 동생네 내외도 있으니 화가 난다고 바로바로 화를 낼 수는 없는 노릇이다. 그리해서도 안 된다고 생각한다. 왜냐하면 금세 집안의 분위기가 싸해지면서 식구들이 불편해지는 상황이 생기게 되니까 말이다. 때로는 좋고, 때로는 불편해지는 상황이 있는 것이다.

나는 이 부분의 수혜자는 바로 나의 남편이고, 피해자는 나라고 생각한다. 영리한 남편은 가족들에게 신경 쓰는 나를 이용해 본인의 이득을 잘 챙기곤 한다. 한두 가지가 아니지만 하나의 예를 들면, 남편은 피규어를 수집한다. 수집하는 게 피규어 하나가 아니다. 결혼 전부터 사다 모은 건담과 피규어들은 결혼을 하고도, 아이들이 태어나고도, 대가족살이에서도 적절한 상황과 눈치싸움으로 더 늘리고 있다. 그것뿐이면 다행이지만 LP, CD, 만화책, 스피커, 기타, 스티커 등등 관심 분야도 다양해서 우리 집은 조만간 남편의 잡동사니들로 가득 차버릴지도 모른다. 물론 이 모든 것들이 집안 곳곳에서 인테리어 역할을 하고 있고, 때로는 좋은 효과도 내고 있어서 긍정적인 부분이 전혀 없는 것으로 말할 순 없지만, 이걸로 깜빡 속아 넘어가서는 안 된다. 대가족살이로 정신없는 틈을 타서 지금의 상황을 만들어 놓은 그이기에 정신을 똑똑히 챙겨야 한다고 다짐한다.

그리고 그것들에 대한 애착과 사랑 또한 남다르다. 이사를 하기 전에는 부서지기 쉬운 피규어들을 직접 포장해서 박스로 미리 옮겨두었고, 더 중요하다 여겨지는 야마토는 직접 본인이 운전하는 차 옆칸에 나를 태워 아기 안듯이 고이 모셔서 이동시켰다. 지금의 우리 집을 마련하는 상황에서도 제일 먼저 피규어장의 위치가 정해졌다고 하면 더 말하지 않아도 알 거다.

그런데, 싫다고 싫다고 하면서도 또 이 모든 걸 맞춰주고 이해해주고 허용하는 것 또한 나라는 사실을 그는 알란가 모르겠다.

# 처남네의 귀환

_ 김태억

아르헨티나에서 처남네가 돌아왔다. 영원히 돌아오지 않을 것 같던 처남네 4가족이 한 공간 안으로 들어왔다. 처남네가 아르헨티나에 가 있던 동안 우리 두 딸은 무럭무럭 자랐고, 이런저런 일을 겪으면서 사리현동으로 이사를 왔으며, 장인 장모님과 함께 별 무리 없이, 아무 생각 없이 살고 있었다.

아내는 별 이야기를 하지 않았지만 장모님은 들떠 있었고, 장인 어르신은 벌써부터 번잡스러워질 집을 걱정했고, 우리 큰 딸(시유)은 동생(유준)이 온다고 기뻐했다. 막내딸(시아)과 나는 아무 생각이 없었다. 그냥 오나 보다 했다.

공항에 언제 오는지 시간을 확인하고, 아무 생각 없던 나는 짐꾼으로 차출되어 공항으로 끌려가게 되었다. 우리 차의 트렁크를 비우고 공항으로 출발했다. 아내는 우리 두 딸을 챙겨 함께 나섰고, 경기도 용인에 거주하는 처남네 장인 장모님도 오신단다.

공항으로 가는 길은 언제나 그렇듯이 새로웠고, 귀찮은 운전이 나를 괴롭혔다. 공항에 가서는 또 무언가를 먹고, 두 딸과 빈둥빈둥 놀고 있었다. 그렇게 무료하게 한없이 시간을 보내야 할 것 같았지만 얼마의 시간이 지났을까, 처남네를 실은 비행기가 도착했다. 입국장에서 기다리니 잠시 후 처남네 4가족이 나타났다.

지저분했다. 원래 그냥 한국에서 지낼 때도 지저분했는데, 더 지저분해져서 나타났다. 아이들도 지저분하게 나타났다. 그렇지만 장모님께서는 너무 반갑게 맞이했다. 역시 피는 물보다 진하고, 그리움은 더러움보다 큰 법이었다. 그리고 옆에 처남네 장인 장모님께서도 너무나 반갑게 맞이하셨다. 역시 딸이 최고라는 생각이 잠시 들었다. 우리 딸들도 그 분위기에 편성해 너무 기뻐했다. 내가 보기엔 나랑 비슷한 성향의 막내딸은 연기를 한 것이 아닌가 생각이 든다. 태어나서 별로 보지도 못한 외삼촌, 외숙모, 사촌들이 아닌가? 난 어떻게 반가운 표정을 지을까 고민했다. 반갑지 않은 건 아니지만, 아무 생각이 없었다. 다행히도 반갑게 맞이하는 가족들 덕분에 나는 조금 떨어져 구경만 하고 있었다.

나의 눈에는 처남네보다 엄청난 짐에 관심이 갔다. 정말 많았다. 내가 20대 때 살던 자취방을 채울 만큼의 짐이었다. 그리고 나의 뇌는 산소를 머금고 바삐 돌아갔다. 저 짐 중에 버릴 것이 1/3이 될 것이고, 저 짐들 중 선물이 조금 있을 것이고, 저 짐들을 들고 가기엔 내가 너무 살이 쪄 힘이 없고, 저 짐들을 차에 어떻게 나누어 실을지… 이런 생각들이 재빠르게 나의 뇌세포에 각인되었다.

결국 짐은 내 차, 그동안 장모님이 이용하던 처남네 차, 처남댁 아버지 차에 골고루 분배되었다. 모든 짐이 무거웠지만 힘센 처남이 잘 나누어서 다 실었다.

오는 길의 고속도로는 캄캄하고 아름다웠다. 두 딸은 즐거워했다. 선물을 받아서 기분이 좋았을 것이다. 그러고 보니 내 선물은 생각이 안 난다. 아무래도 안 받은 것 같다.

이제 아이가 4명. 우리 두 딸에 처남네 두 아이가 보태져서 집에 아이들이 4명이 되었다. 아이들이 많으면 좋은 점이 많다. 서로에게서 많은 것을 배울 수 있다. 누군가 잘 하면 잘 하는 것을 배우고, 누군가 잘못한 것이 있으면 하면 안 된다는 것을 배울 수 있다. 그리고 일단 사람이 많으면 서로 의지가 되기 때문에 심심해할 일도 없고, 불안감이 생길 틈도 없다. 우리 큰 딸이 혼자 있는 것을 극도로 싫어하는 관계로 나에게는 무척이나 안심이 되는 일이다.

아이들이 많으면 나쁜 점도 아주 많다. 서로에게서 나쁜 것을 배울 수 있다. 한 명이 징징거리며 짜증을 내거나 하면 전염병처럼 모두에게 퍼져 나간다. 한 아이에게 과자를 주다보면 먹으면 안 되는 아이들도 그것을 꼭 먹어야 한다. 큰 딸과 유준이는 말을 알아듣기 때문에 무언가를 잘못하면 이야기라도 되지만, 둘째들은 말을 알아듣지만 못 들은 척하기 때문에 더 야단을 맞는 일이 많다. 처남네는 둘째가 알아듣지 못한다고 믿고 있지만 내가 보기엔 전혀 안 그러하다. 요즘은 일부러 말을 늦게 배운다는 의심이 들기도 한다.

아이들이 많으니 돈이 많이 든다. 대량 생산과 대량 소비는 가격의 하락을 가져온다고 하지만 전혀 그렇지 않다. 아이들이 많으니 대량 생산과 대량 쓰레기가 생긴다. 낭비가 습관이 되고 있다. 집의 구성원 중 '구두쇠'라 불리는 처남만 낭비가 없다. 집의 구성원 모두 너무 많이 사고, 너무 많은 쓰레기를 만들고 있다. 그러고는 좋은 말로 '손 큰 사람', '넉넉한 사람' 등으로 포장하고 있다. 그 중에 최고는 아이들이다. 씻을 때도 많은 물이 필요하고, 조금만 아파도 많은 상처용 밴드를 사용하고, 비싼 과일을 먹다가 버리고…. 게다가 집의 물건들을 열심히 고물로 만든다. 처남네 아이들은 호기심이 많고 모험심이 강해 올라가는 것을 좋아하고, 꼭 만져봐야 직성이 풀리기 때문에 그 호기심의 양만큼 물건이 망가지고 고물이 되어간다.

아이들이 많으니 서로의 욕구를 만족시키는 것이 불가능하다. 한 아이가 무언가를 하고 싶으면 다른 아이는 무언가를 포기해야 한다. 누군가 만화 영화를 보고 싶어 하면 다른 누군가는 춤추는 것을 포기해야 한다. 한 명이 가지고 노는 장난감이 있으면 꼭 그것을 노리는 아이들의 특성상 누군가는 슬퍼하게 되어있는 구조다. '최대 다수의 최대 행복'을 생각하기에는 아이들의 수가 어중간하다. 그래서 여기서는 여기의 의견을 들어주고, 저기서는 저기의 의견을 들어주는 '황희의 검은 소, 누런 소'의 전략을 선택해서 살고 있다.

그리고 집이 항상 더럽다. 모두 정리를 하지 않는다. 청소를 좋아하는 장인어른이 계시지만 당신께선 먼지가 없어지는 것이 중요하지, 집 안의 신체적 건강과 정신적 건강, 정리와 위치 선정, 필요성 등은 생각을 하시지 않는다. 그래서 질병이 잘 돈다. 일단 정리가 안 되는 것은, 대부분의 아이들이 그렇지만 무언가를 가지고 시간을 보내면 제자리로 가는 법이 없다. 하나가 아니라 4명이 다 그러하니 양이 제법 된다. 덧붙이면 집이 더러운 것과 관련되지만, 전염병이 잘 도는 것도 있다. 감기는 한 번 누군가가 걸리면 그냥 자연스레 몇 주 간 집안에 돌아다닌다.

집이 2층으로 되어 있기 때문에 내가 퇴근한 뒤에는 처남네는 2층으로 올라가지만, 일단 노는 곳과 먹는 곳이 1층에 있으니 보이는 것은 내가 치울 수밖에 없다. 그리고 사실 내 것들이 더 많이 있으니 딱히 내가 안 치울 핑계도 없다. 아이들이 모두 1층에 있다 보니 소음 공해가 심하다. 웃는 소리도 크긴 하지만 울거나 싸울 때면 소리가 너무 크다. 기본적으로 모두 목소리가 크다. 조용한 사람이 없다.

좋은 점은 조금이고 나쁜 점은 잔뜩이지만, 시간이 지나면 조금씩 그 양이 달라져서 역전할 것이라 생각한다.

여기 살면서 포기하는 것들. 늦잠, 돈, 친구, 아내, 자유, 평화, 휴식, 독서, 자기 성찰.

# 나 혼자에서 결혼까지

_ 김태억

        사람이란 무엇일까? 대부분의 사람들이 그 사람을 그 사람이라고 하는 것은 기억이라고 한다. 우리는 모두 자신이라는 직소퍼즐이라 생각할 수 있다. 그 기억이라는 직소퍼즐의 낱개 하나하나를 맞추면 그 사람이라고 할 수도 있을 것이다. 더 많은 것들이 그 사람을 만드는 것이겠지만 간단히 이렇게 생각하며 직소퍼즐을 맞추어 나갈 것이다. 직소퍼즐이 정확히 맞아 떨어지면 정확한 기억으로 만들어 어긋남이 없을 것이고, 직소퍼즐이 정확하진 않더라도 대강의 모습을 이루면 좋겠다는 생각이다. 이 글에서 기억이 정확하지 않은 것은 나의 평소 습관을 참조했다.

  2007년, 덥지 않았던 걸로 보아 봄인 듯하다. 가을에 조카들 만나러 미국 보스턴에 갔으니 가을은 아니다. 당시 밴드에서 베이스를 연주하는 관계로 직장을 마치면 항상 홍대 부근 연습실에 있었다. 직장인 밴드라 모두 모이는 일은 없고, 맡은 베이스 영역이 복잡한 것도 아니었다. 그래서 항상 밴드 연습실에 가서 빈둥거리거나 혹시나 밴드가 잘 될 것을 대비해서 노래를 만들고 있었다.

노래는 항상 아주 많이 심심하거나, 혹은 여자에게 차이는 등의 혹독한 정신적 충격에서 만들어졌다. 당시 만들었던 노래들은 어떤 일이 있었는지를 알려주는 중요한 습관이었다.

그러다 어느 날 소개팅이 잡혔다. 어엿한 직장이 있었음에도 당시 소개팅 시장에서 홀대 받고 있던 나는 냉큼 승낙을 하고 약속시간을 잡았다. 사람들과 이야기하는 것을 꺼리는 나는 전화기로 이야기하는 것 역시 익숙하지는 않지만 사회적인 예의를 지켜 전화 통화를 한 것으로 여겨진다.

당시 연습실로 나가서 약속시간이 되기를 기다리며 또 베이스 연습을 시작했다. 그때는 조금이라도 연주를 잘해 보겠다고 바보같이 틀어박혀 메트로놈과 친구하며 지냈었다. 우리 밴드가 알려지지 않은 것은 다른 멤버들이 연습을 잘 하지 않았던 것이 컸다.

약속시간이 다가오자 냉큼 연습하던 메트로놈, 베이스 친구들을 내팽개치고 흐느적거리는 마음을 다잡고 약속 장소로 출발했다. 약속 장소는 홍대 정문이다. 걸어서 2분 거리. 늦게 가는 것보다 먼저 가는 것이 예의라 생각했다.

2분 거리를 걸어 홍대 정문에 도착했다. 시간이 남아있어서 난생 처음으로 홍대 정문이 어떻게 생겼는지 구경을 했다. 그리고 시간이 되었다. 그래도 안 왔다. 문득 언젠가 읽은 적 있는, 미야모토 무사시가 사사키 코지로와 후나시마에서 싸우기로 했을 때 긴장감을 높이기 위해 늦게 왔다는 일화가 떠올랐다. 그래서 나는 마음을 다잡고 긴장하지 않으려고 했다. 또 시간이 흘렀다. 늦게 와서 미안하다고 전화가 왔다. 무슨 배터리가 어쩌고저쩌고 하는 이야기였다. 아마 내가 전화를 했을 때 받지 않은 것에 대한 변명을 한 것이리라. 그리고 나타났다. 지금부터는 거짓말이다. 새빨간 거짓말이다.

눈이 부시게 아름다운 여인이 멋쩍은 미소를 띠고 나타났다. 그리고 또 늦어서 어쩌고저쩌고 하는 이야기를 했다. 그래도 화가 나지 않았다. 너무 아름다웠기 때문이다.

거짓말은 많이 적지 못해 다시 사실로 돌아간다. 맛있고 비싼 것을 먹었을 것이다. 왜냐하면 그 땐 가난하지 않은 솔로였으니까. 그리고 이런 일이 며칠 반복되었다. 그러다 길을 가다 볼에 뽀뽀한 것이 기억난다. 정말 지워버리고 싶은 기억이지만 이러한 기억은 잊히지 않는다. 문신으로 용을 그리려다가 지렁이 혹은 추상화를 그린 그런 일이었다. 밤길에 바래다주다 그런 일이 생겼다. 밤길은 항상 위험하다. 젊은 여자에게도, 젊은 남자에게도, 연인들에게도…. 그 일이 있은 뒤 조금 사이가 좋아진 듯 만났다.

그러다가 한 달이 되어서, 죽어라고 돈을 쓰지 않는 아름다운 여인의 모습이 아름답지 않아 연락을 끊었다. 그리고 다시 밴드 연습실로 들어갔다. 당시에 만들어진 노래가 존재하지 않는 것으로 봐서 정신적 충격은 없었던 것 같다.

미국 보스턴에 다녀왔다가, 밴드는 해체되고, 할 일은 더 없어지고…. 이리저리 또 정신없이 보냈다. 정신없다는 것은 기억에 남아있지 않다는 뜻이다. 그러다 차가 생겼다.

아버지께서 타고 다니시던 고물차를 나에게 넘겼다. 버리기 전에 운전연습이나 하라고 나에게 양도하신 것이다. 정말 고물차인 관계로 정말 막 몰았다. 그러다가 운전하는 것이 싫어져서 그 차를 운전연습하고 싶어 하는 직장 누나에게 팔았다. 공짜로 주면 사고 난다고 해서 5만원을 받았다. 그렇게 차가 없어지니 또 차가 사고 싶어졌다. 그래서 중고차를 사러가서 일본 차를 샀다. 그 차는 2018년 현재 아직도 잘 다니고 있다. 엔진 소리가 무서워지긴 했지만….

그 때가 2010년이었다. 차를 사고 이곳저곳 다닐 줄 알았는데 여전히 집에만 있었다. 그런데 그 '눈이 부시게 아름다운 여인'을 언제 다시 만났는지 모르겠다. 중요한 것은 차가 생겨서 차를 타고 같이 다녔다는 것이다. 왜 다시 연락하게 되었는지 나는 도저히 모르겠다. 그 때의 기억이 통으로 사라졌다. 마치 초등학교 때 친구들 이름과 얼굴이 기억나진 않지만 사진에 남아있듯이 기억이 없다. 중간 중간의 기억을 더듬어보자면 같이 운동하자고 한 것이 있다. 그런데 정작 같이 운동한 적은 없다. 그리고 열심히 잘 만났다.

사이가 많이 좋아져서 같이 있던 시간이 많았는데, 어느 날 그녀의 집에 같이 있게 되었다. 함께 사는 동생이 안 들어온다는 말에 속은 것이었다. 하지만 안 나타난다던 동생은 나타났다. 그래서 동생이 씻으러 화장실에 들어간 사이에 도망쳐 나왔다. 동생의 등장에 도망간 이유는 동생이 내 학교 후배이기 때문이다. 괜히 이곳에 있어서는 안 된다는 생각이 들었다.

나의 기우는 사실이 되어버렸다. 그때 멀리 도망갔어야 했는데, 동생을 앞세워 결혼을 추진하려는 아내의 속셈에 넘어간 것이었다. 나는 그 때까지만 해도 독신 귀족생활을 즐기면서 살려고 하는 이 시대의 평범한 젊은이였다. 그런데 갑자기 결혼이라는 이상한 나라의 노예 커플이 되어버렸다.

결혼 준비는 모두 일사천리로 진행되었다. 나는 아무 것도 한 것이 없다. 아내는 갑자기 신이 나서 준비를 시작했다. 가구를 고르고, 사진을 찍고, 상견례하고…. 데이트 할 때 절대 돈을 낭비하지 않던 아내는 갑자기 열심히 낭비를 시작했다. 나에게 아파트 계약을 하라고 했다. 정신을 차릴 틈도 없이 결혼식장에 들어갔다. 결혼식은 생각나지 않고, 신혼여행지에 가서 하루 종일 숙소에 갇혀서 지낸 것이 기억난다. 그리고 티격태격한 것도 기억난다.

# 나에게 집이란

_ 김태억

어릴 적부터 이사를 많이 다녔다. 이사를 많이 다 닌 이유는 집안 경제 사정 때문이었다고 짐작된다. 내가 기억에 남아 있는 첫 집이 '관사'라고 불린 걸로 봐서는 아버지의 직업에 집이 딸려 있던 것으로 여겨진다. 그러다 10살 전후로 빌라 같은 곳으로 이사를 갔다. 거기에 있던 큰 물탱크가 눈에 아른거린다. 그곳에서 다시 우체국 2층으로 이사를 갔다. 거기에 바닥이 텅텅 비어 있어 무서워했던 것이 기억에 남는다.

그 후 처음으로 집을 구입한 것이 경남 창원의 아파트인 것으로 기억에 남았다. 처음으로 지어진 아파트에서 큰형은 대학을 가고, 작은 형도 대학을 가고, 나는 군대를 갔다. 내가 어린 관계로 집이 어떻다는 생각은 한 적도 없고, 또 좁다고 생각해본 적도 없었다. 게다가 내 집이 아니고 부모님 집인 것이다.

이리저리 돌아다닌 자취 생활의 집은 단순히 자는 곳이었기에 집에 대한 욕심은 더더욱 없었다. 그러다 결혼을 하면서 아파트에 들어가게 되었다. 집의 크기에 신경을 안 쓰고 살았었지만 나와 아내의 짐은 작은 집을 용납하지 않았다. 나는 개인적으로 모으고 있던 프라모델, DVD, CD, LP가 있었고, 아내는 사고는 별로 입지 않는 많은 옷들이 있었다.

이곳저곳 많은 물건들을 집어넣고 보니 내가 무언가를 만들고, 작곡을 하고, 노래를 들으면서 빈둥거릴 장소가 부족하다는 것을 깨달았다. 이런 생각이 왜 들게 되었냐면 나는 대체재라고 표현할 수 있다. 집에서의 나의 위치는 대부분 거실이지만, 혼자서 빈둥거릴 여유가 없어진 것을 빈 방으로 대체한다고 생각된다. 그래서 끊임없이 빈 방을 추구하게 된다. 그리고 그 빈 방은 혼자 살 때와 똑같이 자신이 가지고 있고, 모으고 있던 것을 그대로 옮겨놓게 된다고 본다.

아파트에서 신혼생활을 보내며 잘 지냈다. 나름 나의 빈 방이 있었고, 직장도 가깝고, 불편한 것은 복도식 아파트라 고소 공포증이 있는 나로서는 걸어 다니기가 무섭다는 것뿐이었다.

그러다 갑자기 아내가 이사를 가자고 했다. 그것도 처남네랑 합치면서 이사를 가자고 했다. 이유는 잘 모르지만 추정컨대 육아를 할 이가 장모님밖에 없는 것, 그리고 처남의 아토피 탈출이라 여겨진다. 당시 장모님께서는 우리 집에서 갓 태어난 시유와 행복하게 지내고 계셨다. 하지만 육아라는 전쟁터에 나갈 병력이 필요했고, 결국 장모님께서 총대를 멜 수밖에 없었다. 안타까운 현실이었다.

일단 집을 구하기로 했다. 가까운 곳은 모두 우리가 감당할 수 없을 만큼 비쌌다. 욕심을 내어 빚을 내면 되겠지만 빚을 지는 것은 너무 싫었다. 그래서 살고 있던 서울 은평구에서 조금 밀려나서 구파발을 지나 삼송을 지나 고양시 관산동까지 가게 되었다. 상상도 못한 일이었다. 먼 곳에 살게 될 것이긴 하지만 이렇게 먼 곳인 줄은 몰랐다.

우리가 이 집을 구하게 된 데는 미끼 상품으로 인한 유인 전략 때문이라 생각한다. 부동산에서는 처음에 살기에 좋지 않은 곳을 여러 곳 보여주고, 나중에 살기 적당한 곳을 보여준다. 그래서 혹한 소비자는 그것에 대한 이성적인 판단을 미루고 넘어간다.

그렇게 넘어가긴 했지만 좋은 곳이었다. 마당은 넓어서 풋살 경기장만 했고, 집은 1층, 2층 모두 여유 있게 넓어 나의 빈 방을 편안하게 만들 수 있었다. 그리고 차고가 너무 좋았다. 살면서 넓은 거실은 나에게 여유를 주고, 아이들에게는 뛰어놀 공간이 되었고, 장인어른에게는 넓은 청소 구역을 주었다. 그리고 방에는 이제껏 가지고 있던 가구들의 거대화와 다양화가 시작되었다(이 거대화와 다양화는 결국 다시 마당 있는 집 구하기로 이어지게 되었다). 그래도 나의 물건들이 이 큰 집에 여백의 미 없이 채워져 나간 것도 신기했다. 이삿짐센터 사장님의 놀람과 아내의 분노는 덤이었다.

며칠 후 처남네가 들어왔다. 별달리 물건도 없었던 것으로 기억된다. 그 때 조카가 들어왔는지는 기억이 나지 않는다. 조카 유준이가 그 때 태어나 있었는지 아닌지도 모르겠다. 날짜를 연결해보면 알 수 있겠지만 기억의 여백을 즐기기로 한다.

결혼한 처남네와 같이 산다고 하면 불편하지 않느냐고 다들 묻곤 한다. 그 때마다 내 대답은 '잘 모르겠는데'이다. 이유는 아내의 말을 빌리자면 내가 남들 눈 의식하지 않고 편하게 지내서 그렇다는 것이다. 전적으로 동의하는 바다.

사실 불편한 것들이 생기는 이유는 자신의 욕심 때문이다. 무언가 바라는 것이 생기는 순간, 그것을 목표로 사람들은 생각이 기울어져 가게 마련이다. 그래서 나는 욕심을 포기했다. 그러다보니 다른 가족들이 나에게 욕심을 부린다. 혼자만 편하게 보이는가 보다.

전원주택의 하루는 새소리로 시작된다. 상큼하고 아름다운 새소리가 아니라 참새 20여 마리가 비명을 지르는 소리이다. 무슨 일인지 이 관산동 참새들은 모두 좁은 지붕 아래에 똬리를 틀고 있었다. 새끼참새가 날지도 못 하고 떨어져 죽는 것을 두어 번 보고 인생의 덧없음을 느꼈다.

전원주택 생활은 낙엽과의 전투였다. 침엽수는 정말 잘 떨어진다. 그리고 매번 불을 태울 때 느끼는 것인데 불이 조금만 살아서 침엽수들에게 붙어있을 땐 너무 아름답다. 까만 잎 끝에 빨간 불이 켜져 있는데 찰나에 지나가 버린다. 그러고는 그냥 마구 타들어간다. 침엽수는 불이 잘 붙는다. 고기 구울 때 불 피우기엔 번개탄보다 훨씬 더 좋다.

그리고 주변을 둘러보면 왠지 모를 여유가 몸 안에서 우러나온다. 이 기분은 넓은 장소와 주변 공기가 만드는 것으로 여겨진다. 사계절을 느낄 수 있는 것도 주택만의 기분이라 할 수 있을 것이다. 사계절을 어디서나 느낄 수 있겠지만 뭔가 바로 앞에 있는 기분이다. 부모님과 경남 창원에 살 때엔 뉴스에 나오는 일들이 멀게 느껴지다가 서울에 살게 되면서 가까운 일인 듯 느껴지는 그런 기분이다. 잘 때쯤 되면 보이는 별은 눈이 시리게 반갑다. 아이들이 별을 보면서 자랄 수 있다는 것은 중요한 일이다. 2년 넘게 그렇게 지냈다. 처남네는 그 사이에 아르헨티나에 갔다. 뒤에 우리 가족이 겪었던 일을 생각하면 참 다행이었다.

사연인즉, 살다보니 집주인이 계속 우리에게 그 집을 구입하라고 했다. 하지만 우리가 감당할 수 없는 액수였다. 전세금을 올린다기에 이사를 하겠다고 했다. 그랬더니 전세금을 못 내주겠다고 난리였다. 그래서 변호사인 큰형에게 문의했다. 전세금 반환 소송은 간단했다. 그냥 돈을 받게 되었다.

집주인은 그냥 보내긴 아쉬웠는지 우리에게 5일의 시간을 주고 집을 구해 나가라고 심통을 부렸다. 또 큰형에게 상담을 하니, 돈 주고 나가라고 할 때 무조건 나가라고 했다. 안 줄 핑계를 만들지 말라는 것이다. 아내는 바로 나갈 것을 결정했다.

능력치가 높은 나의 아내는 5일 만에 이사를 완료했다. 집을 재빨리 구하고, 이삿짐센터와 계약하고, 집주인에게 집을 구했으니 전세금 반환하라고 하고, 전세금 안 주면 이삿짐센터와의 계약금도 집주인이 부담해야 한다고 친절히 이야기해주었다. 이사를 나가는 날에도 여러 가지 일들이 있었다고 하는데, 집주인이랑 이삿짐센터에다가 우리 아이들과 장모님 등등 아내는 정신없는 하루였다고 한다. 난 그 때 불행히도 출장 중이었다.

이전 집에서 그리 멀지 않은 사리현동에 새로 구한 집은 우리가 들어가 살기 전에 완전 수리에 들어갔고, 가족들은 김포에 있는 아내의 작은아버지 집으로 갔다. 거기서 보름 정도 살았다. 집에 있는 주요 프라모델은 작은형 집으로 보냈다.

사리현동 집은 정신을 차릴 수 없는 속도로 공사가 전개되고 있었다. 장모님께서 수고를 마다않고 매일 김포에서 공사현장으로 출근하셨다. 집 뼈대만 남기고 모든 것이 바뀌었으니 리모델링이 아니라 거의 새로 만들어지고 있었다. 지금에 와서 느끼는 것이지만 리모델링의 완성은 결국 인테리어였다. 바닥부터 벽지, 문짝까지 모든 것을 새로운 것으로 바꾸어 나갔다. 콘셉트는 아내가 잡은 대로 회색이었다. 처음엔 너무 어둡지 않을까 생각했는데 결과적으로 잘 선택하였다. 앞서 주택에서 한 번 살아보았기 때문에 우리가 불편 없이 사는데 필요한 것은 분명했다. 쓸데없이 조명이 높이 달릴 필요가 없고, 조명은 모두 LED로 하고, 많은 것을 배치하지 않기가 주요과제였다. 별개로 지금에 와서야 느끼는 건데 5.1채널 선을 바닥에 안 간 것은 치명적이다.

아이들 방은 핑크, 우리 방은 그냥 하얀색으로 하고, 화장실을 넓게 텄다. 그리고 한쪽 벽면을 아예 책장으로 만들었다. 그 책장에 1:350 야마토 프라모델을 넣으려 했는데 내가 높이를 잘못 재어서 결국 화장실 옆의 장식장에 갔다는 가슴 아픈 사연도 있다. 장식장과 책장은 최대한 벽을 이용해야 좋다는 것을 이번에 알게 되었다. 그리고 차고의 자동문은 단가가 높아 좀 고민했지만 그것이 없으면 계속 힘들 것이라 여겨져 자동문을 달았다. 차고는 주택의 필수품이다.

그렇게 집이 완성되고, 다시 우리 짐들이 돌아왔다. 그 많은 짐을 넣고, 또 넣고 나서 우리들도 새 집으로 들어갔다. 그 후 여느 집과 마찬가지로 짐들이 계속 생겨났다. 가구들이야 원래 다 들어가는 것이지만, 나는 그림을 사랑하는 사람으로서 곳곳에 그림을 잘 배치하려고 노력한다. 제일 만만하게 실수해도 표 나지 않는 차고에는 심슨 가족의 명화 패러디와 여행 다니면서 모아둔 도시 이름 차 번호판으로 도배했다. 그리고 시간이 지나 내가 만든 해골 그림과 건담 티셔츠를 펼쳐 만든 그림 등으로 더 채워졌다.

집에는 계단이 중요한 포인트인데, 아내가 귀여운 그림으로 해야 한다고 해서 처남댁이 친구에게 받았던 동화책 그림 같은 것이 액자에 넣어 걸렸다. 그러다 내가 좋아하는 캐릭터인 죠죠의 그림과 앤디 워홀의 바나나 그림으로 몰래 바꿔 넣었다. 안방에는 처남댁이 사준 '진주 귀걸이를 한 소녀' 그림을 아크릴로 만든 것이 걸려 있는데, 내가 그림에서 본 사람 중에 그 소녀가 제일 예쁘게 생겨 그 그림을 사달라고 졸랐다. 우리 아이들 방에는 내가 그린 생일선물 그림이 걸려 있다. 시유 것을 그리고, 한참 지나서 시아 것을 그렸는데 그림 실력이 그 새 늘어버려서 시유 것을 언젠가 다시 그려야 되지 않을까 싶다.

집은 모두에게 각기 다른 의미를 가지고 있다. 하지만 제일 중요한 것은 내가 돌아갈 곳이라는 것이다. 지금 살고 있는 집이 제일 편한 곳이 되도록 앞으로 노력해야 할 것이다. 이곳에 언제까지 있을지는 모르겠지만 계속 나아질 것이고, 앞으로 갈 집도 평온하리라 여겨진다. 그런 곳이 집이다.

# 우리 두 딸

_ 김태억

        나에게는 딸이 둘 있다. 여기서 아름다운 나의 아내도 있다는 것을 넣고 싶지만 지금은 딸의 이야기를 할 때이다. 첫째는 시유, 둘째는 시아, 그렇게 자매다.

  먼저, 아름다운 나의 첫째 딸 시유 이야기부터 해본다.

  시유는 너무 예쁘다. 처음 태어났을 때 보통 아이들은 얼굴이 다 찌그러지고, 온 몸에 멍이 들어 퍼렇게 되어 나온다. 하지만 시유는 태어날 때부터 자신의 아름다움을 뽐내며 태어났다. 아내가 모유 수유를 하겠다고 하다가 황달에 걸려 입원했을 때 병원 간호사들이 모두 예쁜 아이라고 소문이 자자했고, 한 달 만에 시유 얼굴을 보러온 아버지와 어머니께서도 웬만하면 그런 이야기를 하지 않는데 "천사같이 생겼다"라고 말할 정도로 어릴 때부터 예뻤다. 이것이 나의 기억이고, 옳은 기억이다. 그런데 지금은 또 자라서 예쁘고, 이곳저곳 다닐 때마다 모르는 사람들에게 예쁘다는 소리를 듣지만, 그 때의 사진을 보면 아주 확 눈에 뜨일 만큼 예쁜 것은 아니다. 여하튼 시유는 자기가 예쁘다는 것을 알고, 그 아름다움을 더 포장해서 보여줄 표정이나 행동을 구비하고 있다.

시유는 아내의 고향인 강원도 원주의 순풍산부인과에서 태어났다. 굳이 병원 이름을 적는 이유는 내가 좋아하는 시트콤에서 나온 이름과 같기 때문이다. 아이가 태어나던 날, 나는 서울에서 일하고 있었다. 직장에 아이가 나와서 조퇴하겠다고 했는데 보내주지 않았다. 지금 생각하면 말도 안 되는 일이다. 그래서 그냥 아무 말도 않고 나왔다. 열심히 차를 몰아 원주로 향했다. 원래 출산예정일이 며칠 남았는데, 아내가 빨리 낳고 싶어 열심히 걸어 다녔다고 한다. 그러다가 배가 아프다고 장모님께 말을 했지만, 장모님께서는 말이 되는 소리냐고 무시를 했다고 한다. 그런데 병원에 가니 아이가 나온다고 해서 바로 입원했다고 한다. 서울에서 차를 몰고 오면서 나는 모범 운전자이기 때문에 운전에 집중했던 것으로 여겨진다. 아무 생각 없이 운전에만 집중해 원주에 도착했다.

출산을 앞둔 아내는 제 정신이 아니었다. 이층 침대의 아래층에 누워 땀을 뻘뻘 흘리고 있었다. 4월 말이라 덥긴 하지만 그 정도의 땀은 농구 경기 2판 정도 뛰면 나올 양이었다. 그 와중에도 나를 보더니 아는 척하고 반가워했다. 그리고 잠시 후 나에게 짜증을 내면서 저리 가라고 했다. 나는 사실 진즉에 이 어색하고 무서운 자리를 벗어나고 싶었지만 한 번은 걱정하는 눈빛을 보이며 조금 더 앉아있었다. 아내가 한 번 더 나에게 나가라고 짜증을 냈다. 나는 알았다며 마지못해 나가는 듯 어슬렁거리며 그 자리를 벗어났다.

밥은 먹어야겠는데, 갑자기 아이가 나온다고 연락이 올까봐 맥도날드로 갔다. 햄버거를 먹으며 좀 앉아 있다가 다시 병원으로 갔다. 아내는 더 힘들어 하고, 더 짜증을 내고 있었다. 그래서 나는 조용히 병원 복도에 있었다. 아내가 아프다고 하더니 의사와 함께 분만실로 사라졌다. 나는 따라 가려고 했는데, 아내가 가라고 했다. 그래서 또 복도에 서 있었다.

시유는 그 후 밤이 되어 엄마 뱃속을 나왔다. 우는 소리는 기억이 안 난다. 시유 때인지 시아 때인지 모르겠지만 탯줄을 자르겠냐고 간호사가 말했다. 나는 무서워서 정중히 거절했다. 그리고 잠시 후 아이가 포대에 싸여 나왔다. 그 때 얼굴을 잠시 보았는데 예뻤다. 그리고 금세 아기를 데리고 가버렸다. 얼굴을 자세히 못 보아 아기가 바뀌면 못 찾겠다는 생각을 했다. 처남은 그 후에야 아버지가 되어 지금은 아이가 둘인데 하나가 나올 때마다 울던데, 난 아이가 태어나는 것은 너무나 당연한 것이라 여겨 그렇게 슬프거나 기쁘지 않았다. 나중에 친구 아내들이 둘째 낳을 때 죽다 살아난 이들이 있어 지금은 좀 달라지긴 했다. 아내는 시아까지 그냥 다 낳았다.

시유가 태어났지만 별다른 것은 없었다. 나는 서울에서 일하고, 아내는 출산휴가를 내고 시유랑 원주에 있었기 때문에 아내가 더 보고 싶었고, 시유는 아직 2순위였다. 시유는 시간이 지나면서 조금씩 내가 아빠란 것을 알게 되었고, 나도 아빠가 되어갔다. 그러다 시유가 서울에서 같이 살게 되었다.

서울에 살게 된 이야기를 시작하기 전에 시유의 이름에 대해 이야기해 보자면, 시간 또는 때를 나타내는 시時와 있다는 뜻의 유有를 사용하였다. 아버지께서 태어난 시간에 맞추어 많은 한자를 주면서 이름을 만들어 보라고 하셨다. 그리고 자주 불러서 입에 들어맞는 이름이 있으면 그것으로 정하라고 했다. 그러고는 '재인'이라는 이름을 계속 추천하셨다. 재인도 맘에 들었지만 이미 문재인 대통령(당시는 당 대표)의 이름도 있었고, 시유가 한국형 보컬로이드 이름과 같기도 했고, 이런저런 생각을 하다가 그냥 부르기 쉬운 이름으로 시유라고 지었다. 이름 짓는 시간이 오래 걸려, 태어난 지 31일째 되는 날에 주민센터에 가서 출생신고를 했다. 31일이라 한 달 안이라 생각했는데 하루가 늦어 과태료가 부과되었다. 주민센터 직원이 괜히 마음 아파하면서 주민등록등본 하나를 공짜로 떼서 건네주었다. 헌데 며칠이 지나서 안 사실이지만 시유는 우리와 전혀 관계없는 강남구 신사동으로 주소가 되어 있었다. 여긴 은평구 신사동이란 말이야! 그냥 강남구 신사동으로 할까 하다 위장전입 같아 보일까봐 다시 고쳤다.

시유가 원주에서 서울로 올라온 건 우리가 신사동(강남 절대 아님) 아파트에 살 때였다. 시유는 잘 울었고, 잘 안기고, 잘 웃었다. 그때 시유는 우리 집안에 하나밖에 없는 아이로서 장인 장모님, 처남의 사랑을 독차지했다. 아기 때 시유의 사진을 보면 항상 밝은 얼굴로 웃는 모습이다. 둘째 시아의 사진이 우는 것도 많은 것으로 보아 시유는 시아에 비해 훨씬 더 윤택한 삶을 살았던 것 같다. 시유는 어릴 적부터 자기 미모를 이용해 다른 사람에게 무언가를 받아내는 것에 익숙했다. 7살인 현재는 별로 안 통하긴 하지만, 그 땐 아무튼 그랬다. 혼자 노래도 잘 하고, 춤도 센스 넘치게 잘 췄다. 지금 보면 노래는 사실 좀 별로다. 춤은 너무 좋아해서 매일 연습이다.

시유는 어릴 때 성격이 자기밖에 모르고 예쁜 척 하니 잔소리를 좀 해야겠다고 생각하고 키웠는데, 성격이 순하고 감성이 풍부한 아이였다. 남을 배려할 줄 알고, 피해를 주지 않지만, 우는 것으로 부모님에게 피해를 준다. 시유는 얼굴만큼 마음도 예쁘다. 그런데 너무 잘 운다. 시간이 지나 피도 눈물도 없는 여자아이가 될지도 모르겠지만 지금은 울보다. 그래도 예쁘다.

시유는 아빠와는 달리 두루두루 많은 사람들과 친교를 맺고 산다. 선생님 말씀도 잘 듣고 지낸다. 하지만 모르는 어른에게는 낯을 가리는 편이다. 그런데 내가 어른이라 딸이 다른 사람에게 모두 친절했으면 하는 것이지 아이가 낯을 가리는 건 당연한 것이라 여겨진다. 새로운 것들이 계속 입력되어 가는 어린 시절에 모든 것이 익숙하다면 오히려 이상한 일이 아닌가?

시유가 앞으로 무엇을 하면서 살지는 모르겠지만 이름처럼 항상 여유 넘치고 즐거웠으면 좋겠다. 지금까지는 유머 감각이 있긴 한데, 자기 얼굴 믿고 재미없는 여자가 되지는 않았으면 한다.

둘째 시아는 귀엽다. 얼굴도 좀 웃기게 생겨서 귀엽다. 눈도 작은데 웃는 모양이고, 입도 웃는 입술을 가지고 있는데 어색하게 이가 아주 크다. 그리고 터질 것 같은 팔다리는 어떤가? 하지만 다 귀엽다. 말하는 것도 입술을 오므려서 조곤조곤 이야기하는 것이 너무 귀엽다.

시아는 시유가 심심할 즈음에 태어났다. 사실 둘째가 태어나기 전에 우리는 걱정을 했다. 혹시나 아들이 나올까봐…. 다행히도 여자아이가 생겼고, 시간에 맞추어 경기도 일산의 이름 모를 산부인과에서 태어났다. 태어나던 날에 나는 열심히 달려갔다. 아내는 반갑게 맞이하다가 짜증을 내기 시작했다. 이제는 한 번 겪은 일이라 조용히 나왔다. 시유가 맥도날드 햄버거 먹고 예쁘게 태어났으니 맥도날드나 가야겠다고 생각하고 나왔는데, 맥도날드가 안 보였다.

아이가 언제 나올지 모를 불안감은 있어서 먹을 것을 사 들고 아내가 있는 분만실 및 입원실로 가서 욕을 먹었다. 아내는 또 죽겠다고 난리를 쳤다. 그리고 나에게 나가라고 했다. 나는 조용히 복도로 나왔다. 거기서 아이패드로 만화책을 보고 있는데, 황급히 의사와 간호사가 지나갔다. 그리고 시아가 나왔다. 탯줄은 신경이 쓰이긴 했다. 시유가 배꼽이 튀어나왔었는데 그게 생각났다. 시아의 배꼽은 이후 멀쩡한 것으로 확인되었다. 생각만 했지, 내가 어쩔 수 없는 일이긴 하다. 아내는 시아를 낳기 전에 안 아프게 무통주사 맞을 거라고 강력히 주장했다. 의사에게 놓아주라고 내가 말한 것도 기억난다. 하지만 멋진 의사 선생님은 이미 주사 놓을 시기를 놓쳤으니 그냥 낳으라고 한 것으로 기억한다. 그런데 무슨 주사인지는 몰라도 하나는 맞았다. 내가 그걸 보고 설마 무통주사가 아닐까 하고 의심한 것도 머리에 떠오른다. 이 때 무통주사를 안 맞은 관계로 아내는 다른 이에게 자랑을 했고, 아이 낳다 죽을 뻔한, 무통주사 맞은 내 친구 아내의 이야기를 듣고 안도감을 느끼게 되었다.

시아가 태어나고 갑자기 시유에게 측은지심이 샘솟아났다. 사랑을 빼앗긴 시유가 시샘하지는 않을까 걱정한 것이었다. 하지만 시유는 시아를 너무 좋아했다. 지금도 마찬가지다. 이렇게 사이좋은 자매는 드물 것이다. 시유는 시아가 너무 귀엽다고 안아주고 볼도 당기고, 엉덩이를 두들겨주기도 한다. 아비된 입장으로서는 다행이다.

시아는 욕심이 많고, 뭐든 부족함이 없다. 목소리도 크고, 성질도 잘 부린다. 그런데도 하지 말라고 하면 "네" 하고 금세 사과하고, 반성하고 나서는 또 같은 짓을 한다. 그래도 웃으며 대답하는 기술이 있어서 많이 야단을 듣지는 않는다. 시간이 지나면 없어지겠지만 낯을 엄청나게 가린다. 아버지께서 시아가 공부를 잘할 사주라고 했다. 괜히 그렇게 믿고 보니 똑똑한 것 같다. 사실 시유도 비슷했다. 처음 보는 자식은 모든 부모에게 천재다.

시아의 이름으로 마무리를 지으려 한다. 시施는 베푼다는 뜻이다. 아我는 나란 뜻이다. 나를 베푼다. 사실은 아버지께서 한자를 또 잔뜩 주셨다. 뭔가 오만한 뜻의 이름이 지어졌는데 아버지께서 그건 안 된다고 하셔서 시아가 되었다. 그 이름이 무엇이었는지 기억이 안 난다.

시아는 이름처럼 전혀 살지 않고 있다. 남에게 좀 베풀면서 인생의 즐거움을 느끼며 살기 바란다.

# PART 6

# 전원주택에서
# 살기

# 주택은 손이 많이 간다

_ 김성희

        우리 가족 형태에 맞는 건 주택이라 여겨 주택을 구매했다. 그 과정이 녹록치 않았던 터라 미운 정 고운 정 다 생긴 건 사실이지만 주택은 손이 많이 간다. 현대의 젊은이들에게 주택살이가 그저 로망일 뿐 선뜻 선택되지 않는다는 것을 내가 살아보면서 실감하게 되었다.

  봄, 여름, 가을, 겨울의 네 계절마다 손이 갈 일이 어김없이 있다. 봄에는 집 안팎으로 가득한 꽃가루를 견뎌야 하고, 잔디가 잘 자랄 수 있도록 잡초도 뽑아줘야 하고, 봄맞이 청소도 해줘야 한다. 여름이면 벌레와 싸워야 하고, 가을에는 낙엽으로 곤욕을 치르며, 겨울에는 추위와 싸워야 한다.

  뭐 아파트에 살아도 마찬가지지만 주택은 오롯이 가족 모두가 함께 치우고, 고치고, 가꿔야 한다. 우리 집은 무슨 문제가 생기면 거의 모든 일을 내가 해결한다고 할 수 있다. 남편 말을 빌리자면 난 컴플레인의 여왕인데, 그도 그럴 것이 일을 처리하면서 쉽게 되는 일이 없다. 뭐 하나 고장 나면 아파트는 관리실에 연락하면 되지만, 주택살이는 누구한테 물어야 하는지부터 확인해야 한다. 시市에서 해결이 되는 건지 국가기관에 문의해야 하는지, 아니면 사업체를 통해서 해결할 수 있는 것인지부터 알아봐야 하는데, 일을 처리하다 보면 큰소리 날 일 또한 수시로 생겨났다.

우리 집은 오래된 주택을 리모델링하면서 거의 모든 것을 현대식으로 바꿔 편하긴 한데도 아직도 손봐야 할 곳들이 많다. 무엇보다 심야전기를 통한 난방이 큰 문제이다. 예전에는 심야전기 혜택이 많아서 도시가스가 들어오지 않는 지역에서는 너도나도 심야전기 난방 시스템을 설치했었다. 하지만 요즘 들어 심야전기에 대한 혜택은 전혀 없고, 오히려 엄청난 전기세를 감당해야 한다.

더군다나 우리 집은 3가족이 합쳐진 가족 형태라 할 수 있는데, 한전에서는 우리 가족의 형태를 대가족이라고 규정지어 15,000원 할인만이 가능한 상황이다. 하지만 가족 수가 10명이 되다보니 할증이 당연히 붙게 되고, 매달 만만치 않은 전기세를 내야 하는데 억울한 면이 있다고 생각되었다. 하여 몇 차례 한전에 전화를 걸어 민원을 넣었다. 한전에서는 실태조사를 나와 직접 눈으로 봤고, 서류상 2가구로 확인이 되는데도 마지막에는 결국 내부 규정을 들먹이며 분리해주지 않는 것이다. 결론은 2가구 혜택을 받기 위해서는 2층에 주방이 분리되어 있어야 하며, 외부에서 연결되는 정문이 따로 있어야 한다고 했다.

사실 내 생각에는 그렇게 분리된 집도 한 가구가 사는 경우가 오히려 있을 법한데 말이다. 억울해서 몇 차례 언성을 높이며 이야기를 했지만 소용없었다. 내부 규정이 그러하다 하니 더 이상 이야기한들 억울한 건 우리뿐…. 그래서 지금 할증된 전기요금을 내고 있다. 아무리 생각해도 이 부분은 억울하다. 그렇다고 해서 지금 다시 상하수도 연결공사까지 하고, 2층의 외부계단을 만들어 정문을 낸다는 건 무리인 부분이라 포기했다.

얼마 전에는 심야전기로 데운 온수를 보관하던 온수통이 수명을 다해 터지면서 물이 새기 시작했다. 그나마 다행인 것은 겨울을 버텨줘서 봄에 공사를 시작할 수 있었다는 점이다. 사실 그 무렵 너무 많이 나오는 전기요금에 감당이 안 되던 터라 도시가스 보일러로 교체해야 할지 고민 중이었다. 공사비용이 얼마나 나올지 목돈을 써야 하는 상황과 공사 규모를 가늠하는 게 겁이 나서 미루고 있었는데, 선택의 여지없이 보일러 공사를 진행해야 했다.

현재 사용 중인 심야전기를 먼저 해지하고, 온수통 두 개를 폐기처분해야 하는 문제와 동시에 어떤 보일러를 선택해서 설치해야 할지를 고민해야 했다. 단순 보일러 변경에도 주택은 동시다발적으로 확인해야 하는 부수적인 문제들이 많았다. 주택이라 아파트보다는 더 춥다는 점과 아이들과 어르신이 있어서 온수의 사용이 많다는 점 또한 보일러 선택의 고려사항에 포함되어야 한다.

기존의 온수통을 폐기하는데도 현재 보일러실의 입구가 좁아서 온수통을 크레인이나 장비를 사용해서 옮길 수 있을지, 아니면 보일러실 안에서 잘라 폐기 처리가 가능한지를 문의해 관련 업체들의 견적을 받아야 하고, 크레인을 이용하면 어디서 작업이 가능한지 등의 위치도 고려해야 한다. 한마디로 어떤 작업을 하든 스케일이 커진다고 보면 되겠다. 생각의 범위를 넓혀야 모든 상황을 고려할 수 있고, 저렴하고도 안전하게 처리할 수 있다.

그래서 보일러를 설치했다. 적절한 가격의 도시가스 보일러다. 나는 주문만 했을 뿐 설치를 지켜보면서 요구사항을 전하고 하는 어려운 일은 엄마의 몫이었다.

새 것이 좋긴 좋았다. 벽에 부착된 리모컨이 예쁠 뿐만 아니라 액정도 커졌다. 따뜻함에 더해 안정감은 덤이었다.


## 주택 관리 _ 김지양

예전의 넓은 관산동 주택(350여 평)에서 많이 줄어든 아담한 사리현동 주택(100평 남짓)으로 옮겼음에도 주택 관리는 쉬운 일이 아니었다. 무엇보다 집의 풍경을 완성해주는 나무를 가꾸는 일은 생각보다 쉽지 않다. 산에서 자라는 나무야 알아서 자라겠지만 마당에서 자리를 차지하는 나무들은 모양도 잡아주어야 하고, 정리도 해주어야 한다.

집을 오르는 계단에 철쭉(영산홍)과 회양목이 엄청나게 있었다. 처음엔 혼자 할 생각으로 시작했는데 한 번도 전지를 한 적이 없는 곳이라 손이 많이 필요했다. 그래서 누나와 어머니까지 합세해서 함께 과감하게 정리했다. 아마 한동안은 자리를 잡는데 시간이 필요하겠지만 갓 머리를 깎은 어린 아이처럼 시원해 보인다. 예전부터 아내가 집에서 아이들을 보는 동안 나무 관리는 어머니와 내가 거의 했다. 사실 외부에서 하는 일들을 즐기는 사람은 이 집안에 나와 어머니밖에 없다. 아니 한 명 더 있다. 아들 유준이는 온갖 호기심으로 함께하기를 좋아한다.

난 밖에서 몸으로 하는 일들이 좋다. 땀을 흘리고 하는 일에 집중을 하노라면 스트레스를 잊게 되곤 한다. 그래서 대학시절에도 남들은 과외를 하러 다니며 돈을 벌 때 나는 막노동, 레스토랑 서빙 등을 더 즐겨 했다. 식구들이 여럿이다 보니 개인별 성향이 집안을 유지하는데도 도움이 되는 것 같다.

집을 줄여 옮기고 난 후에 좋아진 점은 관리해야 할 잔디밭 크기가 줄어들었다는 점이다. 이 정도 잔디 깎는 일은 이제 큰 어려움 없이 혼자 하게 된다. 역시 우리 집을 사기 전에 전셋집에서 살아본 전원주택 경험은 우리를 그만큼 성장시켜 주었다.

날마다 해야 하는 떨어진 나뭇잎이나 쓰레기 등을 쓸고 치우는 일은 아버지 어머니가 주로 맡아주셨다. 주말엔 조금씩 돕긴 하는데, 평일에는 출퇴근하기에도 바쁘다보니 어쩔 수 없었다. 집 앞에 나뭇잎이 항상 많이 떨어져 있는 것은 아니지만 늘 그 일을 하는 것은 쉬운 일이 아님을 안다. 그래서 감사하다.

눈이 오면 아이들은 동네 강아지들처럼 좋아하면서 뛰어다녔다. 서울까지 출퇴근길이 멀어서 조금 걱정되기는 하지만 눈 쌓인 마당을 내려다보며 커피라도 한 잔 마실 때면 재벌이 부럽지 않았다. 하지만 그 것도 잠깐, 얼어버리면 여간 문제가 아니기에 눈은 서둘러 치워야 한 다. 계단에서 집 앞까지 눈을 치우는 데는 많은 노동력이 필요했다. 눈을 치우는 일은 가능한 한 내가 많이 하려고 하는데 때로는 퇴근해 오는 시간에 따라서 아버지나 어머니, 가족들이 돌아가면서 할 수밖에 없었다.

그럼에도 불구하고 가끔 겨울에 찾아오는 눈은 치우는 즐거움을 선 사한다. 조금 더 노력해서 이웃집 앞까지 눈을 쓸고, 어떨 때는 이웃 집에서 우리가 다니는 길의 일부를 쓸어주신다. 주택에 살면서만 느낄 수 있는 작은 배려의 마음이다. 자주 왕래하지 않아도 다니며 서로 인 사를 나누는가 하면, 텃밭 고추를 문 앞에 슬며시 놓아주고 가시는 반 장님, 눈이 오는 날이면 어김없이 나와서 길을 쓸어주시는 앞집 아주 머니…. 가족들이 함께 느끼는 이웃들의 따뜻함을 우리 아이들도 함께 느끼고 성장하길 바란다.

관산동 전셋집과 달리 사리현동 집은 우리 집이라 애정이 듬뿍 갔 고, 들어가면서부터 소소한 것까지 신경을 많이 썼다. 전체 인테리어 는 누나가 진두지휘했고, 매형은 작은 소품을 담당했다. 사실 아내와 나는 인테리어에 관심이 적은 편이다. 사람마다 관심사와 재능이 다르 니까 그러려니 하면서도, 누나와 매형이 어머니와 상의해가면서 집안 을 꾸며놓으면 늘 보기에는 좋다. 그래서 대부분 인테리어에 관한 일 은 누나 부부에게 일임한다. 함께 할 일과 따로 할 일을 자연스레 알게 되는 과정이 대가족으로 살아가는데 많은 도움이 되는 것 같다.

주방은 거의 어머니 담당이다. 물론 설거지를 조금씩 돕기도 하지만 어른 식사부터 아이들 식사까지 어머니께서 도맡아 해주신다. 결혼을 하고 아이를 낳아 기르면서도 어머니의 손맛을 느끼면서 살아갈 수 있다는 것은 내가 가진 큰 행운이 아닐까?

내가 느끼기로 한국은 택배의 나라다. 그 시스템은 현대인들을 편하게도 해주지만 불필요한 구매를 얼마나 많이 하게 하는지 모른다. 만약 택배가 없었다면 사지 않았을 물건과 먹거리들이 집안 곳곳에 넘쳐난다. 그러다보니 쓰레기의 양도 엄청나다. 10명에게 필요한 물건과 음식에서 나오는 쓰레기들이란…. 아마 보통의 사람들은 상상하기 힘들 정도로 많다.

분리수거는 보통 아버지께서 해주셨다. 주말엔 아버지가 하시기 전에 내가 정리를 하곤 하는데, 식구들의 쓰레기 버리는 습관을 알게 된다. 용기에 액체류가 흘러나오는 것을 신경 쓰지 않고 버리는 것, 비닐류와 플라스틱류를 작게 접거나 모아서 버리지 않는 것, 종이류도 정리해서 버리지 않는 것 등을 정리하는 동안 다시 손보지만 습관은 쉽게 바뀌지 않는다. 나는 아버지에 비해 집 안에서 모은 분리수거를 바깥에 내놓는 횟수가 현저히 적지만 그동안 아버지께서 얼마나 고생하셨을까 느낄 수 있었다. 함께 산다는 것은 이런 사소한 것까지도 서로에 대한 배려가 필요하다. 서로의 습관을 이해해주는 것을 넘어 때로는 새로운 습관을 가져보는 것이 필요하다.

다람쥐 쳇바퀴 굴러가듯 굴러가는 우리 집. 언젠가 들렀던 작은 이모는 우스갯소리로 우리 집을 '시설' 같다고 표현하기도 했다. 소규모 4인 가족이 사는 것과 비교해보면 일도 많고, 개인적인 생활의 비중이 많이 부족한 것은 사실이다. 그런데 집 안팎의 일들을 하고 있노라면 누군가는 아이들을 맡아주었고, 그렇게 서로가 보이지 않는 곳에서 늘 각자의 역할을 해준다. 서로가 서로의 삶을 이끌어주는 10명의 가족들이 있어 사리현동이 존재하지 않을까 싶다.

## 전원주택 수리, 집기 제작 _ 김태억

주택에 살다보니 이것저것 고칠 것도 많고, 나 자신이 뭔가 만드는 것을 좋아하다보니 만든 것도 많다. 생각나는 대로 하나씩 적어보려 한다.

제일 기억에 남는 수리 내역은 화장실의 천장등이다. 우리 집 화장실은 천장등이 6개인데 환풍기와 연결되어 있다. 그냥 병렬로 연결되어 있는데, 전등 2개가 어느 순간 나가버렸다. 그냥 쓰자니 답답하기에 이리저리 연결하고 바꾸어 끼면서 하다가 전기 감전이 왔다. 물리적으로 큰 피해는 입지 않았지만 정신적으로 손상이 왔다. 손이 저렸고, 기분은 우울해졌다. 그 이후 전기는 잘 안 다루려고 하지만 나 말고는 다룰 사람이 없어 내 몫이 되어버렸다. 전압보다 전류가 위험하다는 것을 항상 잊지 말아야 한다.

주차장 스위치가 맘에 안 들어 깁슨 레스폴 기타에 달린 픽업 교환 스위치 같은 것으로 바꾸어 달았는데, 부착하는 방법이 좋지 않았다. 그래도 애쓴 보람이 있어 달고 나니 아주 만족스러웠다. 스위치 같은 것들이 자신이 보는 방향과 다르게 달려 있으면 스트레스인데, 그래서 이것저것 스위치에 따라 켜지는 조명을 바꾸는 작업을 많이 하게 되었다. 덤으로 스위치 주변이 더러워지는 것을 미리 막는 아크릴을 아내와 함께 부착했다.

집에 있다 보면 이것저것 달 것들이 많이 생기고, 그러다보면 그것들로 인해 지저분해지는 일이 많다. 그래서 집에 있는 것들 중 가볍고 작은 리모컨이나 전화기 등의 한 면에 철을 붙이고 자석으로 대부분 고정했다. 요즘에는 자석 가운데 구멍이 있는 것들이 있어 그냥 나사못을 박으면 되니 편하다.

집에 쌀을 놓아두는 곳이 너무 맘에 안 들어 쌀을 넣을 가구를 만들기로 했다. 나무는 잘라주는 곳에 인터넷으로 주문하고, 쌀을 넣었다 뺐다 할 바퀴를 달았다. 그리고 힘을 받는 곳이 여러 곳이라 와이어까지 동원해 넣었다. 와이어를 이용한 제작은 처음이었는데, 생각보다 와이어를 쓸 곳이 많다. 만들고 나서 알았지만 사이즈를 정확히 하는 바람에 뻑뻑하기 이를 데 없었다. 다음에 가구를 만들게 되면 더 잘할 수 있겠지만, 이제는 만들기 싫다.

집에 건담 프라모델이 많이 있다. 한때 취미였는데, 남은 무기가 너무 많았다. 그래서 모두 모아 캔버스에 부착했다. 배경에 남아있는 스프레이가 회색밖에 없어서 그걸 칠했는데, 회색은 실수였다. 그리고 못을 해골 모양으로 박은 후 실을 이용해 둘렀다. 실이 너무 두꺼워 실패했다.

하수구가 막혔다. 뚫으려고 열심히 약을 사와서 붓고 했지만 만족스럽지 못하다. 이런 일에는 사람을 부르는 것이 제일 낫다. 그 후에 가끔 약을 부어주는 것이 맞다.

대문에서 집으로 오는 계단이 너무 어두워 전등을 설치하기로 했다. 태양광을 받아 충전하는 것을 사서 달았다. 중간에 빈 곳이 보여 피규어를 넣어 꾸몄다. 가구 손잡이도 피규어로 다 바꾼 적도 있는데, 솔직히 실용성은 떨어진다. 주택에 살다보면 가끔 야간에 불이 안 들어오는 바깥도 챙겨야 하기 때문에 전등은 필수다. 배터리는 꼭 충전되는 것으로 사야 한다.

처남이 차고 문이 다 안 열렸는데 급히 나가다가 차고 문 옆에 달린 바퀴들 중 하나가 빠졌다. 미리 넣었다면 아래가 부서지는 일이 없었을 텐데, 밤이라 보이지 않았나 보다. 일단 한 쪽을 다시 집어넣고 아래는 꺾쇠로 고정했다. 차고 문은 속이 텅 빈 스티로폼으로 되어 있다는 것을 고치면서 알았다.

차고에 번호키를 달았다. 언젠가 밤이 어둑해지고 나서 10대 후반으로 보이는 청소년 몇 명이 우리 집 차고의 열린 문을 빼꼼 구경하며 가는 것을 보고 다들 걱정을 한 이후의 일이다. 동네 순찰도 요청했으나 못미더웠다. 번호키를 다는 것은 생각보다 어렵지 않았으나 갑자기 비 올 때가 걱정되기 시작했다. 그래서 처음엔 플라스틱 파일 남은 것을 집 모양으로 만들어 붙였다. 그런데 이것은 추워지니 딱딱해져 바스러지는 것이 아닌가? 그래서 식탁에 까는 얇은 플라스틱으로 바꾸어 다시 달았다. 치약처럼 생긴 실리콘 마감은 필수다. 지난번에 바깥 초인종을 달 때도 요긴하게 쓰였다.

주택에 살면서 계속 느끼는 것은 끊임없이 무언가 필요해지고 만들거나 고쳐야 한다는 것이다. 열린 사고를 해서 문제를 해결하는 능력이 제일 중요하다.

## 주차장 _ 김태억

주택에 살면서 필요한 것들은 여러 가지가 있지만 그 중에 제일 주택을 주택답게 만들어주는 것은 마당과 차고다. 마당은 장모님께서 식물을 사랑하는 관계로 잘 정리하고 신경을 쓰신다. 나의 관심은 그래서 마당 아래에 위치한 차고다.

대부분의 주택들은 주차장을 만든다고 해도 그냥 마당과 주차 공간이 분리되어 있지 않고 그대로 마당에 주차를 하는 경우가 많다. 하지만 우리가 처음 살던 관산동에서 차고의 편리함을 마음 속 깊이 느낀적이 있기 때문에 새 집에서도 차고는 필수였다.

처음 이곳에 이사를 하려고 보았을 때 기존의 차고는 돌돌돌 말리는 문으로, 수동이었다. 자동문 견적을 받아보고는 잠시 고민을 했다. 하지만 항상 차로 출퇴근하는 우리는 고민을 금세 접어두고 자동문을 달기로 했다.

자동문을 달고, 안에는 방수 페인트를 칠하고, 천장등까지 바꾸어 달았다. 일단 자동차 2대가 들어갈 수 있는 공간을 확인하고, 조금이라도 쉽게 주차할 수 있도록 가운데는 야광 테이프를 붙여 경계를 표시했다. 여력이 있으면 페인트로 칠하겠지만 그렇게까지 무리하고 싶지는 않았다. 다만 다음에 검은 페인트가 생기면 야광 테이프 위로 칠해 도로 중앙선처럼 평행한 두선으로 만들 생각이다. 일단 네모난 박스 모양의 공간이 마련되었다.

이제 집 안에서 잘 쓰지 않는 물건들을 옮겨올 차례다. 안 입는 내 옷들이 차고로 내려왔다. 아내의 옷은 내려오지 않았는데, 옷이 상한다는 것이 이유였다. 내 옷은 상해도 되는 것인 줄 그 때야 알게 되었다. 선풍기와 처남댁의 빵 만드는 기계, 처남의 공구들이 내려왔다. 나의 미완성 프라모델들이 든 박스도 내려왔다. 이것들은 모두 선반에 쌓여 정리되어 있다. 후에 아내 회사의 서류도 이사를 와서 꽉 찼다. 아이들의 자전거와 유모차도 한쪽 구석으로 쌓이기 시작했다. 아이들이 많다보니 그런 것들이 많아져 주차할 때마다 조금씩 접촉사고가 나고 있다.

차고를 손보면서 느낀 것이지만 벽이 너무 휑해 보였다. 일단 내가 여행갈 때마다 모았던 자동차 번호판 모양 철판들을 가지고 내려왔다. 지금은 마음에 들지만 나중에 마음에 들지 않을 것을 대비해 자석을 벽에 붙여서 번호판들을 붙였다. 이제 좀 뭔가 괜찮은 차고가 되었다. 그리고 며칠이 지났다. 그림을 달고 싶은 생각이 들었다. 그림을 살

곳을 검색해보니 홍대가 나왔다. 당시 아내의 회사가 홍대 근처라 홍대로 바로 출발해서 아내와 함께 그림을 골랐다. 그림은 유화나 직접 그린 작품이 아닌 캔버스에 인쇄된 것을 골랐다.

사실 그림이야 시간이 있을 때 내가 그리면 되는 것이라 그냥 예쁘고 특이한 것이 필요했다. 가장 갖고 싶은 것이 심슨 가족이 횡단보도를 걸어가는 그림으로 비틀즈 마지막 스튜디오 앨범인 애비로드의 오마주이다. 큰 것을 골랐더니 비쌌다. 그래서 작은 것을 골랐고, 그 작은 것을 커버하기 위해 렘브란트의 자화상을 베낀 심슨 그림, 달리의 자화상을 베낀 심슨 그림, '진주 귀걸이를 한 소녀'를 패러디한 심슨 부인 그림을 함께 구입했다. 그리고 오드리 헵번을 따라한 심슨 부인도 하나, 바트 심슨도 하나, 심슨이 도넛 먹는 것도 하나, 히어로를 패러디한 심슨도 하나 구입했다. 차고는 그 그림들을 모두 달기에 충분할 정도로 널찍했다.

한참 차고 정리를 끝내고 보니, 불을 켜는 스위치가 맘에 들지 않아 인터넷으로 주문해 스위치를 바꾸어 달았다. 친구가 자기가 찍은 사진 작품을 보내왔다. 그것도 차고 벽으로 갔다. 집에 앉아 있다가 갑자기 건담이 그려진 티셔츠가 예쁜데, 내가 입지 못하는 것이 안타까워 놀고 있는 빈 캔버스에 붙여서 차고 벽으로 보냈다. 건담 프라모델을 만들다보면 무기가 많이 남는데, 그것들을 캔버스에 붙였는데 나쁘진 않지만 생각보다 맘에 안 들어 집에 안 걸고 차고 벽으로 보냈다. 나무판이 보여서 못을 해골 모양으로 박고 실로 꾸며 드럼 전구까지 달았는데, 생각보다 안 예뻐서 역시 차고 벽으로 보냈다.

이렇게 차고는 많은 그림과 나의 작품들로 가득 찬 공간이 되었다. 시간이 흐르면 아마도 더 많은 것들로 가득 차게 될 것이다. 언제가 될지 모르지만 정화조가 없어지면 그 자리에 조그마한 창고를 만들어 또 그림을 채워 넣어봐야겠다.

## 수집품 _ 김태억

언제나 무언가로 가득 차 있는 우리 집은 항상 나의 정리로 인해 제 자리를 찾아간다. 내가 제일 많은 것들을 모으긴 하지만 실제로 모두가 뭔가를 하나씩 모은다.

장모님께서는 그릇을 좋아하신다. 그릇을 보면 꽃그림이 그려진 것이 대부분인데, 그 상표를 좋아하시는 것인지는 모르겠으나 종류별로 많이 모여 있다. 장모님께서는 그릇을 아끼는 이유로 처남댁이 설거지를 하는 것을 싫어하신다. 처남댁은 성격이 급하고, 주의집중 결핍으로 인해 그릇의 생명을 위협한다. 그래도 가끔 금이 가거나 약간 깨지는 그릇이 발생할 때는 별로 개의치 않으신다. 보통 그런 그릇이 보이면 내가 고치긴 하지만 생각보다 그릇을 원상태로 복구하는 것은 어렵고, 계속 사용하기 때문에 다시 그 부분이 상하는 경우가 많다. 혹시나 그런 경우에 장인어른께서는 모두 버리는 경우가 많아 고칠 틈을 잃어버리기도 한다. 어쨌든 우리 집엔 그릇이 많다.

장모님께서 식물을 좋아하셔서 곳곳에 많은 식물들이 심어져 있고,

집안에는 꽃꽂이한 것들이 장식되어 있다. 내가 꽃을 싫어하는 관계로 유심히 살펴보지는 않지만, 행동반경에 식물이 있어 움직임을 제약하는 경우가 있다. 그리고 장모님께서는 마당의 잔디를 관리하신다. 잔디는 밟아도 뿌리가 뻗는다고 하는데, 정말 뿌리만 뻗고 잎이 안 나는 경우가 있다. 잘 퍼져 아름다운 녹색이 되는 것을 꿈꾸지만 그것이 쉽지 않아 잔디와 자갈을 섞기 위해 고군분투 중이다. 그리고 구석구석에 이름 모를 식물들이 많이 있다. 하지만 장모님께서도 싫어하시고, 나도 싫어하는 민들레는 항상 호미를 들고 와서 뽑아 없애고 있다. 하지만 민들레는 너무 잘 자라고, 뿌리가 깊어서 죽이기 힘들다.

나는 만화책을 모은다. 내가 어릴 적에 공부는 학교에서 하고, 매일 책방에 들러 만화를 빌려 보는 것이 일이었다. 그렇게 몇 십 년을 살다보니 대부분의 만화책을 읽어보았고, 그 중에 소장하고 싶은 것들은 소장하게 되었다. 소장의 기쁨은 또한 양으로 승부하고 싶어지게 만든다. 그래서 싸게 파는 만화들을 사 모으다 보니 엄청나게 많이 늘어나 버렸다. 지금은 2층 난간에 책장을 만들어 넣어 놓았다. 아내가 많은 책들을 정리하고 싶어 했고, 온기가 난간으로 인해 효과적으로 분산될 수 있도록 책장을 만들어 얼기설기 막았다. 좋은 선택이었다. 아직 완결이 안 된 만화책으로 인해 항상 책장은 필요하다. 일단 책장의 여유 공간에는 피규어들이 장식되어 있다.

나는 건담 프라모델과 피규어를 모은다. 너무 많아져 정리를 해서 버리고 싶을 때도 있지만 20대의 추억이라 버릴 수는 없다. 요즘엔 만드는 것도 귀찮아 프라모델은 잘 구입하지 않고 있지만, 예쁜 피규어를 보면 사고 만다. 최근에는 열쇠고리로 쓸 만큼 작은 것들이 늘어나고 있다. 딸도 그런 걸 좋아하다보니 두 배로 늘어나고 있다. 앞으로 더 늘어나겠지만 아이들과 청소하시는 장인 장모님 덕에 기하급수로 늘진 않을 것이다.

CD와 LP. 내가 원래 레코드판으로 음악을 듣기 시작해 처음에는 레코드판을 사 모았다. 그러다 CD가 더 좋다는 말도 안 되는 상술에 휘둘려 CD 음악을 듣다가 어느 순간 다시 레코드판으로 돌아왔다. 지금 다시 레코드판을 모으기 시작했는데, 가격이 만만치 않다. 어릴 때부터 음악 듣는 것을 좋아해 CD도 많이 모았지만 한때 편의성 때문에 MP3로 갔다가, 지금은 DAP을 이용하다 결국 전화기를 이용하게 되었다. 그래도 레코드판으로 음악을 들으면 그 느낌이 말로 표현할 수 없을 정도로 좋다.

내가 모으고 싶은 것들 중에 하나는 기타인데, 너무 비싸고 자리도 많이 차지하고 매일 연주를 해줘야 하는 부담감에 포기하고 있다. 그래서 피크를 모으고, 기타 주변 물건들을 모으다 보니 그것들도 한가득하다.

여기서 빠뜨리고 싶지 않은 것으로, 모으는 것 같지만 아직은 양이 너무 적은 처남댁의 수집품이 있다. 스노우볼이다. 고상하고 멋진 수집품이긴 한데, 양이 너무 적다. 아직 30개가 넘어가지 않고 있다. 아마 여행지마다 보이면 구입하는 듯한데 나는 절대 모을 생각도, 가지고 올 생각도 없다. 너무 무겁고 깨질 위험이 높다. 그래서 더 수집할 가치가 있을지도 모를 일이다. 빨리 증식해 100개가 넘어갔으면 좋겠다.

딸들도 분명히 뭔가를 모으고는 있다. 내가 보기엔 다 쓰레기에 가깝지만 그 시절의 나를 생각하면 그것들이 모두 보물일 것이다. 딸은 대량생산의 혜택을 잘 받아 뭐든지 많다. 머리핀도 많고, 머리띠도 많고, 인형은 진짜 많고, 내가 싫어하는 디테일 떨어지는 작은 장난감도 많다.

시간이 흐르면 보는 눈은 달라지겠지만 자신의 안목을 가지려고 이런저런 것들을 모으는 것은 좋은 일이다.

# PART 7

# 퇴근 후에 느끼는
# 사람의 온기

# 사리현동의 일상

_ 김성희

　　　　　대가족살이를 하고 있는 우리에게는 그것이 일상이고 현실이라 딱히 대가족살이가 어떻다 생각할 시간 여유도 없이 지내고 있다. 그래도 가끔은 '정말 감사하다'고 느낄 때는 많이 있다. 가족이 함께이고, 몸도 정신도 건강하게 살고 있는 그 자체만으로도 더 바랄 게 없다. 지금 함께하는 하루하루가 얼마나 소중한 시간인지를 서로가 잊지 않으려고 한다.

　대가족살이는 가족 수만큼, 아니 어쩌면 그보다 훨씬 많은 희생을 감내해야 할 때도 있다는 걸 명심해야 한다. 내가 해야 할 몫을 제때 하지 못하면 분명 다른 가족에게 피해를 입히게 된다. 아직 손이 많이 가는 어린 아이 넷과 어른 여섯의 우리집 전원주택살이는 그만큼 해야만 하는 일 또한 엄청나다. 그래도 함께여서 행복한 일은 두 배가 되고, 매사 든든한 버팀목이 되어주는 가족이 있다는 것 자체가 우리 가족에게 엄청난 재산이다. '사람이 재산이다.' 이 말이 옳다면 우리 가족은 엄청난 자산가인 것이다.

매일 반복되는 우리 가족의 일상, 이제 그 이야기를 해본다.


### 1) 아이들 씻기기

아이가 넷이다 보니 성격도 제각각, 행동이나 처한 환경도 다 다르다. 때문에 아이들 씻기는 것도 우리는 무언의 규칙 같은 것이 있다.

아직은 거의 모든 일이 사리현동 4총사, 아이들에게 초점이 맞춰져 있어 어른들은 배려와 희생을 감내해야 한다. 그러함에 부모님께 죄송할 때가 많다. 어떻게 온 가족이 주택에 살면서 겨울에도 따뜻한 공간에서 씻을 수 있는지, 이 '씻는다'는 행위가 왜 우리에게 보통 일이 아닌 것인지는 뒤에서 동생 내외가 더 풀어 나갈 것이다.


### 2) 어린이집 식판 4세트 정리하기

매일같이 사리현동 4총사의 도시락통을 씻어 말리고, 아이들 가방을 꾸려야 한다. 각 도시락통마다 이름을 써놓았어도 서로 엇갈려 들어가기가 일쑤고, 가끔은 숟가락이나 젓가락이 하나씩 빠지기도 한다.

가방을 꾸리는 일도 아이들이 자꾸 말을 시키니 입이랑 손이 같이 움직이면서 정신이 혼미해지곤 해서 실수연발이다. 하루는 선생님이 집으로 전화해서는 "어머니, 시유 죽통이 며칠째 안 오고 있는데 부탁드릴게요" 하시는 것이었다. 그래서 아이에게 물었더니 "엄마! 요즘 할머니가 죽통 안 넣어주던데? 이제 잘 좀 챙겨줘!" 하고 대답한다. 아무래도 대가족살이를 하는 아이들이라 으레 이런 상황은 자연스럽게 이해가 되는가 보다.

### 3) 어린이집 생활수첩 보며 아이들 하루 일상 확인하기

가끔은 집안 여자들끼리 모여 어린이집에서 보내주는 생활수첩을 보면서 아이들의 일상을 맥주 한잔 곁들여 이야기하곤 한다. 이때 물론 아이들의 일상은 거의 할머니가 꿰뚫고 계시고, 우리는 할머니의 이야기를 듣는 입장이다. 할머니는 정말 하나하나 잊지 않고 세세한 부분까지 기억하시고, 거기에 본인 감정까지 보태어 이야기해주시는데 듣기엔 재미난 상황들이 많다.

그리고 할머니는 늘 아이들 아침 등원사진을 가족들 단체 카톡에 올려주시는데, 일터에서 사진으로 보는 아이들 모습은 너무 사랑스럽기만 하다. 이때 아이들 컨디션에 대한 할머니의 코멘트가 재미를 더한다.

"야! 너네 딸들 데려가라!", "야! 못 키우것다. 뭐 이런 게 다 있냐?", "얘는 또 시작이다. 아주 신발 하나 신는데 열나절은 걸렸다." …

엄마는 다소 거친 표현들로 힘든 기색을 보이시는데, 미안하기도 하고 감사하면서도 그때의 상황이 그려지기에 입가에 슬며시 웃음이 번진다.

## 4) 저녁식사와 간식 먹이기

할머니는 우리가 오기 전에 꼭 아이들 저녁을 먹이고, 어린이집 식판들을 씻어놓으신다. 힘들게 일하고 온 우리가 조금이라도 덜 힘들도록 도와주려는 건데, 이것 또한 쉽지 않다는 걸 우리는 알고도 남는다. 아이들 넷이서 정말 쉴 새 없이 떠들어대고, 아직도 자기 밥을 알아서 먹지 못하는 상황이라 할머니의 손길이 일일이 닿아야 한다.

넷 중 첫째인 시유는 끊임없이 "할머니, 왜 나는 안 챙겨줘? 왜 내가 첫째인데 동생들 먼저 주는 건데?" 하고 징징댈 게 틀림없고, 청일점 유준이는 여기저기 뛰어다니면서 할머니 정신을 쏙 빼놓을 테고, 거기에 더해 둘이 붙어서는 사사건건 내가 맞네, 너는 틀리네 하면서 신경전을 벌일 것이다. 또 우리 집에서 사랑스러움을 담당하지만 성격이 강한 셋째 시아는 할머니를 독차지하려고 고래고래 소리지르며 자기 옆에 앉아 시중들 것을 명할 테고, 우리 집 애교 담당 넷째 유나는 이런 상황을 틈 타 혼자 이것저것 마음대로 만지작거리며 어질러 놓을 것이 틀림없다. 아우, 생각만 해도 머리가 지끈한 상황인데 할머니는 매일 전쟁 같은 육아 현장에서 본인의 역량을 최대치까지 끌어올려 모든 걸 해내신다. 위대한 할머니!

우리 집 사리현동 4총사는 정말 엄청나게 먹어댄다. 저녁을 먹고도 금방 돌아서서 시리얼, 과일, 빵, 견과류를 끊임없이 요구하고, 냉장고를 수없이 열었다 닫았다 반복하며 주방을 벗어나질 못한다. 그러니 할머니는 하루 종일 주방 밖을 벗어날 수가 없다. "너는 무조건 나가서 돈 벌어야 한다. 어떻게 안 벌고 너희 애들 식비를 감당하겠니? 먹어도 진짜 엄청 먹어댄다. 오늘 산 딸기 한 박스는 나는 아주 입도 못 대봤다"하시며 내 등을 떠미신다. 아마 넷이라 서로 경쟁적으로 더 먹는 것도 있으리라.

### 5) 대가족 빨래와 집 청소

우리 집 할아버지는 여느 집 할아버지와는 조금 다른 할아버지라 할 수 있다. 일례로, 우리 집 셋째인 시아의 선생님께서 담임을 맡고 일주일도 안 되어 전화를 주셨는데, 아직 새로운 반에 적응을 못한 녀석이 꽤나 우는 모양이었다. 여하튼 이런저런 이야기 끝에, 시아가 울면서 할아버지를 그렇게 찾았단다. 그래서 선생님이 "시아야, 할아버지는 어때?" 하고 물었더니, 우리 할아버지는 키가 크고 멋지다고 이야기했단다. 우리 집 사리현동 4총사에게 할아버지의 모습은 이러하리라.

원래가 워낙에 깔끔하신 분이라 사실 대가족살이에 가장 힘들어 하시는 분일 수 있다. 평소 본인에게 딱 맞는 스타일을 고집하시고, 새 옷을 구매하면 반드시 몸에 맞게 수선을 맡겨 입으신다. 부모님이 신혼일 때도 아버지는 엄마 속옷빨래까지 손빨래하셔서 딱딱 펴서 널었다고 한다. 지금도 우리 집 빨래는 당연히 할아버지 담당이시고, 감히 누군가 손대기가 쉽지 않은 영역이라고 말하면 되겠다.

젊은 시절에도 주말이면 아버지는 엄마 가방을 들어주셨고, 나를 아기띠로 안고 쇼핑을 가곤 하셨다는데 다른 남자들은 뒤에서 꽤나 저

집 양반 이상하다면서 욕을 했을 터이고, 여자들은 부러운 시선을 가졌을 거다. 그런 할아버지가 대가족살이를 하시니 남모를 고통이 더 있을 거라 생각된다.

가족이 많으니 당연히 빨랫감은 늘 한가득이고, 청소해야 하는 곳은 한두 곳이 아니며, 재활용 쓰레기에 일반 쓰레기, 음식물 쓰레기까지 넘쳐나고, 아이들의 장난감은 늘 여기저기 어질러져 있기 일쑤고, 거기에 뒹굴이 사위의 아이템들까지 집안 곳곳에 즐비해 있으니 그 깔끔한 성격에 보는 것만으로도 버거우실 게다.

그래도 매번 널려 있는 장난감과 물건들의 주인이 누구인지 꼭 확인해 정리하시곤 한다. 하루 두세 번은 청소기를 돌리시고, 추가로 찍찍이를 들고 방마다 이불을 정리하시고, 3M 물걸레를 몇 차례 빨아가며 청소를 하셔야 직성이 풀리신다.

힘드시니깐 하지 말라는 소리는 할아버지한테는 별 도움이 안 되고 오히려 스트레스만 더해지니 우리는 그냥 감사하게 생각하고 맡겨 놓고 있다. 마음은 있으나 몸이 따라주지 않고, 깨끗하지 못한 우리는 그저 감사해하면서 묻어 살고 있다.


## 6) 저녁식사 뒤 놀이하기

사리현동 4총사의 에너지는 저녁식사 뒤에 절정을 찍는다. 요즘 낮잠을 안 자는 유준이는 조금 버거워하는 듯하나, 첫째인 시유는 5세부터 낮잠을 자기 싫어했고 적응이 되어있는 터라 저녁식사로 에너지를 채우면 바로 움직이기 시작한다. 요즘은 하루라도 춤을 추지 않고는 잠을 자지 못 한다. 그런 시유가 발동을 걸기 시작하면 우리 집은 한바탕 춤판으로 시끌벅적해진다.

남편은 거실에 사운드 바를 제법 잘 연결해 놓았다. 음향기기까지 더해지니 거실 가득, 아니 집안 가득 노랫소리가 쾅쾅 대고 금세 집은 들썩들썩한다. 그것도 한 시간 넘게 지속될 때가 많다. 이렇게 시작되면 어린 둘째들(시아-유나)도 어느새 엉덩이를 들썩이며 다리는 땅에서 잘 떼지 못한 채 제법 잘 흔들어댄다. 내가 저렇게 움직였으면 내 몸의 지방은 하나도 남아있지 않을 것 같다. 남편은 시유가 초등학교에 가면 홍대에서 버스킹을 하겠다는 원대한 꿈을 갖고 있는데, 지금 이 시간이 도움이 될지 모르겠다는 생각이 든다.

### 7) 전원주택 환경

남동생네와 우리가 지금 서울에서 따로 살고 있었다면 아무리 넉넉하게 잡아도 66m²(20평) 내외의 아파트일 것이다. 그것도 전세대출금을 갚으며, 매일 아이들에게 뛰지 말라는 훈계를 하며 찌들어 살고 있을 게 틀림없다. 육아의 스트레스를 그대로 느끼며, 맞벌이 부부가 서로의 시간을 쪼개어 아이들 픽업하고 케어 하는데 모든 시간을 소비하면서 말이다.

게다가 아이들이 아프기라도 하면 서로의 상황을 조율해가며 전전긍긍할 것이다. 여기저기 부탁을 해야 하는 상황이 한두 번이 아니었을 테고…. 지금 우리는 아이들 병원 가는 문제에서도 자유롭다. 할머니가 아픈 녀석은 하원 시간 전에 픽업해서 소아과에 데리고 가셔서 우리의 역할을 대신해주고 계시니 말이다.

그리고 전원주택에선 아이들에게 뛰지 말라는 소리를 할 필요가 없다. 오히려 뛰어놀고 빨리 에너지를 발산하길 바란다. 그래야 조금이라도 일찍 아이들이 잠들 테고, 우리 시간이 주어진다. 겨울을 제외하고는 매일같이 잔디밭에 나가서 놀고, 1층과 2층을 오가며 놀이를 하고, 넓은 거실에서는 매일 학예회가 열린다. 아이들의 비싼 전집 책도 한 번 구입하면 넷이서 읽으니 아깝지 않고, 장난감도 함께여서 더 넉넉하다.

사실 그러하여도 아이들은 꼭 같은 장난감 하나로 싸우곤 한다. 웃기는 녀석들이다. 엄청나게 많은 인형들 중에서도 하나만 꼽아선 늘 4명이 붙어 싸우곤 한다. 그걸 봐도 애들은 애들이다.


## 8) 일과 현실

동생 내외와 우리 부부는 모두 서울에서 직장생활을 하고 있다. 동생이 가장 가까운 곳에서, 내가 가장 먼 곳에서 일한다. 전원생활이 아이들에게는 좋지만 직장생활을 하는 우리에겐 작은 어려움이기도 하다.

나를 제외한 셋이 초등학교 교사다 보니 다른 직장에 비해서 그나마 시간적 여유는 있는 편이다. 때론 방학이라고 셋이 다 출근하지 않는 아침에 혼자 출근을 할 때면 부럽기도 하지만, 다들 나가는 날 연차를 내고 집에 있을 수 있으니 좋을 때도 있다. 삶은 현실이다. 누구나 자신의 처한 상황이 힘든 것이고, 자신이 경험하는 일이 가장 가혹한 법. 그래도 우린 함께하는 행복을 찾아가고 있다.

# 사리현동은 특별하다

_ 김성희

　　　　　　　오늘처럼 퇴근하고 집에 들어가는 발걸음이 무겁게 느껴지는 날이 있다. 하루하루 커가는 아이들의 성장이 고맙고 감사하지만, 그래도 가끔은 나도 버거울 때가 있다.

　요즘 큰아이(시유)랑 매일 티격태격이다. 말이 좋아 티격태격이지 하루가 멀다 하고 큰소리를 내는 일이 많고, 하루에도 열두 번은 잔소리를 해야 한다. 잘못된 습관을 가져서는 안 된다는 생각이 뿌리깊이 박혀 있는 나로서는 잔소리를 하지 않고 넘어갈 수 없는 일이지만, 아이의 입장에서는 엄마가 하나도 쉽게 넘어가는 게 없다고 여길 테다. 나도 사사건건 녀석과 부딪히고 있는 요즘이 버겁게 느껴지는 상태였다.

　큰아이는 요즘 이갈이 중이다. 아랫니 중에 하나가 빠졌고, 그 자리에 새로운 영구치가 올라왔다. 첫 이를 빼는 과정도 그리 녹록치 않았다. 워낙에 겁도 많은데다 유난히 감성이 예민한 녀석이라 새로운 일을 하나 할 때면 주위 사람들을 힘들게 하는데, 특히 엄마인 나를 들었다 났다 한다. 매일 잠들기 전에 이런 나를 다잡고 내일은 아이에게 좀 더 부드럽게 다가가자 다짐하지만, 그게 쉽지 않다. 첫 이를 빼는 날도 거의 30분 넘게 엄마와 내가 그 녀석 옆에서 어르고 달래면서 씨름을 했던 것 같다.

사실 나는 큰아이를 키우는 과정을 전부 엄마와 함께했고, 또 의지했다. 태어나서 2년 동안 녀석은 할머니와 강원도 원주에서 생활했으니 내가 키웠다고 말하기는 조금 무리가 있다. 그리고 워낙에 나랑 비슷한 점이 많은 녀석이고, 아마도 같은 성격이라 더 부딪히는 면도 있으리라 생각된다.

가끔 엄마는 이 녀석이 가방 메고 머리를 하나로 묶고는 "할머니, 다녀오겠습니다!" 하고 나가는 모습에서 나의 어린 시절 모습이 생각나 눈물이 핑 돌 때도 있다고 한다. 물론 외모만으로 그런 생각이 드신 건 아닐 테다. 등원을 하기 전에 벌써 몇 번을 할머니와 부딪쳤을 테다.

"할머니, 머리 이렇게 묶지 말라니까요! 하나로 올려서 이걸로 묶어 주세요! 할머니, 이 옷은 불편하다니까요! 할머니가 이렇게 하니깐 내가 불편해졌잖아요!" …

한 번도 쉽게 넘어가는 법이 없는 녀석의 시중을 다 들고 난 뒤 엄마는, 아무렇지도 않게 웃으며 등원하는 녀석의 뒷모습을 보며 나의 어린 시절 모습이 떠올랐을 거라 생각된다.

헌데 그 부분에 대해 내가 아는 척을 하진 않는다. 나의 어린 시절이 큰아이와 같음을 누구보다 잘 알고 있지만 인정하고 싶지는 않다.

내 치부를 만천하에 알리고 싶지는 않은 마지막 발악? 여하튼 큰아이 는 나랑 너무 비슷한 점이 많다는 걸 나도 잘 알고 있다.

녀석의 두 번째 이를 빼는 날, 그야말로 절정을 찍었다. 요즘 제 아 빠와 부쩍 가까이 지내면서 씻는 것도, 이 닦는 것도 아빠와 함께하는 녀석에게 왠지 모를 섭섭함도 있었던 것 같다. 그래서 양치질을 잘 하 고 있나 검사도 할 겸 아이와 같이 욕실에 들어갔다. 제법 혼자서도 양 치질을 잘 하기에 칭찬을 해주었고, 요즘 계속 내 맘속에서 걸리고 있 던 두 번째 흔들리는 치아를 체크해 보려고 했다.

이 치아는 빠지기도 전에 아래에서 영구치가 비뚤어진 채 올라오고 있어서 지난 주말에 치과를 갔었다. 그때 얼마나 난리였는지 옆에서 누군가 봤다면 내가 계모가 틀림없다고 생각했을지도 모른다. 입도 안 벌리고 우는 녀석 때문에 치아는 보여주지도 못하고 헛걸음한 일이 이 미 한 차례 있은 뒤였기에, 오늘은 입을 벌리고 의사선생님께 어떤 상 태인지만 한 번 보여주기만 하자고 미리 설득시킨 과정이 있었고, 그 런 다음에 치과를 방문한 터였다. 그런데도 치과가 떠나가라 울면서 입도 안 벌리고 아무것도 할 수 없게 만들어 버리는 녀석의 행동에 너 무 화가 났다. 이러니 내가 착한 엄마 역할을 하는 건 애초에 불가능한 현실이다. 난 집에서 아주 악독한 나쁜 엄마 역할을 맡고 있다. 엄청 화가 나는 걸 참고 진정한 뒤 그래도 녀석이 무서웠을 거라는 생각을 하면서 집으로 돌아왔다.

그런 일이 있었고, 더구나 아래에서 비뚤게 영구치가 올라오고 있는 상황이라 난 계속 그 치아가 거슬렸다. 어서 빨리 어떻게든 이 치아를 빼야 한다는 생각에 꽂혀 있었다. 녀석을 다시 설득해서 병원을 재도전할지, 아니면 엄마를 꼬드겨서 다시 한 번 이 빼기를 시도해야 할지…. 여러 방법을 모색하면서 말이다.

아이와 양치질을 하는 이때도 아이에게 흔들리는 치아 상황을 보자고 한 거지만, 마음 한편으론 '한 번 내가 손으로 힘줘서 빼봐?' 하는 생각도 있었다. 그때 순간적으로 그런 마음이 내 손에 전달되었는지 나는 녀석의 치아를 힘껏 흔들어 당겼고, 이가 앞으로 정말 90도 가까이 당겨졌다. 피가 나고 아이가 당황해 했는데 사실 나도 당황했던 것 같다. 그때 더 당겨서 아예 뺏어야 했는데 거기서 멈춰버렸던 게 화근이다.

녀석은 사실 아프지도 않고 그냥 놀란 건데 거의 사색이 되어서는 울기 시작했고, 나도 놀라서 일단 아이를 데리고 나와 엄마를 호출했다. 내가 이렇다. 조금만 감당하기 힘든 일이 있으면 그렇게 엄마를 부른다. 제 자식을 제가 알아서 할 일이지, 난 왜 그렇게 엄마를 불러대는지 모르겠다.

엄마는 얼른 어디서 실을 가지고 나타나셨다. 난 그때부터 위안을 가진 것 같다. 그리고 슬쩍 물러나 앉아서 입으로 상황에 참여하기 시작한다. 그런데 정말 이 녀석도 끈질기다. 울고불고 뭘 그리 겁이 많은지 겁에 질려서 울다 웃다를 반복하면서 할머니를 들었다 놨다 한다.

"할머니 정말 뽑으면 안 돼. 그냥 실만 묶어놔야 해! 약속해야 해!

내가 할머니 믿는 거 알지? 아니다. 할머니 나랑 손으로도 약속하고, 사인도 해줘!"

녀석의 입은 한시도 쉬지 않고 본인의 불안함을 표현한다. 들어보면 뭐 웃기기도 하지만 시간이 늘어지고 오래되면서 슬슬 혈압이 오르기 시작한다. 정말 난리도 이런 난리가 없다. 녀석은 손으로 약속을 하고 사인을 해도 도저히 안 되겠다고 할머니가 몰래 그냥 뺄 거 같다며 다시 울기를 반복한다. 결국 나는 남편까지 동원시켰다.

분명 이 난장 소리가 다 들릴 터인데도 꼼짝 않고 있는 남편에게 화가 났다. 내 심리가 이상한 것이 내가 감당 안 되면 꼭 엄마를 불렀다가, 아이가 엄마까지 감당 안 되게 힘들게 하면 그렇게 남편에게 화가 난다. 그래서 신경질 섞인 목소리로 부른다. 그러면 남편은 마치 내가 불러서 알게 된 일인 양 느적느적 걸어온다. 그리고 마지못해 아이를 달래면서 그 자리에만 앉아 있을 뿐이다. 상황마다 조금씩 다를 뿐 거의 모든 사건은 이런 식으로 흘러간다고 보면 된다.

아빠가 오고 나서부터 녀석은 우군을 만난 것 같은 느낌을 갖는 것 같다. 아빠한테 의지해서는 이전 이 뺐던 동영상을 보여 달라고 하고, 이것저것 요구하기 시작한다. 그럼 남편은 "그래, 무서울 거야"라면서 아이를 달래고, 그냥 옆에 털썩 앉아서는 아예 그동안의 우리의 수고는 날려버린 채 상황을 원점으로 돌려놓는다.

정말 톡 건드리기만 하면 빠질 수 있을 텐데 30분을 허비하는 상황이 나는 너무 화가 나는데, 남편은 그렇지 않은가 보다. 그러더니 남편은, 아빠가 너무 졸려서 그러는데 그냥 자고 내일 빼자고 한다. 아니, 이게 무슨 소리인지…. 남편은 본인의 안위와 관련된 일이 아니면 늘 제3자의 입장이다. 아마 이때 정말 졸렸을 테고, 상황을 해결하고자 하는 마음이 전혀 없이 마누라의 잔소리만을 피하고 싶었을 것이다.

그 말에 화가 치밀어 오른 나는 엄마한테 그냥 우리는 나가자고 하면서 방문을 닫고 나왔다. 엄마는, 아니 왜 나까지 불러서 고생시키냐며 한마디 하시곤 덧붙여서, 내가 진짜 저런 똑같은 걸 두 번 본다면서 가버리셨다.

화장실에서 둘째 녀석 양치질을 시키면서도 온통 내 관심은 첫째 녀석의 이를 빼야 하는데, 오늘 꼭 해야 하는데 하는 생각에 가 있었다. 엄마는 그냥 그 자리를 그렇게 나섰지만 내 맘을 모를 리 없고, 나랑 같은 생각이실 게다.

내 예상은 맞아떨어져 엄마는 내가 둘째 녀석 양치를 시키는 동안 슬쩍 다시 방안으로 들어가서서 남편과 큰 녀석을 교란시키고 드디어 이를 뽑으셨다. 휴…. 내 얼굴에 미소가 번진다. 결국 마무리는 엄마가 하셨다.

부끄럽지만 난 거의 매번 아이들과의 일에서 엄마한테 의지해서 해결하는 부분이 많다. 고맙고, 감사하고, 죄송스럽다. 난 엄마가 없는 내 삶이 상상조차 되지 않는다. 나이 38살에 이런 소리를 하는 게 맞지 않겠지만, 내 깊은 마음이 그렇다는 거다.

# 많은 가족들과 살기

_ 김태억

　　　　　　　가족들이 같이 산다는 것은 별다른 일은 아니다.
특별히 어려운 것도 없고, 별달리 신경 쓰고 할 것도 없다. 내가 혼자
살 때를 생각하면 모든 것을 내가 하고, 하기 싫으면 하지 않으면서 간
소하게 지냈지만, 가족들과 살다보면 해야 하는 일들이 생기게 마련이
다. 그 중에 하나가 일요일에 '일찍 일어나기'이다. 난 아침잠이 많은
사람이다. 그렇다고 저녁잠이 적은 건 아니고, 그냥 자는 것을 좋아한
다. 어쩌다 그렇게 되었는지를 생각해 보면, 나는 불면증이 있었다.
그러다 불면증이란 병은 없다는 것을 알게 되었다. 낮잠을 자거나, 한
가하게 하루를 보내면 괴로운 불면증이 생기는 것을 알게 되었다. 그
래서 정말 죽어라 피곤하지 않으면 낮잠을 안 자게 되었다. 그런 후로
잠을 즐겁게 자게 되었다.

　결혼하고 딸이 태어나서도 나의 즐거운 늦잠은 계속되었다. 그러던
어느 날 아내가 나에게 장인 장모님께 종교가 있으면 어떻겠냐고 물

었다. 내 생각에도 나이 들어 비슷한 또래가 있고, 무언가 의지할 만한 곳이 있다는 것은 괜찮아 보여 좋다고 말해주었다. 그래서 처남댁이 믿는 천주교에 발을 담그기로 했다. 그런데 아내도 어르신들만 다니면 좀 그렇다고 해서 같이 다니기 시작했다. 모두들 세례 받는다며 갑자기 열심히 다니기 시작했다. 조금이라도 육아와 현실을 벗어나 살고 싶은 마음은 이해가 된다.

단순히 종교는 계모임이라고 생각하면 쉽다. 안 나가면 괜히 손해 보는 것 같고, 다니다 안 다니면 뭔가 죄를 짓는 것처럼 만들기도 하고, 현실 도피처이기도 하다. 그래서 현실이 힘든 사람들은 종교를 열심히 믿어야 한다.

다만, 엘리사를 놀린 철없는 아이들 42명을 하느님의 사람을 놀렸다고 곰 2마리를 이용해 죽인 것을 자랑스러워하는 종교에 아이들을 보내는 것은 잔인한 일이라 여겨진다. 이런저런 종교의 잔학한 면을 모르고 무조건적으로 받아들이는 아이들이 걱정이 되기도 하고, 아이들 돌보기를 위해 나의 늦잠은 사라지고, 피로와 스트레스, 면역력 저하가 늦잠의 자리를 대신하게 되었다.

성당은 내가 어릴 적 어머니의 종교에 따라 선택권 없이 다닌 적이 있다. 지금 생각하면 제일 좋은 점은 동네 친구들을 거기서 만나 아직까지 만나고 있다는 것이다. 그리고 종교에 대한 지속적인 관심으로 종교의 장점과 단점을 알게 되었다는 것이다.

여하튼 성당에 가서 나는 할 일이 없다. 우리 두 딸과 처남네 남매는 모두 먹는 것에 관심을 가지고 있고, 나는 아이패드로 만화책을 보다가 딸이 목마르다면 물 먹이고, 화장실이 급하다면 화장실을 데리고 가는 일을 한다.

시골 성당이다 보니 나이 드신 분이 많아 이런저런 말도 많고, 젊은 사람이 없어 뭔가 음침한 느낌이 드는 것 말고, 좋은 점은 국수를 제공한다는 점이다. 나의 일요일 아침 겸 점심을 해결하는 것인데, 지금 글을 쓰면서 생각해 보니 내가 불쌍하다는 생각이 든다.

가족들이 성당을 다니다보니 안 좋은 점은 예술적으로 별로 아름답지 않은 십자가, 예수상, 성모상 이런 것들이 집안에 늘어난다는 것이다. 사람 죽이는 형틀과 누군지 모르는 외국인이 자리 잡고 있는 것은 그다지 유쾌하지 않다. 그리고 장모님께서 좋아하는 꽃이 늘어난다는 것이다. 나도 물론 꽃을 좋아하지만 괜히 꽃을 보면 낭비라는 느낌이 든다. 꽃다발 선물에 진정으로 화를 내던 어머니의 모습을 보았던 트라우마로 여겨진다.

내게 성당은 우리 두 딸이 조금 더 크면 친교의 장이 될지 안 될지에 따라 선택하는 것이 좋을 거란 생각을 한다.

성당에서 집에 돌아오면 조금의 여유가 생긴다. 아내와 둘째 딸은 낮잠을 자고, 나는 "놀아줘"를 입에 달고 사는 첫째 딸과 논다. 장인 장모님은 친교를 위해 성당에서 늦게 오고, 처남네도 낮잠을 잔다. 나는 불면증을 무서워하는 사람이라 첫째 딸과 논다.

성당은 나 이외에는 가족들을 계모임으로 뭉치게 하는 좋은 곳이다.

## 나의 하루 _ 김태억

우리 집의 하루는 바쁘다. 아내와 내가 출근하는 평일은 아침 일찍 일어나는 것으로 바쁘다. 전원주택을 선택하는 대신 먼 출근 거리를 기꺼이 감내하기로 한 우리는 길이 막히는 것을 싫어하기 때문에 그냥 아침 일찍 출발한다. 카풀로 처남과 처남댁도 함께 출근한다.

문제는 그 '일찍'이라는 시각이 조금씩 더 '일찍'으로 바뀐다는 것이다. 그 이유는 아내의 직장이 조금 더 멀어졌다는 것, 정말 조금 더 멀어졌는데, 바빠졌다. 그리고 가끔이라고 하기에는 그런 일주일에 2회, 처남댁 필라테스가 있는 날이다. 일주일에 2회인지, 필라테스인지 사실 잘 모르겠다. 난 아침엔 아무 생각 없이 운전해서 간다. 내려달라고 하는 곳에서 그저 내려줄 뿐…. 그동안 내릴 사람은 내리고, 마침내 내가 내리면서 운전대를 아내에게 넘기면 마지막으로 아내가 직접 운전해서 간다.

아침잠이 많은 나는 죽을 듯한 힘겨움을 무릅쓰고 일어난다. 가끔 첫째 딸이 일어나는 경우도 있다. 딸도 의식이 없는 상태로 할머니에게 가서는 옆에 누워서 또 잔다.

그리고 직장에 도착해서 하루를 보낸다. 8시간 근무 이후 퇴근이다.

퇴근길에는 원래 아내의 회사로 가서 차를 같이 타고 왔는데, 지금은 1시간을 걸어간 후, 버스를 타고 들어온다. 발목이 아프기에 '이건 살이 쪄서 그런 것이 틀림없다'고 생각한 나는 다이어트를 위해 걸어다닌다. 걷는 게 무척 귀찮고, 딸 얼굴 볼 시간이 그만큼 줄어든다는 것이 너무 싫긴 하지만 걷는다.

사실 작년 여름 즈음에 다이어트를 위해 운동을 시작했다. 다이어트란 것이 꾸준한 시간과 인내의 싸움이라는 것을 잘 알고 있는 나는 지치지 않도록 조금씩 하기로 마음먹고 정말 조금씩 꾸준히 하고 있었다. 그러고서 한 2주쯤 지났을 무렵, 아내가 딸들을 돌봐야 한다고 나의 운동 리듬을 잘랐다. 그래서 실패했다. 열심히 하는 것을 싫어하지만 꾸준히 하는 것을 좋아하는 나의 특성을 아내가 간과한 것이다. 그 이후에는 아내가 다이어트 하라는 말을 하지 않았다. 그런 일이 있어서인지 요즘 걸어 다니고 있는 중 일찍 가라는 말은 하지 않는다.

집에 오면 어질러진 집과 시끄러운 아이들의 소리가 들린다. 일단 들어오면 부서진 것이 없나 살펴본다. 사실 살펴보지 않더라도 금방 눈에 들어온다. 집에 있는 프라모델과 피규어, 그리고 여러 가지 잡동사니들이 다른 사람들의 눈엔 다 똑같아 보이겠지만 주인인 나에겐 다 다르게 보이기 때문이다.

부서진 것은 대부분 처남네 아이들의 소행이다. 우리 딸들은 겁이 많아서 무리하게 무엇을 만지거나 하지 않는 것도 있지만, 어릴 때부터 계속 나의 컬렉션을 보아왔기 때문에 관심도가 현저히 떨어진다. 처남네 아들인 유준이는 하루 종일 뛰는 것이 일이다. 남자아이가 뛰는 것은 당연하지만, 아직 아이인지라 자신의 몸이 조정이 안 되어 부딪히고 넘어지는 것이 다반사다. 그리고 일단 무엇이든지 만져본다. 그리고 부순다. 부수고 나면 야단을 호되게 듣는 것을 알고 있어서 슬슬 피해 다닌다. 웬만한 것들은 내가 다 고치는데, 내가 피곤하거나 고칠 수 없는 것이 망가졌으면 야단을 열심히 듣는다.

어느 날이었다. 즐거운 마음으로 집에 와서 딸들과 인사하고 방에 들어가 옷을 갈아입었다. 옆에 랜턴이 눈에 들어왔는데 뭔가 이상해 보였다. 장모님께서 취침등으로 사용하시는 것인데 '뭐가 이상하지?' 하고 손에 드는 순간, 손잡이가 망가진 것을 알았다.

먼저, 딸들을 불렀다. 일단 범인을 확인하고, 야단을 쳐야 하기 때문이다. 우리 두 딸은 도리도리 고개를 저으면서 범행을 부정했다. 그리고 큰 딸이 제보를 했다.

"유준이가 그랬어요."

일단 유준이를 불렀다. 아이가 안 보였지만 기척이 들렸고, 곧 달려왔다.

"어쩌다 이렇게 된 거냐?"

"들고 있다가 떨어뜨렸어요."

"유준아, 네가 필요하지 않고, 만져야 할지 말아야 할지 고민이 되면 만지지 마라."

그렇게 타이르고 돌려보냈다.

그리고 프라모델에 쓰이는 수지 접착제를 꺼내 붙여보았지만, 붙지 않았다. 그래서 또 다른 노란 본드로 붙였다. 하루가 지나 다시 보니 전혀 붙지 않았다. 결국 분해하기로 결정하고, 손잡이를 떼어내고 끈을 달아놓았다. 볼 때마다 마음이 아프지만 내가 자주 쓰지 않는 물건이라 신경을 안 쓰기로 했다.

나는 집에 와서 고칠 것이 없을 땐 그냥 아이들을 씻기고 재우는 것이 일이다. 두 딸이 침대에서 따로 자기를 바라는 마음으로 침대를 샀지만, 지금껏 침대는 이불장 역할만 하고 있다. 하루는 너무 짧다. 딸들 얼굴을 잘 살펴보기엔….

# 나의 세례

_ 김성희

            사실 종교 이야기는 민감한 부분이고, 인륜지대사인 '결혼'에도 큰 부분을 차지하는 게 사실이다. 헌데 우리 가족은 멋들어지게 잘 들어맞았다. 대가족으로 살 운명으로 맞춰진 건지 맞춰간 건지 삶이 그렇게 되어갔다.

- 남편 – 무교(무교라 하지만 천주교 세례를 받은 바 있다)
- 우리 부모님 – 불교(불교라 하지만 1년에 절에 두 번 가셨나?)
- 나와 동생 – 불교?(부모님 영향. 또 불교유치원을 나와서 누군가 종교가 무엇이냐고 물으면 불교라고 답했다)
- 올케 – 천주교
- 남편 부모님 – 천주교(어머님만 성당에 다니신다)
- 올케 부모님 – 천주교

우리 가족의 종교 상황은 이러했다. 그런데 동생(김지양)이 결혼을 하면서 분위기가 묘하게 흘러가기 시작했다. 동생은 결혼식을 성당에서 하겠다고 했다. 성당에서 결혼을 하기 위해서는 비신자가 받아야 하는 교육 같은 게 있었던 것 같다. 그런 교육을 받고 참 좋았다고 이야기했었던 기억이 난다.

사실 서로 다른 종교라 부모님의 반대가 있을 수 있는 부분이었지만, 부모님은 흔쾌히 남동생의 의견에 따라주셨다. 단지 성당에서의 미사 절차도 모르고 오랜 시간이 걸릴 것 같아서 아무래도 우리 쪽은 불편하겠다, 이 정도를 우려했었던 것 같다.

나는 처음 성당 미사를 경험한 거였는데, 어린 딸 시유를 돌봐야 했고, 오랜만에 친척들과 지인 분들이 다 모인 상황이라 성당에 대해 어떤 느낌을 가지진 못했었다. 다만 결혼식이 경건하고, 성당의 웅장한 분위기가 좋았던 걸로 기억된다.

그리고 사는 게 바빠서 종교 활동에 대해서는 생각하지도 못했고, 그나마 성당에 다니던 동생네 식구마저 아르헨티나로 떠나고 없었다. 그렇게 별일 없이 살던 어느 날 불현듯, 엄마가 우리 다 같이 성당을 나가는 게 어떻겠냐고 물었다. 별 생각 없었다. 단지 집안에 종교는 하나인 게 좋을 것 같다는 엄마의 말에 전적으로 동의했다.

그렇게 동의했을 뿐인데 엄마는 바로 관산동 성당에 아빠와 나를 포함해서 예비신자 과정에 신청을 했다. 가벼운 마음으로 6개월 과정이나 되는 예비자교리에 참여했다. 시작은 쉬웠는데 과정은 쉽지 않았다. 나는 아직 손 타는 아이 둘이나 있는 맞벌이 엄마였다. 그리고 우리 전셋집의 문제가 불거진 것도, 5일 만에 이사를 해야 하는 상황도 전부 다 이때 일어난 일이다. 그 시간에 나는 천당과 지옥을 몇 번씩 넘나드는 상황을 겪었고, 종교가 나에게 분명히 힘이 되었다고 생각한다. 미리 짜놓은 시나리오처럼 이 기간에 우리에게 시련이 닥쳤고, 그걸 이겨내고 우리는 지금의 따뜻한 보금자리를 얻을 수 있게 되었으니 말이다.

종교적인 이야기를 하려는 건 아니다. 내가 천주교 신자로서 아직 자격이 있는지도 모르겠지만 성당은 날 참 편하게 해주고, 우리 아이들이 착하고 선한 아이들로 커가는 길에 도움이 될 거라 생각한다.

무엇보다 부모님께는 아주 좋은 선택이었다고 생각된다. 이 때 엄마 아빠는 본인들의 생활 터전을 떠나와 낯선 곳에서 친구도 없이 손주들만 돌보고 계셨다. 아이를 육아하면서 우리가 받아야 할 스트레스를 고스란히 두 분이 감당하셨고, 그러면서 두 분의 사이도 나빠지기 시작했던 것 같다. 집안 살림을 다 맡아서 하셔야 했으니 어쩌면 그것은 당연한 일이었다.

지금 엄마는 성당에서 많은 봉사활동을 하신다. 매주 꽃꽂이 봉사도 하시고, 레지오 단체에서 활동도 하시고, 성서 통독반에서 아빠와 함께 공부하신 지도 1년이 된 것 같다.

사리현동 4총사의 육아에서 조금은 벗어나서 할 일이 생기셨고, 성당 안에서 함께 이야기 나눌 좋은 사람들을 만나셨다는 것은 큰 축복이다. 우리가 채워드리지 못한 빈자리를 두 분이 성당 안에서 따뜻하게 채워나가고 계신 것 같아 너무 보기 좋고, 감사하다.

반면에 나의 종교생활은 쉽지 않았다. 남편의 적극적인 지지가 있었던 것도 아니고, 돌보아야 하는 아이는 둘이나 있고 회사 일에 약속도 많은 상황에서 매주 성당에 나가 공부해야 하는 게 부담스럽기도 했고, 내 마음의 여유가 전혀 없었던 게 컸던 것 같다. 중간에 포기하려고도 했는데 엄마가 조용히 끌고 가주셨다.

여기서 내가 종교인답게 하느님이 나를 이끌어주셨다고 이야기해야 하는데 아직은 낯설다. 나에게 종교는 안식처다. 내 힘으로 해내지 못하는 영역이 있고, 그런 일에 부딪혔을 때 실패와 낙오의 두려움에서 나를 편안하게 해주고 기댈 수 있는 무한의 존재가 있다는 게 위안이 된다.

6개월이라는 교육기간이 지나고 세례를 받아 우리 가족 모두가 천주교 신자가 되었고, 새로운 이름을 가졌다. 엄마는 안나Anna, 아빠는 요아킴Joachim, 나는 안젤라Angela.

그 뒤로 연이어 혼배성사, 견진세례, 아이들 유아세례까지…. 관산동 성당과는 깊은 인연을 맺게 되었다.

매주 일요일. 아침에 일어나는 게 버겁지만 아이들 소리에 일어나 모든 가족이 성당에 갈 준비를 하고, 시끌벅적하게 유아실을 채우는 우리 아이들의 웃음소리는 나중에도 그리울 것 같다. 그렇게 우리 가족은 아주 행복한 천주교 신자로 함께하고 있다.

# 늘 같은 듯 다른 일요일

_ 류대회

　　　　　　일요일 오전엔 가족이 함께 성당에 가서 미사 후
에 국수를 먹는다. 뭐든 잘 먹는 우리 네 식구는 매주 국수를 흡입하고
온다. 유나나 유준이도 면을 좋아해서, 잔치국수를 싫어해 안 먹는 시
유와 달리 한 그릇씩 붙잡고 먹는다. 질리지도 않는 것 같다.

　미사가 끝나고 다 같이 잔치국수를 먹는 관산동 성당의 나눔 의식
덕분에 일요일 점심 걱정은 덜었다. 그리고 늘 같은 시각에 미사를 드
리면서 유아방 또래들과도 낯을 익혀 미사 후 아이들이 우리 집에서
같이 놀기도 하고, 카페에 가거나 인근에 놀러가기도 했다. 종교는 우
리에게 종교 이상의 것을 선물해 주었다.

　아르헨티나에서 보냈던 매주 일요일이 생각났다. 차가 없는 뚜벅이
족으로 보냈던 매주 일요일에 성당을 오가던 길에서 우리는 항상 아이
들의 손을 잡고 있었다. 미사 후 늘 먹던 달짝지근한 빵이나 반가운 한
국 방앗간의 떡으로 일요일 아침식사를 대신하곤 했었다. 그곳에서는

9시 미사에 참례하기 위해 아이들을 깨우고, 재촉해서 옷을 입히고, 서둘러야 했다. 그래도 밥은 굶길 수 없어 보온병에 누룽지를 넣고 따뜻한 물을 담아 성당에 가져가면 숭늉이 완성되어 아이들을 먹일 수 있었다. 남미 여행 다닐 때 자주 쓰던 수법이었다. 그것에 비하면 참으로 여유로운 일요일이다. 정말 아이러니한 일이다. 더 분주하고 빠른 속도로 변화하는 한국에 돌아와서 일요일을 더욱 여유롭게 보낼 수 있다는 것은….

그렇다고 우리가 늘 일요일 오후에 계획을 세우고 밖으로만 돌아다니는 것은 아니다. 미사 보고 와서 별 생각 없이 집에서 아이들 낮잠을 재우는 때가 더 많다. 귀국한 지 얼마 안 되어 "백화점이나 갈래?"라는 형님의 제안에 따라 차를 돌려 일산의 킨텍스 옆 현대백화점으로 향한 적이 있었다. 불과 몇 주 전만 해도 아르헨티나에 있었기에 백화점은 우리가 그렇게 쉽게 갈 수 있는 곳이 아니었다. 자전거 2대, 킥보드 2대를 싣고 아버님을 제외한 9명이 출발했다. 대이동의 날 같았다.

어른 5명이 백화점에서 커피 캡슐을 사면서 커피도 무료로 얻어 마시고, 아이들은 5층 야외놀이터에서 아빠들과 놀고, 여자들은 쇼핑을 즐겼다. 백화점이 편의시설도 잘 되어 있고 좋긴 좋다는 생각을 했다. 촌에서 올라온 기분이었다.

차가 있다는 것만으로도 삶의 질이 엄청나게 달라질 수 있다고 생각하던 찰나, 지난 봄 한국에 있는 지인들이랑 식구들과 연락하면서 그들이 매일 걱정하던 미세먼지가 떠올랐다. 아르헨티나에서는 파란 하늘 아래에서 미세먼지라고는 구경조차 할 수 없었는데, 이제 우리는 그걸 체감하고 매일 걱정해야 하게 생겼구나…. 그런 생각이 드니 삶의 질이 갑자기 또 떨어지는 것도 같다.

삶의 질은 그렇다면 어디에 달린 것일까? 사람답게 먹고, 살고, 입고, 즐기고, 숨 쉴 수 있는 곳에서는 누구의 삶의 질이 더 높다고 평가할 수는 없을 것 같다. 분명한 것은 어딜 가나 시끌벅적한 우리 가족, 함께여서 힘들 때도 있지만 함께할 수 있어서 몇 배로 행복하다는 것이다.

# 손님맞이

_ 김지양

우리 집에는 제법 많은 사람들이 다녀간다. 특히 주말이 그렇다. 가족이 돌아가면서 서로의 지인 방문 스케줄을 잡고는 한다. 때로는 자리를 피해주기도 하지만, 보통은 같이 어울려 고기를 구워먹기도 하고, 요리를 해서 나눠먹기도 한다. 그러다보니 내게는 매형 친구도 어느새 편한 지인이 되기도 한다. 그래서 매형 친구인 완이 형이나 혜진이 누나 가족이 한동안 소식이 없으면 언제 한 번 안 오나 하는 생각이 들기도 한다.

우리 집에 오는 지인들은 때로는 식사를 하고 가기도 하고, 때로는 자고 가기도 한다. 그럴 때면 아이들을 재우고 조용히 나와서 함께 맥주 타임을 즐긴다. 어머니의 친구를 통해서도, 매형의 친구를 통해서도 삶의 지혜를 듣고, 서로의 어려움을 공유한다.

내가 어렸을 때부터 우리 집에는 손님들의 방문이 많았다. 어머니들은 커피 한 잔 속에서 삶을 자연스레 풀어놓으셨고, 그렇게 이야기

나누면서 누군가 눈물을 보이면 같이 울었고, 누군가 웃으면 또 같이 웃었다. 한참을 울다 웃다 보면 속이 후련해지기도 한다. 마치 TV 〈아침마당〉 프로에서 입담 좋은 방송인들의 이야기를 듣는 것 같다. 우리들의 평범한 삶이 극적인 상황으로 펼쳐지는 아침 티타임이다.

가끔 몸이 좋지 않거나 피곤할 때는 손님이 오는 것이 귀찮게 느껴질 때도 있지만 막상 같이 이야기를 나누면서 삶을 공유하다 보면 오히려 위로를 받을 때가 더 많다. 그게 바로 우리들의 삶이 아닐까? 가족들이 함께 살면서 힘들 때도 있고, 귀찮을 때도 있고, 혼자가 편하게 느껴질 때도 있지만 서로 위로가 되고, 힘이 되기도 하는 것처럼. 그리고 보면 우리 집의 손님맞이는 대가족 삶 못지않게 우리에게 큰 행복을 주는 것 같다.

### 지구 반대편에서 온 손님 _ 류대희

우리가 아르헨티나에 있을 때 베이비시터 다음으로 친하게 지낸 현지인은 롤리(로레나)였다. 한국학교 선생님들 중 일부를 대상으로 스페인어(정확히는 까스떼샤노)를 과외해준 금발의 골드미스였다. 마음 같아선 아파트 경비원이나 집 아래 빵집 아주머니와도 친하게 지내고 싶었지만 그들의 말은 내게는 들리지 않았다. 정확한 발음으로 상대를 배려하듯 또박또박 말해주는 롤리와 친해질 수밖에 없었던 것은 당연한 일이었다.

그런 롤리의 오빠, 마르띤이 한국에 왔다고 롤리에게서 연락이 왔다. 지구 반대편에서 온 손님이라니! 마음이 들떴다.

롤리는 늘 가족과 함께였다. 우리 집으로 식사 초대를 했더니 오빠인 마르띤과 엄마인 앙헬리까가 함께 왔다. 그들 역시 롤리처럼 우리를 성심껏 배려해주었다. 한국 문화에도 관심을 가지고 농담도 하는 그들에게 우리는 흠뻑 빠졌다. 우리가 한국에 돌아간다고 하니 그런 인연으로 앙헬리까가 우리를 초대해 주었다. 따뜻한 가족이었다.

그에 못지않게 따뜻하기로는 전국 1등이라고 해도 손색이 없는 이들이 누구인가? 사리현동 대가족, 우리 식구들이다. 어머님께 말씀드리니 "당연히 불러야지!" 하신다. 갑작스런 외국인 손님 초대에 아이들도 신이 났다.

일요일 아침, 호텔로 전화를 걸어 리셉션을 통해 인터폰 연결이 되어 "올라Hola!" 하고 인사를 건네던 남편의 눈동자가 흔들렸다. 수개월 동안 스페인어를 쓰지 않아 혀도, 뇌도 굳은 탓이었다. 결국 아이들이 왕왕대고 앵앵대고 쟁쟁대는 가운데 우리는 둘이 번갈아 가면서 전화기 한 대를 들고 쩔쩔맸다.

전화를 끊고 왓츠앱WhatsApp이라는 메신저 어플로 픽업 장소인 지하철 삼송역 출구 위치를 찍어 보내는데, "공룡이 보고싶다"라고 하는 마르띤. 아르헨티나에 있을 때 유준이가 한참 공룡에 관심이 있어 우리 아들이 작은 공룡 같다며 본인이 "디노dino"라고 칭했던 것을 아직도 기억하다니….

마르띤 접선까지 반나절 정도가 남아 있어 부랴부랴 둘째들 문화센터와 유준이 축구클럽을 다녀오면서 고기를 사서 재놓고 불 피울 준비에 돌입했다. 집은 한결같이 깨끗했으니 청소할 필요가 없었다. 아이들에게는 키 큰 외국인 손님이 올 거니 준비해놓고 있으라고 했다. 지금 생각하면 웃기다. 아이들이 무얼 준비하겠는가. 아이들은 늘 준비 없이 산다. 그들에게는 미래보다는 지금 이 순간이 제일 중요하니까.

걱정스런 얼굴로 자동차 키를 들고 나선 남편이 얼마간의 시간이 지나 껄껄대며 들어오는데 다행히 혼자가 아니었다. 게다가 마르띤 옆에는 머리 노란 여자친구 후아나도 함께였다. 그녀는 외국인 손님들을 보자마자 대성통곡하며 엄마 껌딱지로 변신한 시아를 제외한 나머지 세 아이들과 순식간에 친해졌다. 엄청난 친화력이었다. 아이들을 사랑하는 아르헨티노다웠다.

집안 구석구석 아주버님의 피규어와 만화책을 보며 마르띤은 한마디씩 했다. 그도 일본 아니메에 관심이 어느 정도 있는 터였다. 오랜 집 구경이 끝나고, 그들은 그간 어떻게 지냈는지 얘기해 주었다. 허니문은 아니었는데, 여자친구와의 아시아 여행 막바지에 잠깐 한국을 들렀다는 것이다.

숯불구이와 샐러드, 만두, 치킨 등을 곁들인 저녁식사에서 매운 김치에 상추쌈까지 도전하는 그들이 참 대단해 보였다. 남편도, 역시 다른 문화를 이해하고 받아들이는 모습이 예전에 아르헨티나에서의 배려심 많던 모습 그대로라고 이야기했다. 한국의 아사도르(고기 굽는 사람) 아주버님께서 고기를 구워 주다가 큰 화상을 입을 정도로 고생을 많이 하셨다.

식사를 마치고 다들 배가 불러 후식을 먹지 못하는 모습이었다. 한국으로 오기 전 옥상의 살롱에서 치렀던 이별 파티 때 마르띤이 와서 선물해주고 간 마테잔을 짜잔, 꺼내서 보여주니 매우 반가워하는 눈치였다. 마르띤이 이 마테잔에 아르헨티나 식으로 마테를 타 주었다. 빨대 하나로 온 식구가 돌려먹는 풍습 그대로.

오기 힘든 손님이 오셨는데 그냥 보내면 안 되지 않느냐며 어머님과 형님은 짠 듯이 우리 부부를 내보내셨다. 아이들은 걱정하지 말고 맘껏 놀다 오라면서…. 이 밤에? 어색했다. 밤에 아이들을 두고 우리 부부만 어디 놀러갔다 온 게 언제적인지? 아마도 처음인 것 같다. 늘 아이들이 함께였던지라 어색했다.

그들을 차에 태워 파주의 프로방스 마을에서 예쁜 야경을 구경하고 차를 마시다 호텔까지 데려다주고 오니, 집에선 어른들끼리 조촐하게 맥주 파티로 뒤풀이를 하고 있었다. 이게 우리 가족이다. 전국 1등이 아니라 세계 최고로 따뜻한 우리 가족이다.

# 독감으로 초토화된 식구들

_ 류대희


웬만해서는 아프지 않아 보험료가 아까울 정도였던 남편이 열이 나고 기침을 하기 시작했다. 직감적으로 '독감이다' 싶어 연말을 맞아 경기도 용인의 아이들 외가에 내려가는 것을 만류했다. 나는 아이들만 데리고 내려갔다 오겠노라고 얘기하고, 병원에 다녀오라고 남편에게 일렀다.

하지만 괜찮다며 굳이 운전대를 잡고 용인에 내려간 뒤 열이 잡히지 않아 병원에 간 남편은 B형 독감 확진을 받았다. 안타까운 것은 둘째고, 화가 났다. 사리현동 2층 방에서 조용히 쉬고 있었으면 되었을 텐데, 어디에도 피할 곳 없는 용인 집에 와서 식구들에게 전염시킬 일 있냐고…. 그리고 그것은 현실이 되었다. 남편으로부터 시작한 독감은 친정엄마와 막내동생에게까지 전염을 시킨 것도 모자라 유나와 시유, 시아에게로 옮겨졌고, 결국은 나에게서 끝났다.

남편이 독감에 걸리고 나서 하루를 더 연장해 연말연시 3일은 용인 친정집에서 보냈다. 유준이와 유나는 시유와 시아를 부쩍 찾았다. 싸우면서도 내내 붙어 있다가 헤어지니 허전했나 보다. 화상통화를 하고 나서도 사리현동에 언제 가냐고 보챘다. 남편이 방 안에서 끙끙 앓으며 요양하는 동안 나와 친정 부모님은 아이들을 덜 심심하게 해주려 갖은 노력을 다 했다.

강추위를 무릅쓰고 아파트 놀이터에 나갔다가는 결국 오들오들 떨면서 금방 들어오고, 집에 들어와 유나에게 생전 처음으로 한 시간 반이 넘는 애니메이션을 보여주었다. 유준이는 아르헨티나에서도 나와 스페인어로 된 애니메이션을 보러 극장에 몇 번 갔었는데 유나는 그런 경험이 전혀 없었다. 집에서 〈니모를 찾아서〉, 〈둘리의 얼음별 대모험〉 이렇게 두 편의 애니메이션을 보고 나서 유나는 시도 때도 없이 니모 아빠를 찾았다. "니모 아빠! 니모 아빠!" 하면서 목 놓아 울던 유나는 아마도 독감으로 며칠 못 본 아빠를 찾는 게 아니었을까.

이제 유나도 컸으니 어린이 뮤지컬을 보여줄 때가 된 것 같아서 미리 예매했던 공연을 남편 대신 친정엄마와 다녀왔다. 남편의 칩거로 인해 공연을 보고 바로 사리현동으로 가려던 계획은 성사되지 못했다. 뮤지컬이 처음이었던 유나는 제법 박수도 치고, 고개도 끄덕끄덕 하면서 공연을 즐겼다.

유준이와 시유는 이제 둘이서도 공연을 볼 수 있어 형님과 나는 아이들을 공연장에 넣어 놓고 잠깐 휴식을 취하다 공연이 끝나면 다시 맞이한다. 이제 조금만 더 있으면 유나와 시아까지 네 명을 공연장에

줄줄이 앉혀 또 다른 세계로의 여행을 보내줄 수 있을 것 같다.

용인에서 사리현동으로 돌아온 남편은 과감하게 마스크를 벗었다. 나는 말렸지만 남편은 내 말을 듣지 않았다. 그리고 하루가 지나 시유와 시아, 유나가 독감 확진을 받았다. 집안 분위기는 이루 말할 수 없었다. 독감을 퍼뜨린 악의 분자는 애써 태연한 척 했지만 그가 자리를 뜨면 모두가 쑥덕쑥덕 하였다. 형님은 이게 다 김지양 탓이라며 혀를 찼다.

시유와 유나, 시아는 독감 때문에 어린이집 방학이 강제적으로 자동 연장되었다. 독감 생존자 유준이만 방학이 끝나 등원을 할 수 있었다. 자기만 어린이집에 간다고 "할머니랑 엄마가 집에 있으니까 집이 더 좋아"라면서 처음에는 슬퍼하더니, 한숨 자고 늦은 오후가 되더니 "오예! 나만 어린이집 간다!"라며 태도가 180도 바뀌었다. 그의 진심이 궁금하다. 입국하고 나서도 한동안은 어린이집에 정을 붙이지 못하고 막시, 아론, 소에 등 아르헨티나 친구들 보고 싶다고 칭얼대던 유준이가 요새는 어린이집에 간다며 좋아하는 모습을 종종 보여주니 고맙기만 하다. 누가 아이들은 금방 잊는다고 그랬던가. 유준이는 아직까지도 아르헨티나 유치원 친구들 얘기를 가끔씩 한다.

죄 없는 조카들에게까지 독감을 옮긴 남편의 아내로서 미안한 생각이 들어, 방학 동안 있던 약속을 취소하고 이런 저런 놀이를 아이들과 함께 해주었다. 장난감 만들기, 쿠키 만들기, 소꿉놀이, 블록놀이, 그림 그리기, 색칠공부, 애니메이션 감상, 형님과 함께 피자 만들기….

아이들은 모든 활동을 함께했다.

　시간이 흘러 나중에 어른이 되어서도 기억이 날까? 아파도, 아프지 않아도 함께한 이런 일들이….

# 대중목욕탕

_ 류대희

첫째를 임신하고 나서부터 정말 하고 싶었던 것이 있었는데, 그것은 대중목욕탕에 가는 것이었다. 맘 편히 따뜻한 물에 몸을 담그고 때를 불린 뒤 세신을 하고 싶었다. 하지만 임신성 아토피와 화폐상습진貨幣狀濕疹으로 피부가 뒤집어지면서 그것은 이룰 수 없는 꿈처럼 느껴졌다.

아르헨티나에 가기 전, 시유를 데리고 어머님과 형님이 한 달에 한 번씩 대중목욕탕으로 떠난 뒤 유준이와 집에 남겨져서 속상했던 적이 한두 번이 아니다. "대희 너도 갈래?" 하고 물어보셨던 적도 있지만 내 상태를 아시기에 적극적으로 권유하지는 않으셨다. 몇 번 그러고 나서부터는 나는 당연히 안 가는 것으로 알고 물어보지도 않으시고 셋이서 나가시는데 그게 그렇게도 서운했었다. 어쩔 수 없는 일인 줄 알면서도….

아르헨티나에서 육아휴직을 하면서 조금씩 피부가 회복한 덕분에 드디어 대중목욕탕에 다녀올 수 있게 되었다. 5년 만에 처음 가는 목욕탕이었다. 그것도 유나를 데리고. 차에 자리가 없어 시아는 집에 있고, 유나가 그 자리를 대신했다. 형님은 퇴근길에 먼저 목욕탕에 가 계시고, 시유와 유나, 나와 어머님은 뒤늦게 도착했다. 내가 갈 줄 모르셨던지 형님은 어머님의 세신만 예약을 해놓으셨다며 미안해 하셨지만, 그래도 괜찮았다. 이렇게 함께 올 수 있는 것만으로도 감격에 겨웠다.

유나도 생전 처음 경험한 목욕탕에서 신이 났다. 콧잔등에 땀이 송골송골 맺힐 정도로 물에 몸을 담그고 있다가 목이 마른 듯하여 바나나우유를 사 주었더니 꼴깍꼴깍 다 먹어서 하나를 더 사주어야 했다. 때를 미는 모습도 처음 본 유나였다. 자기도 열심히 엄마 등을 밀어주고 씻겨 주겠다면서 "엄마 앉아봐" 하는데 주위에 계시던 어르신들이 다 웃으셨다. 딸내미를 잘 키웠다면서.

그러고 보니 어머님, 형님과 처음 알몸을 마주한 날이기도 했다. 그런데도 부끄럽지 않았다. 피차 아이 둘씩 낳은 몸뚱아리로 무엇이 더 부끄럽겠는가. 어떤 이는 시월드의 '시'자만 들어가도 치가 떨린다며, 시댁 식구들과 목욕탕이 웬 말이냐는 말도 한다. 하지만 내게는 형님, 어머님은 시댁 식구 이상의 존재이다. 없어서는 안 될 가족이다. 결혼하고 생긴 언니이자, 또 하나의 엄마이다. 그러니 다음에도 목욕탕 갈 때는 나를 꼭 끼워주셨으면 한다는 쑥스러운 소망을 이 자리를 빌어 감히 내비쳐본다.

# 카풀 출근, 각각 퇴근

_ 류대희

서울 마포에 회사가 있는 형님, 은평구에서 교직 생활을 하는 나와 남편과 아주버님, 이렇게 넷은 아침 출근길에 형님의 차를 타고 간다. 운전은 아주버님께서 주로 하신다. 그러면 형님은 앞좌석에 앉아 TV 드라마를 보거나 '썰전'을 본다.

사리현동 집에는 텔레비전이 2대 있지만, 거실 텔레비전은 우리가 퇴근하고 나서는 거의 보지 않는다고 봐도 무방하다. 아이들 때문이다. 그렇다고 해서 거창한 교육을 시키는 것은 아니다. 미디어에 노출되는 시간보다 자기들끼리 뭘 하든지 간에 자유분방하게 뛰어노는 시간을 주고 싶었다. 거기다 퇴근하고 나서 아이들을 씻기고 놀아주다 보면 저녁시간이 후다닥 지나간다. 그래서 형님은 그 좋아하는 드라마를 볼 시간이 없는 것이다.

어찌 되었든 카풀은 익숙했다. 관산동에 살 때도 아주버님은 나와 남편을 지하철 녹번역이나 연신내 근처에 내려주곤 하셨다. 그때나 지금이나 형님이 제일 직장이 멀어 아주버님이 세 번째로 내리고 나서부터는 형님이 차를 몰고 가신다. 한 번은 카풀하며 가던 출근길에서 접촉사고가 있었다. 뒤에서 우리 차를 들이박은 운전자는 앞 차에서 네 명이 내리니 적잖이 당황했다. 거기다 형님은 임산부였다. 보험사로부터 상당한 금액의 보상을 받았던 것으로 기억한다.

가끔은 남편이 우리 차를 몰고 가기도 한다. 그래야 집에 일찍 들어와 아이들을 돌볼 수 있어서다. 처음엔 시부모님도 차가 있었지만, 그걸 팔아 우리가 그 돈으로 아르헨티나에서 중고차를 사려는 대신 우리 차를 아버님께 드렸었다. 그런데 우리가 돌아왔으니…. 시부모님께 다시 차를 사 드리기 전까지는 이 구석진 곳에서 성당이나 동네 마실 나가거나 아이들 병원 데려가실 때는 차 없인 불편하기 짝이 없어 대부분은 우리가 차를 두고 다닌다.

요즘은 눈 뜨고 10분 만에 후다닥 전날 미리 꺼내 놓은 옷을 입고 6시 30분쯤 현관문을 나선 뒤, 차고 문을 열고 황급히 차에 오른다. 가면서 특별히 얘기를 많이 나눈다거나 하지는 않는다. 인사를 하고 차례대로 내린다. 이미 익숙해진 일상이지만, 아이들이 눈을 떴을 때 내가 그 옆에 있으면 얼마나 좋을까 하는 생각을 늘 한다. 우리가 없다고 너무 일찍 깨어 시부모님을 힘들게 하지 않기를 바라기도 한다.

출근 준비를 하다 보면 아이들은 쌔근거리며 자다가도 가끔 인기척을 느끼고 깨기도 한다. 그러면 한 명씩 안아다가 어머님 계시는 침대에 눕혀 놓는다. 그럴 땐 너무 죄송스럽다. 애들은 그렇게 시부모님께 맡기고, 우린 아침을 달린다.

집에 들어가는 시각은 제각각이다. 아주버님은 보통 형님과 만나서 함께 들어오든지, 최근에는 걷기 운동을 시작해 중간에서 버스를 타고 뒤늦게 들어오신다. 나와 남편도 중간에 만나 함께 오고는 한다. 도착하면 아이들은 벌써 저녁을 다 먹고 자유 놀이를 하고 있는 때가 대부분이다. 퇴근 후에는 또 다른 출근, 일명 육출(육아 출근)이 시작된다.

# PART 8

# 아이들에겐 대가족이
# 최고의 선물

# 품앗이 육아

_ 류대희

　　　　　힘든 일을 서로 거들어주는 우리네 전통문화 중 하나인 품앗이. 육아가 힘든 일이냐고 물어보는 이는 아마 자녀가 없거나 이미 장성했거나 내공이 상당한 사람일 것이다. 물론 집안일을 모두 내려놓고 육아에만 전념한다면 그것은 사람에 따라 달리 받아들일 수도 있다. 하지만 평범한 우리 같은 사람들은 하루만 아이 둘을 데리고 독박육아를 해도 다크서클이 무릎까지 내려오는 것을….

　나나 형님이나 워킹맘으로서 시부모님께 아주 많은 부분을 의탁하고 의지하고 있기에 혹여 시부모님께서 며칠, 아니 단 하루라도 친척들을 방문해서 부재중이시면 온 식구는 야단이 난다. 겉으로는 침착해 보이려 노력해도 온 집안은 난리가 난다.

　아빠들도 마찬가지다. 아주버님께 아이들을 맡기고 외출하고 오면 아이들은 한 손에 하나씩 꼭 패드며 탭이며 휴대폰이며 전자기기를 들고 있다. 바닥에는 동네 슈퍼에서 사온 온갖 불량식품 봉지가 나뒹굴고 있고…. 그래도 아주버님께서 의지만 있으시면 말도 되어 주시고, 소도 되어 주시고, 같이 춤도 추신다. 문제는 그 의지라는 것이 참 가깝고도 멀고, 있다가도 없어지는 존재이긴 하지만…. 남편은 아이들과 잘 놀아주는 성격이기는 하나 내가 외출하고 돌아왔을 때 거의 실신할 듯 무표정한 얼굴이다. 그럼에도 꽤 듬직하다.

가끔 어른들은 돌아가며 원하든 원하지 않든 회식자리를 가진다. 사회생활을 유지하면서 필요하기도 하지만, 우리도 사람이니 한 번씩 사람들도 만나고 싶은 것은 어쩔 수 없는 일이다. 초등학교 동창들도 만나고 싶고, 친구의 결혼식에도 가고 싶고, 대학 동기와 동문들도 만나고 싶다. 나도 아이들이 조금 컸다고 그 정도의 여유는 생겼는가 보다. 친정엄마가 우리 3남매를 키우시면서 동창들을 한 번도 못 만났다고 하셨다는 게 떠오른다. 마음이 아려온다. 아이를 낳고 나니 우리 엄마도 이땐 이랬을까, 저땐 저랬을까 하는 생각을 매번 하게 된다.

순번을 정해 돌아가는 정도는 아니나 우리 식구들에게는 독특한 규칙이 있다. 귀가가 늦을 때마다 아주버님께서 구멍을 뚫어 만들어 놓으신 통에 5천 원씩 넣어둔다. 작년엔 그것으로 가족 여행을 가서 먹거리를 장만하는데 썼다. 올해는 얼마나 모일까 기대된다. 형님과 아주버님은 재정 독립이 어느 정도 되어 서로의 용돈에서 그 돈을 지출한다. 하지만 나와 남편은 내 돈도 네 돈이고, 네 돈도 내 돈으로 생활하고 있다. 그래서 남편이 늦어도 내 지갑에서 돈이 나가니 좀 아깝긴 하다. 내가 "이번엔 오빠가 넣어야지요?" 하면 "쉿, 그냥 조용히 있어"

라고 하다가 아주버님이나 어머님께 딱 걸린 적도 몇 번 있다.

부부 둘 다 늦는 일은 없도록 특별히 의식하며 노력한다. 형님은 "오늘은 내가 늦을 것 같으니 당신 어디 나갈 생각 하지 마요"라고 아주버님께 강하게 얘기할 수 있는 성격이다. 하지만 나는 뒤에서 꽁한 표정으로 '남편은 이번 주에도 세 번 늦었는데 나는…' 하다가 나중에 조용히 하루 날 잡아 영혼까지 털고 들어오는 성격이다. 아줌마가 되어서도 이렇게 놀고 싶을지 몰랐다.

혹여 둘 다 늦는 일이 있어도 절대로 다른 부부를 탓하지는 않는다. 어머님 아버님께서도 눈치를 주는 일은 절대 없으시다. 나와 남편이 일이 있으면 유준이와 유나는 형님과 어머님께서 도맡아 씻겨 주신다. 저녁밥을 먹이는 거야 늘 어머님 아버님께서 해주시기는 했다.

더 늦어져서 아이들을 우리가 재우지 못할 때도 있었다. 유준이야 아르헨티나에 가기 전에 어머님께서 몇 주 동안 품에 안고 재워 주셔서 크게 걱정을 안 해도 되지만, 엄마바라기이며 엄마 껌딱지인 유나는 혹여 엄마를 찾으며 목 놓아 울지는 않을까 걱정되었다. 언젠가 아르헨티나에서 손님이 오셔서 집에서 손님맞이를 하고 밤에 파주까지 가서 구경시켜 주다 늦은 날에, 어머님께서는 아주 덤덤한 표정으로 "아이들 다 잘 재웠다"라고 하셨다. 끌어안고 뽀뽀라도 해드리고 싶은 심정이었다. 그 날 유준이가 깰까봐 아주버님은 방 문 앞에 앉아 보초까지 서셨다 한다. 형님도 "유준이는 눈에 물이 들어가도 혼자 머리를 감고, 유나도 물을 안 무서워해서 쉽게 씻겼어"라고 하시며 우리의 마음 부담을 덜어주셨다.

반면, 흔하지는 않지만 형님과 아주버님 두 분 다 회식이 있거나 상 갓집에 가시거나 하는 일로 늦으시는 날이 있다. 시유는 다 커서 혼 자 씻고, 시아는 우리가 씻긴 적이 거의 없다. 시아는 제 외할머니 손 에서 자랐기 때문에, 어머님께서 집에 계시면 늘 어머님만 찾았다. 내 가 해주려고 해도 "할머니가!", 먹여 주려고 해도 "할머니가!", 물을 떠 주려고 해도 "할머니가!"라고 하니 어머님께 죄송스런 노릇이다. 그래 도 형님은 어머님만 계실 때보단 나와 남편이 다 집에 있어 아이들과 놀아주고, 놀고 나서 초토화된 집 정리도 할 일손이 있으니 걱정을 덜 하실 것이다. 요즘은 시아가 가끔 숙모가 떠주는 밥도 받아먹고, 씻고 나서 삼촌이 옷을 입혀 줘도 가만히 있으니 실로 장족의 발전을 이룬 셈이다.

이렇게 우리는 우리만의 품앗이 육아를 한다. 특별한 기술이나 노 력이 있는 것은 아니나 형님과 아주버님, 나와 남편은 서로 상대방 부 부를 의지하며 아이를 키우고 있다.

# 아이들의 낮잠

_ 류대희

우리가 아르헨티나에 있을 때는 아이 둘을 데리고 반나절만 있어도 진이 빠졌다. 그 때는 둘 다 낮잠을 자야 할 때였는데, 혹여 낮잠을 건너뛰면 이유 없이 떼를 쓰거나 칭얼대면서 힘들게 하기 일쑤였다. 그래서 우리는 그런 아이들을 보고 술 취한 사람에 빗대어 잠주정을 부린다고 얘기하곤 했다. 아이를 키워본 사람들은 낮잠이 얼마나 중요한지 다들 공감할 것이다.

아이의 낮잠 시간은 어른에게도 반드시 필요하다. 아이들은 잘 때가 제일 예쁘다고들 한다. 이 짧은 시간 동안 어른도 눈을 붙일 수 있고, 밀린 집안일을 할 수도 있다. 부쩍 커 버린 아이의 옷을 인터넷으로 살 수도 있고, 맘 편히 스마트폰을 꺼내 SNS에 접속할 수도 있다. 책을 집중해서 보거나 컴퓨터를 켜 밀린 작업을 할 수도 있는 소중한 시간이다.

유준이는 이제 여섯 살이 된 후로 낮잠을 자지 않긴 하지만 그래도 아이는 부모와 놀고 싶어 한다. 시간이 지날수록 시유와 둘이 알콩달콩 놀이를 하는 때가 늘어나고는 있다. 반면, 시아와 유나가 조용히 알콩달콩 놀고 있다는 것은 엄청난 리스크를 수반하기도 한다. 둘은 조용하면 꼭 사고를 치기 때문이다. 작은 녀석들이 친 사고는 너무 많아 밤새도록 이야기할 수도 있다.

어찌 되었든 주말 낮엔 유나를 얼른 재우고, 유준이와 놀아주기도 한다. 그렇지만 유나가 어디 순순히 자려고 하겠는가. 오빠는 밖에서 놀고 있는데 혼자 낮잠을 자기가 억울할 테지. 눈꺼풀이 감기고 혀가 꼬부라지는데도 잠이 안 온다며 낮잠을 자지 않겠다는 아이에게 도깨비와 '이놈 아저씨'로 겁을 준 적도 더러 있다. 자고 일어나면 맛있는 것을 주겠다고 한 적도 있다. 좋지 않은 방법인 줄 알면서도 아이의 컨디션과 내 정신적 휴식을 위해 그런 비교육적인 방법을 택한 적이 많다.

둘째들이 낮에 잠시 꿈나라에 가 있는 동안에 큰 아이들은 이제 소음을 내지 않는다. 착하고 예쁘게도 조용히 놀이를 한다. 그림을 그리거나, 책을 보기도 한다. 처음부터 이랬던 것은 아니었다. 눈치가 없었던 건지 일부러 그랬던 건지 첫째들도 어릴 적엔 동생들의 낮잠을 방해했다. 남편이 아기였을 때 어머님이 재우려 하시면 형님이 일부러 큰 소리로 노래를 부르고는 "이건 자장가야"라고 우겼다는데…. 유준이도 유나가 막 잠에 빠져드려는 순간 문을 벌컥 열어 깨운 적이 부지기수였다. 시유라고 제 엄마가 시아만 데리고 방에 쏙 들어가 낮잠을 재우려다 함께 자버리거나 하는 게 반갑진 않았겠지. 하여 문 밖에서 징징대고, 칭얼대기도 했단다.

아이들은 놀면서 크기도 하지만, 자면서 큰다고들 한다. 둘째들도 낮잠을 자지 않게 되면 그만큼 함께할 수 있는 일들이 많아지겠지만, 한편으로는 그만큼 아이들이 컸다는 데 아쉬움도 생길 것이다. 요즘 들어 네 아이들이 너무 빨리 자라고 있는 것 같아 문득문득 서운해질 때도 있다. 낮잠을 재우고 난 뒤에 전쟁터에서 승리한 것처럼 뿌듯함이 밀려오던 날들의 기분이 조금씩 잊혀지겠지. 내 옆에서 쌕쌕대는 아이의 숨소리를 들을 수 있는 날들도 점차 줄어들겠지. 아이가 낮잠에서 깨어날 때 마주보며 눈을 마주칠 수 있는 날들도….

# 아이들의 목욕

_ 김지양

시 자매와 유유 남매를 매일 저녁 씻기는 데는 꽤 오랜 시간이 필요하다. 우선 아토피가 있는 유준이는 매일마다 통목욕 15분을 해야 하기에 샤워에 보습까지 최소 20분이 필요하다. 격일로 샤워와 세면을 하는 3명까지 다 씻기려면 1시간이 부족할 때도 있다. 화장실이 큰 주택이라 겨울엔 작은 기름난로까지 피워가며 목욕을 시키고 있다. 애들은 매일 물놀이에 신나지만 씻기는 어른에겐 찜통 사우나에서의 전쟁이나 다름없다. 그래도 애들에게 좋은 환경에 어른이 희생해야지 싶다.

아토피라 매일 통목욕을 해야 하는 유준이에게는 목욕 중에 항상 책을 읽어준다. 이렇게 꼬박꼬박 읽고, 자기 전에 읽고 하니 전집 몇 질은 자연스레 읽게 된다. 부모는 뿌듯한데 가끔 읽었던 것도 처음 보는 양 쳐다보는 아이를 보노라면 부모 마음과 자식 마음은 다르다 싶다. 육아의 모든 것은 다 부모 만족인 것이다.

4명을 다 씻기고 나면 마음에 여유가 생긴다. 하루의 과업을 끝낸 느낌이랄까? 유유 남매를 씻기고 나서, 매형이 시 자매를 데리고 화장실로 향하는 것을 보면서 2층으로 조용히 올라가곤 한다. 잠시나마 아무도 나를 찾지 않는 이 시간을 즐기기도 한다.

나는 아이들이 잠자리에 들기까지 남은 1시간 동안 무슨 책을 읽어줄까 고른다. 그 시간에 유유 남매는 할아버지부터 시아까지 하루의 마지막 인사를 예쁘게 나눈다. 숨바꼭질 하듯이 한 명 한 명 인사를 하는 모습을 보노라면 뿌듯하기까지 하다. 작은 바람이 있다면 올라와서 책을 읽고 스스로 잠자리로 들어가는 것. 아이들이 잘 때 같이 잠들지만 않는다면 어른들의 짧은 개인시간이 허락된다.

# 책 읽는 가족

_ 류대희

유준이가 아빠 품에서 책을 보다가 스르르 잠이 들었다. 유준이는 '뼈', 유나는 '괴물'에 빠져 있던 때였다. 유준이는 자신의 발뒤꿈치뼈도 만져보고, 갈비뼈도 만져보면서 뼈 책을 읽는데…. 며칠째 같은 책만 읽는 모습이었다.

관심사도, 레벨도 너무 다른 유유 남매라 책을 읽어줄 때 엄마 아빠가 둘 다 필요하다. 세이펜과 북패드도 많은 도움이 되고 있다. 아직 글밥이 적으니 1년에 1천 권만 읽어주자며 나름 목표를 세웠다. 그 다음으로, 형님네와 합치면 10질은 족히 넘을 집에 있는 전집들을 다 읽히고 학교에 보내자는 목표도 세웠다.

남편은 아주 고맙게도, 유준이가 통목욕을 하는 15분 동안 곁에서 책을 읽어준다. 처음 며칠은 반신욕조에 들어가 혼자 15분을 있어야 하니 힘들어 해서 동영상을 보여주기도 했다. 하지만 매일 15분을 동영상을 본다면 아이에게 좋지 않을 거라는 불안감에 책을 보여 주기 시작하니, 넓은 화장실에서 아빠나 엄마가 자신에게만 집중해서 책을 읽어주는 것이 특별하다는 느낌이 들었나 보다. 이제는 먼저 책을 골라오기도 한다.

그리고 우리가 매일 책을 읽으니, 그렇게 책을 안 읽고 "끝!" 하며 도망가던 유나도 책을 가까이 하기 시작했다. 한참 동안 〈때리면 안 돼〉 시리즈를 매일매일 읽더니, 괴물에 빠졌을 때는 〈내 방에 괴물이 있어〉라는 책을 역할 연기까지 해가며 몇 주째 읽었다. 그 다음에는 〈식탁보 공주〉, 〈정리대왕 공주〉 등 공주가 나오는 책을 골라와 보고 또 본다. 아이들의 취향도, 책 읽는 방법도 각양각색인 것이 신기하다.

조카 시유는 좀 더 컸다고 위인전을 읽기 시작했다. 뭐든 자기가 직접 몸을 움직이고 활동하고 체험하는 것을 좋아하는 시유는, 미디어나 책 속 세계에 푹 빠지는 유준이와 다른 모습이다. 시아도 자기 전에 누나와 함께 책을 꼬박꼬박 읽는다. 시아는 시유에 비해 책을 좋아하는 것 같다. 동물이 나오는 책은 유준이보다 오히려 시아가 더 많이 본다. 한동안은 〈팬더의 똥은 무슨 색일까?〉 라는 책에 꽂혀서 밥을 먹을 때도 껴안고 있었다.

하지만 각자 자신의 방에 들어가기 전까지는 아이들 스스로 책을 읽어달라고 가지고 오지는 않는다. 자기들끼리 너무 신나고 재미있는 일들이 넘치기 때문이다. 이것은 책 욕심이 있는 내게 또 하나의 고민이 되기도 한다.

책 육아와 관련된 책을 몇 권 읽으면서는 왜 내 아이들은 안 되나

했었는데, 넷이 방방 뛰어놀다가도 자기 전에 꼭 책을 읽는 이런 습관은 참 좋은 것 같다. 너무 졸려 하지만 않으면 말이다. 문제는 우리가 너무 피곤해서 같이 잠드는 바람에 우리 책을 못 읽는다는 것.

아이들이 글을 깨친 뒤에 넷이 쪼르르 앉아 각자의 책 속 세계에 빠져 동상이몽 하는 날을 꿈꿔본다.

# 유유 남매의 소꿉놀이

_ 김지양

오빠와 여동생 조합의 남매가 잘 지내기는 쉽지 않은 것 같다. 더군다나 유준이의 성격과 유나의 성격이 다른 것도 한몫을 하고 있는 상황. 유유 남매는 많은 시간을 함께 보내지만, 놀이를 함께 하는 시간은 많지 않다. 반면, 시 자매의 언니인 시유는 제법 크고 의젓해서 시아를 잘 데리고 놀아준다. 둘이 싸우는 것을 본 적이 없다.

우리 부부의 고민 중 하나는 유유 남매가 어떻게 하면 잘 어울리며 지낼 수 있을까 하는 것이다. 동생인 유나는 잘 챙기지 않으면서 같이 사는 시아는 오히려 잘 챙겨주는 유준이가 유나를 예뻐하도록 하려면 어떻게 해야 할까 고민이다.

처음 한국에 들어와서는 거의 매일 네 명이 들러붙어 정신없이 놀다가 각 방으로 돌아오면 9시가 넘는 시간이었던지라 재우는데 급급해 가족만의 시간을 보내기 힘들었다. 그래서 우리 부부는 아이들 취향과

수준에 맞는 책도 읽어주고 아이들에게도 중요한 개인적인 시간을 가져보자며 8시 전에 2층으로 유유 남매를 데리고 올라오기 시작했다.

얼마 뒤, 작은 희망을 발견했다. 책은 외면하고 소꿉놀이 세트를 각자 내려달라는 유유 남매. 이내 남매는 제법 소꿉놀이다운 소꿉놀이를 함께 했다. 유준이는 아빠고 유나는 아기라나? 유준이가 "아빠!' 해야지" 하면, 유나는 이내 "아빠!" 하고 대답한다. 그렇게 몇 번의 대화를 주고받으며 놀이를 했다. 실컷 놀다 방으로 들어와 책도 읽고 나름 의미 있는 시간을 보낸 저녁이었다. 유유 남매가 함께 교감하는 모습을 발견한 것은 더할 나위 없는 기쁨이었다.

유유 남매는 설날을 맞아 용인 외할머니 댁에 가서도 심심했는지 꼭 붙어서 사이좋게 놀았다. 둘이 함께 놀면서 보여주는 함박웃음을 보면 고무풍선처럼 두둥실 떠오르는 마음을 도무지 어떻게 해야 할지 모르겠다. 이 순간을, 이 느낌을 고스란히 담아놓을 수만 있다면 힘들 때 얼마나 위로가 될까 하는 생각을 해보았다.

"유준아. 유준이가 크고, 유나가 크면 아빠와 엄마는 할아버지 할머니가 되고…. 어느 순간이 되면 유준이와 유나밖에 없을지도 몰라. 유준이가 유나 늘 아껴주고, 사랑해주고, 지켜줘야 해. 유준이가 그럴 수 있겠어?"

"(씩씩한 표정으로) 내가 유나 아껴주고 지켜줄 수 있어. 근데 내가 아빠가 되면 아빠랑 엄마는 없어질 수도 있어요?"

"그럼! 그런 날도 오지. 아빠와 엄마는 유준이와 유나가 사이좋게 잘 지낼 때가 가장 행복해."

유유 남매가 서로 소통하고 교류하며 자라남에 감사함을 느낀다. 둘만 있는 시간에도 서로가 놀이 상대가 되어 주는 것을 보면서 부모가 보람을 느끼는 것은 당연한 일이다. 아이가 셋이거나, 넷이면 그런 보람은 더욱 클 것이다. 아이가 하나라면 느낄 수 없는 감정이다. 그렇게 생각하니 우리가 힘들었던 시간이 하나도 아깝지 않다.

아이들이 함께 행복한 남매로 커가길 기도한다. 그들끼리만 아니라, 시유와 시아와도 친남매, 친자매 못지않게 사랑을 나누며 자라길….

# 정적이 흐르는 순간

_ 김지양

늘 정신없이 시끄러운 우리 집에서도 가끔은 정적이 흐르는 시간이 있다. 가끔은 그런 조용한 여유를 즐기고 싶다. 그래서 평소에 잔소리를 하거나 주의를 기울여야 할 순간에도 의식적으로 자리를 피할 때가 있다. 매 순간 어른들의 시야 안에서 생활하는 것은 아이들에게도 큰 스트레스가 되지 않을까 싶다. 보통은 아이들이 어른들을 먼저 찾긴 하지만 말이다. 간식 내놔라, 얘가 내걸 뺏어갔다, 놀아 달라….

네 명의 아이들마다 조용하게 무엇인가를 하는 일이 다르다. 우리 집 아이들 중 서열 1위인 시유는 보통 그림을 그리고 글씨를 쓸 때 조용하게 집중한다. 한참을 혼자 집중해서 그림도 뚝딱, 편지도 뚝딱 완성하곤 한다. 누가 쓰라고 하지 않아도 생일을 맞은 가족에게 항상 편지를 써준다. 편지로 감정을 전달하는 것은 참 좋은 것 같다. 1번이 그렇게 하니 2번 유준이도 따라서 편지를 써서 가족에게 선물한다. 공동 육아의 긍정적인 부분 중 하나가 아닐까 싶다. 시유는 동생들이 난리를 치며 놀고 있어도 가끔 이렇게 혼자만의 시간을 즐긴다.

넘버 2인 유준이는 가끔 그림을 그릴 때도 있지만 블록으로 이것저것 만드는 일에 혼자 집중할 때가 많다. 블록이나 레고와는 거리가 먼 성향인 것 같다고 생각했는데, 어느 순간 그런 것에 관심을 갖기 시작했다. 소근육 발달이나 공간 지각력이 뛰어난 아이들처럼 작은 레고로 성 같은 것을 쌓는 것은 아니지만 듀플로와 레고를 함께 가지고 놀며 총, 배, 탱크, 비행기, 자동차 등 자신이 좋아하는 것들을 창의적으로 만들어낸다. 한참을 붙였다 떼었다 하면서 앉아 자신만의 시간을 즐긴다.

유나와 80일 차이로 서열 3위가 된 시아는 제법 혼자 무엇인가를 하는 시간이 많다. 장난감을 가지고 논다거나 색칠을 한다거나. 돌아다니기보다는 앉아서 길게 하는 것을 좋아하는 것 같다. 그래서 밥도 길게 먹고, 간식도 천천히 여유를 즐기며 먹는다. 한자리에 머물러 있는 것은 우리 집에서 1등이 분명하다.

막내 유나는 색칠공부에도 관심을 가지고 있으나 가장 큰 관심사는 머리 묶기와 예쁜 옷 입기이다. 이렇게 노는 것을 보면 천상 여자인지라 아내와 다른 면이 많아 놀라곤 한다. 안타깝게도 엄마의 머리를 한 번 잡으면 놓지 않는다. 분무기, 빗, 고무줄 등 다양한 도구를 가지고 이렇게 했다 저렇게 했다 하면서 혼자만의 시간을 갖는다. 가끔은 엄마가 도망 다니는 상황을 연출하기도 한다. 조용한 집안에 아내가 "으악!" 하며 비명을 질러 깜짝 놀라 뛰어가 본 적도 많았지만, 요새는 웬만한 비명소리에도 그러려니 하게 되었다. 엄마 머리를 가지고 논 뒤에 방바닥은 뭉텅이로 뽑혀진 긴 머리카락이 한 움큼 떨어져 있다. 아내는 입버릇처럼 "내가 머릴 밀어버려야지 원…." 하고 얘기하곤 한다. 아빠 머리는 짧아서 조금 만져주다가 가라고 밀쳐낸다.

그런 1~4번 아이들이 가끔 한꺼번에 조용한 순간이 있다. 어느 방 벽장에 작은 전등을 가지고 잠입을 한다거나, 창고에 들어가서 자신들만의 시간을 갖는 때이다. 그런 짧은 순간을 어른들은 차를 마시거나 집안일을 하며 여유롭게 보낸다. 아이들이 크면서 그런 시간이 늘어나고 있으니 세월에 감사할 따름이다.

그런데 가끔 있는 3~4번끼리의 조용한 순간은 일단 의심해봐야 한다. 모두가 경계해야 하는 순간이다. 보통 두 명이 합심해서 사이좋게 긴 시간을 보낼 때는 갖가지 사고를 칠 때가 많다. 최근에는 어머님께서 화장실 청소를 하신다며 버리지 않고 남겨두신, 유통기한이 몇 년은 지난 바디워시를 어떻게 찾아냈는지 다 짜서 얼굴에 사이좋게 바르고도 모자라 방바닥에 떡칠을 해놓았다. 퇴근하고 오니 아버지께서 "유나 다리가 끈적끈적해 보여 가서 씻겨 주다보니 거품이 쉴 새 없이 나더라" 하시는 것이 아닌가. 매형도 퇴근해서 방에 가더니 왜 이렇게 방바닥이 미끌미끌하냐고 하다 뒤늦게 그 끈적끈적하고 미끌미끌한 정체가 밝혀졌었다.

이 밖에도 시유의 소중한 장난감을 망가뜨려 놓는다거나, 시유의 색연필 세트를 몰래 꺼내 쓰다 정리도 안 하고, 시유의 크레파스를 몰래 꺼내 종이 껍데기를 다 깐 뒤 부러뜨려 놓는 등 둘로 인해 시유의 눈물이 마를 날이 없다. 어머니와 아내의 립스틱을 해치워 버린다거나 누나의 화장품을 사이좋게 나눠 쓴 적도 있다. 옷장에 있는 옷을 죄다 꺼내서 방을 엉망으로 만들어 놓는 것은 기본이고, 아버지 방에 들어가 간식을 몰래 꺼내 먹다 현장에서 적발된 적도 많다.

이처럼 아이들이 조용한 순간엔 그 짧은 여유를 감사하게 즐기기도 한다. 하지만 조용히 문을 열고 들여다보기도 해야 한다. 그들만의 시간을 방해하지 않기 위해서.

# 물질만능주의 세상에서
# 아이들을 키운다는 것

_ 류대희

      남편은 물건 사는 것을 좋아하지 않아 아주버님으로부터 '구두쇠' 소리를 듣는다. 반면, 나는 물건 사는 것은 좋아하지만 워낙 소심해서 뭐 하나 살 때는 지나치게 많은 시간과 용기가 필요한 편이다. 그리고 새로운 것을 사기 전에 지금 있는 것을 먼저 활용하자는 주의이기에, 특히나 아이들 장난감의 경우는 물려받은 것이 많아서 잘 사주지 않게 된다. 어릴 적 없이 살아서 당신 자녀들에게는 뭐든 해주고 싶어 하셨던 우리 부모님과는 달리, 나는 물론 지금의 아이들은 너무나도 풍족한 세상에서 살고 있고, 그런 점에서 감사함을 느낀다. 물론 돌아보면 어려운 이웃도 있을 테니 약간의 죄책감도 느끼게 된다.

  명절을 비롯한 크리스마스, 어린이날, 생일 등의 기념일에 당연히 선물을 받게 될 거라 기대하는 우리 아이들을 보면 만감이 교차한다. 그 선물이라는 것이 대부분은 일주일 정도 갖고 놀다 흥미를 잃게 될 장난감이기 때문이다. 아이들은 자기가 가진 것보다 가지지 못한 것에 더 흥미를 느낀다. 어른들도 마찬가지다. 옷장을 열어 보면 늘 그 옷이 그 옷이다. 정리하기도 힘들 정도로 옷은 많은데 막상 입을 옷이 없게 느껴지는 것처럼, 아이들도 늘 새로운 것을 원한다.

일요일마다 성당 유아실에 가면 유준이 또래 친구들이 매주 못 보던 장난감을 하나씩 가지고 온다. 카봇, 또봇, 터닝메카드, 베이블레이드 등 만화영화 시장은 시즌 1, 2, 3를 계속해서 내보내고, 그 시즌마다 새로운 로봇들이 등장해 남자아이들의 마음을 뒤흔들어 놓는가 보다. 평소에 잘 보지 않아서 그런 측면도 있지만 TV를 켤 때마다 처음 보는 아이돌 그룹이 기하급수적으로 늘어나는 것처럼 말이다. 새로운 장난감이 짠~ 하고 등장하면 유아방의 아이들은 다 그 장난감을 가진 아이를 둘러싸고 부러운 눈길을 보낸다.

아르헨티나에서는 가진 게 얼마 없어도 유준이는 행복해 했다. 새로운 장난감이 어쩌다 하나 생기면 그걸 잠자리에서까지 안고 잘 정도로 소중하게 생각했었다. 스테고사우루스의 등 돌기나 티라노사우루스의 꼬리, 각종 로봇의 팔다리에 등과 허벅지가 찔려 불편해서 잠이 깨고는 했다. 그러다 한국에 돌아오고 나서 유준이도, 유나도 시유와 시아의 방에 진열된 엄청나게 많은 종류의 장난감을 보고는 눈빛이 흔들리는 것을 봤다. 형님도 내게 "너무 없이 키우면 아이가 나중에 마음이 궁핍해질 수도 있다"고 하시고, 어머님도 "아이들 옷이 너무 없는 것 같다. 여자아이는 자고로 예쁘게 입혀야 한다"고 하실 정도였다. 틀린 말씀은 아니다. 아이들에게 갑자기 미안해졌다. 다른 곳에 과소비를 하는 것도 아니었는데 너무 안 사주었나 싶기도 했다.

문제는 아이가 이제 넷이 되었다는 것이다. 생일에 한 명만 사주면 나머지 셋은 기분이 급격히 안 좋아지는 것이 보였다. 어쩌다 아이 속옷을 사려면 네 장은 사야 마음이 편했다. 물론 매번 네 개씩, 네 벌씩 사지는 못했지만 형님은 유유 남매를 위해 많은 돈을 투자하셨고, 나도 어쩌다 한 번씩은 시 자매의 옷이나 장난감을 사오게 되었다.

처음에는 공간 박스로 한 칸이면 충분했던 유준이의 로봇 컬렉션이 이제는 아기침대를 개조한 장식장을 빼곡히 채우게 되었다. 지인들이 보내준 장난감도 많았다. 우리 부부가 정기후원하고 있는 두 아이들, 아프리카 기니에 살고 있는 시아(우리 시아와 동명이인이다)와 케냐에 살고 있는 라벤다는 상상도 못할 일이겠지.

형님과 어머님, 나는 점점 많아지는 장난감과 아이 옷을 정리해야겠다는 생각을 하고 덜 입는 옷, 안 어울리는 옷, 안 맞는 깨끗한 옷과 장난감으로 박스를 몇 개 채웠다. 일부는 '아름다운 가게'에 기증을 하고, 일부는 성당 아나바다 행사 때 내놓고, 일부는 성당의 빈첸시오회에 기증하고…. 그래도 여전히 많다.

요새는 우리 가족 중 누구도 아이들에게 장난감을 예전만큼 사주지는 않는다. 대신 아이들은 넓은 거실에서 공차기를 하거나, 색칠공부를 하거나, 종이를 잔뜩 오리면서 자기들끼리 논다. 좋은 변화라고 생각한다. 유준이는 블록을 가지고 노는 시간이 늘어났고, 변신 로봇엔 흥미를 잃은 것 같다. 대신 뭔가를 자꾸 팽이처럼 돌려본다. 블록 쌓기를 하다가 블록을 돌리기도 하고, 바느질을 하는 내 옆에서 단추를 돌리기도 한다. 그러더니 자기 생일 때는 팽이를 사달라고 한다. 우리도 당분간은 사줄 생각이 없다.

그러고 보니 아르헨티나에 있을 때 스피너 열풍이 불어, 유준이에게 큰맘 먹고 500페소(한화 4만원 가량)짜리 스피너를 사준 것이 생각난다. 한국에 오니 스피너는 단돈 몇 천원이면 살 수 있는 흔하디흔한 아이템이 되어있었다. 그뿐만 아니다. 아르헨티나의 장난감 가게는 몇 달이 지나도록 진열장의 용품들이 바뀌지를 않는데, 한국은 하루가 다르게 새로운 것이 등장한다. 그만큼 누군가는 소비를 한다. 터닝메카드 에반은 한때 전 매장에서 매진되었고, 조종카 리모콘을 사기 위해 장난감가게 몇 군데를 뒤져야 할 정도였으니…. 우리나라가 언제부터 이렇게 아이를 대상으로 한 시장이 활성화되기 시작했을까. 장난감의 질도 높고, 종류도 다양하다는 것은 그만큼 그 시장이 발전되었다는 뜻이기는 하나 아이들이 그에 맞추어 TV 속 광고에 푹 빠지고, 그만큼 자신이 가진 것을 소중하게 생각하지 않는다는 것은 안타까운 일이다. 참 물질만능적이고 소비지향적인 나라인 것 같다.

요즘은 우리집 아이들이 색종이를 하나둘 주섬주섬 가지고 와서 종이접기를 해 달라고 한다. 지난 크리스마스 때 시유에게 선물했던 종이접기용 색종이는 제일 인기가 없는 아이템이었다. 그걸 어디서 발견했는지 가지고 와서는 고양이, 강아지, 펭귄, 상어, 돼지, 고래… 끝도 없이 접어달라고 한다. 언젠가 시유가 여행을 가고 없던 날, 남은 아이들 세 명은 펭귄과 상어에 꽂혀 있었다. 시유가 없을 때는 유준이가 서열 1위이니 유준이부터 펭귄을 접어주고, 그 다음은 시아, 그 다음은 유나. 한 번씩 접어주고 숨을 돌리려는데 이번에는 엄마펭귄을 접어야 한단다. 시아가 한눈파는 사이에 유준이 다음 유나를 접어주었더니 시아가 울려고 한다. 얼른 시아에게 엄마펭귄을 만들어 주며 아빠펭귄과 뽀뽀하는 걸 보여주니 씨익 웃는다.

다음으로 유준이가 상어를 접어달라고 하니 유나는 옆에서 상어가족 노래를 부르며 자기도 접어달라고 한다. 상어는 유튜브 동영상을 켜두고 하나씩 따라 접기 시작하는데, 동영상 길이가 11분에 육박했다. 왜 그리 어렵던지…. 이래봬도 교직을 업으로 삼고 있으니 면은 세워야겠다 싶어 동영상 되감기까지 해가며 상어 하나를 힘겹게 접어 냈다. 그리고 났더니 아이들 세 명의 아빠상어, 엄마상어, 아기상어까지 다 접어주어야 하는 상황이 생겨났다.

잠깐 한숨 돌리자 하고는 남편에게 전화했더니 아직도 불광역이라고 한다. 그날따라 연수가 늦게 끝나 아직도 집에 오려면 한 시간이 걸린다는 말에 상어를 접는 손에 힘이 빠졌다. 다행히 네 마리째 상어를 접고 나니 아이들은 이미 흥미를 잃어 자리를 뜬 뒤였다. 한 마리에 10분 넘게 걸리다가 마지막 상어는 5분대에 끝이 나니 묘한 성취감마저 느끼기 시작했는데….

아이들이 떠난 자리에는 색종이 한 뭉치와 오리다 만 종잇조각이 정신없이 널브러져 있다. 아까운 생각도 잠시, 서둘러 이걸 치우지 않으면 아버님이 또 한소리 하실 테니 얼른 치워야겠다 싶어서 종잇조각을 모아 버렸다. 그런데 웬걸, 유유 남매를 씻기고 나오니 바닥에 또 새로운 종잇조각이 흩뿌려져 있다. 아이들이 조금 크면 종이 한 장도 아깝다는 것을 알게 될까? 아니면 우리가 무언가 자원의 소중함에 대한 조기교육을 실시해야 하나? 여하튼 종이가 가차 없이 소비되더라도 지금은 네 아이들이 종이를 오리고 접으면서 뭔가를 만들고 있을 때면 어른들은 잠시 한숨 쉴 수 있으니 식구 중 아무도 그걸 가지고 아깝네 뭐네 얘기하지 않는다. 우리 네 아이들이 새로 나온 장난감 대신 온 집안을 어질러 놓더라도 이미 자기들이 갖고 있는 것을 가지고 상상의 나래를 펼치며 놀이하는 것에 박수를 보낸다.

우리들 또한 다음 계절이 되면 한 차례 옷이며 장난감을 박스에 가득 담아 자선단체에 보내야겠다고 다짐한다.

# 아이들이 아프면

_ 류대희

유나가 또 아프다. 독감 나은 지 몇 주 되지도 않았는데…. 면역력이 많이 떨어졌나보다. 아르헨티나의 겨울은 이렇게 맹추위가 아니었던지라 이런 추운 겨울을 맞이하는 것은 유나에게 처음 겪는 일일 것이다. 그렇다 해도 아이가 아프면 엄마는 마음이 더 아리다. 꼭 내 탓인 것만 같아서…. 목욕을 시키지 말 걸, 잘 때 더 따뜻하게 해줄 걸, 외출할 때 목에 손수건이라도 대어줄 걸, 손발 자주 씻겨줄 걸….

시유는 유치원으로, 유준이와 시아는 어린이집으로 각각 먼저 출발을 하고 나는 유나와 병원에 다녀왔다. 다행히 방학이고 학교에 출근할 일이 없어서 집에 있는 날이었다. 해열제에다 감기약을 타서 먹이고 나니 다행히 열이 좀 내렸다. 그래도 어린이집에 보내지 말았어야 했다. 그런데 나는, 병원에 다녀와서, 우는 아이를 억지로 등원시켰다. 병원에 가기 전에 어머님께서 하신 말씀 때문이었다.

"크게 아픈 거 아니면 등원시켜라. 아이들 리듬 깨지면 안 된다. 시아도 감기다."

이러는 어머님 말씀도 이해가 안 되는 것은 아니었다. 물론 아이들은 아프면서 큰다. 아이 네 명 모두가 아프지 않은 날보다 이들 중 적어도 한 명이 아파서 약을 먹은 날이 더 많았다. 또 아프고 나면 뭔가 하나씩 재주가 늘기도 한다. 돌치레 후 걸음마를 시작하기도 하고, 말문이 트이기도 하고, 안 먹던 반찬을 먹기도 한다. 하지만 어머님의 그런 말씀은 너무 서운했다. 방학임에도 출근하던 남편에게 물어보니 "네가 알아서 해"라는 대답을 할 뿐이었다.

유나와 같은 반인 시아도 아픈데 유나만 특별 대우할 수는 없겠다 싶어서 결국 등원을 시키고, 책상 앞에 앉으니 눈물이 쏟아졌다. 내가 엄만데 왜 그렇게 의지가 약해서 남의 말만 듣고, 내 마음의 소리를 못 들었을까…. 내가 출근을 하고 아이를 어머님께 온전히 의탁한 상태에서는 등원을 시키든 휴식을 시키든 뭐라 드릴 말씀은 없겠지만, 이 날은 내가 집에 있는 날이었다. 그러니 더욱 아이에게 미안해졌다.

시누의 두 아이들과 함께 시부모님 밑에서 공동 육아하는 상황에서 한 명이 아프면 나머지 세 명이 다 돌아가며 아프게 되는 건 어쩔 수 없다. 공동체이기 때문이다. 하지만 내 아이로 인해 기관의 다른 집 아이에게까지 전염이 되어 아프게 되면 안 된다는 생각이 들었다. 2층에서 소심하게 혼자 한참을 울다가 추스르고 어머님께 말씀드리러 내려갔다.

"유나 좀 데리고 와야겠어요. 마음이 너무 불편해요."

어머님은 그제서야 이해하겠다는 듯 고개를 끄덕이셨다.

사실 이런 일이 처음 있는 것은 아니었다. 아무리 네 아이들이 함께 커 간다고 해도 네 명을 한 번에 데리고 놀아주거나 보살피는 것은 무척 힘겨운 일이다. 아직은 둘째들이 어려 서로 부딪히거나 투정을 부리는 날도 많다. 일찍 퇴근하는 날은 유준이와 유나만 따로 데리고 와서 놀러가고 싶기도 한 적도 많다. 그런데 시아도 같은 어린이집에 다니니 그건 숙모로서 치사한 일인 것만 같아 실행해본 적은 없다. 조카들도 내 친자식처럼 생각하고 싶은데 100퍼센트 그게 되지 않으니 내가 못된 사람 같게 느껴지기도 한다.

일찍 퇴근하는 날이나 방학 때, 혹은 아이들이 컨디션이 안 좋을 때 세 명을 한 번에 데리고 온 적은 더러 있다. 평소 세 아이들보다 일찍 하원하는 시유까지 내가 넷을 데리고 있는 동안 아이들은 꼭 한 번씩 할머니를 찾는다. 아무리 어머님께 방해가 되지 않게 2층에서 네 명을 데리고 있으려 해도 능력이 부족해 꼭 그들끼리 다툼이 생기면 한 명은 울면서 "할머니!" 하고 내려가는 것이다. 내가 아이들을 일찍 데리고 오지 않는다면 어머님은 평소에 아이들이 하원하는 5시까지는 조용한 집에서 평온한 시간을 보내실 수 있을 텐데…. 그러면서 죄송한 마음이 또 생긴다. '괜히 일찍 데려왔어' 하면서….

결국 시아와 유준이는 정상적으로 하루 일과를 보내는 동안, 어린이집에 보낸 지 한 시간 만에 유나만 데리고 일찍 들어왔다. 내 옆에서 낮잠을 재우고 나니 마음이 그리 편할 수가 없었다. 그냥 강하게 한 번 "오늘은 안 보내고 제가 데리고 있겠습니다"라고 한 마디만 제대로 했으면 될 것을 괜히 눈물 콧물 짰다. 제일 중요한 건 주 양육자로서의 태도인데, 내가 너무 강단 없이, 줏대 없이 어머님의 의견만 듣고 아이를 키우고 있는 건 아닌지 하는 반성도 해보았다.

그러는 동안 정말 존경하고 감사한 우리 시부모님께도 새삼 죄송스런 마음이 들었다. 내 자식이 아프니 나는 아픈 내 자식과 나 자신의 마음만 챙겼는데…. 아픈 손주를 어린이집에 보낼 수밖에 없는 시부모님의 마음은 생각지도 못했던 것이다. 그것은 직장을 쉬지 못하고 아픈 자녀를 기관에 보내는 다른 맞벌이 부부의 마음과 크게 다르지 않을 것이다. 그나마 우리는 복이 넘쳐 세상에서 가장 믿을 수 있는 시부모님께서 양육을 도와주시니 아이가 아파도 크게 걱정을 하지 않았던 것이다.

# 형님과 둘이 술 마시던 날

_ 류대희

"대희야, 오늘 시간 돼?"

형님에게서 문자가 와 있었다. 가족 카톡방이 아니라 개인 카톡이었다. 퇴근시간까지 하루 종일 화장실도 못 갈 정도로 바쁜 날이었다. 퇴근할 즈음 뒤늦게 그걸 확인했는데 썩 반갑지 않았다. 뒤 구린 일이 있었기 때문이었다.

"유준이 일 땜에 그러시죠?"

"그런 것도 있고…."

피할 수는 없겠다 싶어 우선 다른 식구들에게는 저녁을 먹고 들어간다 하고 양해를 구한 다음 집 근처 관산동에서 만나기로 했다.

'유준이 일'이란 이틀 전 있었던 사건과 관련된 일이었다. 그 날은, 유준이가 밥상에서 젓가락을 안 쓰고 손으로 집어먹는다고 며칠 내내 야단치다가, 퇴근하면서 '절대 혼을 내지 말아야지. 잘 해주어야지' 하고 굳게 다짐하고 온 날이었다. 남편은 대학원 수업이 있어 늦게 집에 오는 날이었고, 나는 학교에서 받은 스트레스는 없었지만 조금 피곤한 하루였다. 평소보다 30분 정도 일찍 귀가했더니 아이들이 밥상에 모여 앉아 저녁식사를 하고 있었다.

"엄마!", "숙모!"

거의 동시에 들려오는 나에 대한 아이들의 반가움도 잠시, 아이들은 전쟁터에서 만난 원수처럼 티격태격 싸우기 시작했다. 도대체 무엇 때문에 싸우는지 이유도 모른 채 나는 정신이 혼미해졌다. 유나와 시아는 땍땍대며 다투고, 시유는 유준이가 한 일을 고자질하느라 정신없고, 말솜씨가 없는 유준이는 토라져서 입이 툭 튀어나온 상태였다.

그 즈음 보일러 온수관이 터져 온수도, 난방도 안 되는 데다 꽃샘추위까지 와서 아이들을 씻기려면 주전자 두 개에 물을 끓여 찬물과 섞어 씻겨야 했다. 매우 불편한 일주일이었다. 나도 제대로 씻지 못해 찝찝하던 차에 유나를 데리고 목욕탕에 갈까 하는 생각을 하고 있었다. 그런데 남편이 없으니 유준이만 두고 갈 수는 없어서 무척 아쉬웠지만 물부터 끓이는 수밖에 없었다. 형님과 전화통화를 하던 어머님은 주섬주섬 목욕 바구니를 챙기기 시작하셨다. 어쩔 수 없는 선택이었다. 가족 몇이라도 목욕탕에서 편하게 씻는 게 나았다.

아이들은 그날따라 안 씻겠다며 시위를 했다. 이래저래 예민해져 있는 상태에서 나는 우선 욕조에 물을 받고 있을 테니 부르면 오라고 아이들에게 일러두고 욕실로 향했다. 그 순간이었다. 갑자기 "쿵!" 하더니 "으아아앙!" 하는 소리가 이어졌다.

안 봐도 비디오였다. '쿵'은 분명 머리가 바닥에 부딪치는 소리였고, '으아아앙!'은 유나의 목소리였으며, 소리의 크기로 봤을 때는 2층 침대에서 유나가 떨어진 게 분명했다. 빛의 속도로 달려가니 유준이가 2층 침대 위에서 어쩔 줄 몰라 하며 당황해 하고 있었고, 유나는 바닥에서 눈도 못 뜨고 울고 있었다.

얼음장같이 차가운 물밖에 안 나와 짜증나고 목욕탕도 못 가게 되어 아쉬운데, 퇴근하고 나서 계속 자기들끼리 흰자위 부릅뜨고 싸우더니 동생까지 다치게 만들어? 화가 머리끝까지 났다. 유나를 안은 채 유준이를 잡아끌고 욕실에 들여보냈다. 아니, 집어넣었다. 그때까지 안 씻겠다고 버티던 유준이도 잘못한 게 있으니 바짝 얼었다. 유준이를 야단치려는데 어머님이 욕실 문을 열고 들어오시려 했다. 눈치 백단인 유준이가 문이 열리면 혼나는 상황을 면피하려 "할머니!" 하고 달려 나갈 게 분명한데, 내 선에서 유준이와 그 상황에 대해 얘기를 하고, 빨리 씻기고, 재우고, 쉬고 싶었다.

유준이를 여차저차 씻기고 내보낸 뒤, 울음을 멈춘 유나도 씻기고 거실로 나왔다. 어머님과 형님이 유준이 머리를 말려주며 달래고 계셨다. 나 들으라고 한 말은 아니었지만 그때 두 분이 "그래도 이불이 밑에 있어서 다행이었지"라고 하셨다. 그 소릴 듣고 경솔하게도, 어머님께 대들 듯이 "다행이라니요? 아래에 뾰족한 물건이 있었으면 유나는 큰일 났을 거예요!"라고 말하고는 아이들을 2층으로 올려 보냈다. 눈치를 보시던 형님과 어머님은 우리가 올라가는 것을 보고 목욕탕으로 떠나셨다.

유준이는 윗층에 올라와서 울다 지쳐 잠이 들었다. 잠든 아들을 보니 미안함이 몰려왔다. 얼마나 놀랐을까, 일부러 그러진 않았을 텐데, 야단치는 게 최선은 아니었을 텐데…. 부족한 엄마를 만나 아이가 또 상처를 받았구나…. 남편에게 카톡 폭탄을 보냈다. 유준이에게 또 몹쓸 짓을 했다고, 어머님께도 말대꾸를 했고, 유준이랑 나랑 오늘 건너편 방에서 둘이 잘 테니 유나를 부탁한다고….

그리고 며칠 밤을 유준이를 안고 잠을 잤다. 밤새도록 미안하다고 말하고, 뽀뽀하고, 쓰다듬어 주느라 잠을 설쳤어도 미안함이 쉬이 가시지 않았다. 정말 동생을 밀어 떨어뜨리려 했겠는가. 아무리 자기 친동생보다 시아를 좋아하는 유준이지만 그건 아니었다. 유나에게도 잘못이 있을 수 있었다. 이 모든 걸 지금 돌이켜 생각하면 부끄럽고, 옹졸한 내 자신이 수치스럽기까지 하다.

나는 형님과 약속한 장소에 뒤늦게 도착했다. 학교에 일이 어마무시하게 쌓여 있는데 그걸 처리하다 보니 늦게 나왔고 차도 막혀 늦었다는 변명거리는 있었지만, 사실은 내키지 않아서 늦게 도착해버린 거였을 수도 있었다. 유준이를 야단친 것에 대해 스스로 반성하고 있고 불편한 감정이 있어서였다.

도착하자마자 맥주를 시켜 벌컥벌컥 마셨다라고 하고 싶은데 나는 촌스럽게도 탄산이 들어간 음료를 빨리 못 마신다. 홀짝, 홀짝, 맥주로 속을 달래는데 좌불안석이었다. 왠지 형님을 오랜만에 보는 기분이었다. 사실 그런 일이 있고 난 다음날, 어머님과 형님께 말대꾸한 게 너무 부끄러워서 아침 출근은 평소와 달리 뒤도 안 돌아보고 막 뛰어나가서 버스에 올라 혼자 출근해버리기까지 했다. 저녁에는 회식이 있어 늦게 도착해, 바로 2층으로 올라가 식구들 얼굴을 보지도 못했다. 그러니 만 이틀 만에 보는 형님 얼굴이었다.

"대희야, 우리가 같이 살기 시작한 게 벌써 몇 년이 되었는지 모르겠다. 꽤 오랜 시간이 지났는데 너랑 나랑 둘이서만 이런 자리를 갖는 게 처음이네."

그렇게 말문을 여신 형님은 둘러 둘러 자신이 어떻게 지내고 있는지부터 말씀하셨다. 관산동 집에서 사리현동 집으로 옮기며 우울증을 겪기까지 했고, 그 과정에서 아주버님도 많이 달라졌다는 형님의 얘기를 들으며 내가 먼 땅에서 너무 한국의 식구들에게 의지만 하고 있었구나 싶었다. 그러다 형님은 내게 어떤 어려움이 없는지 물어보셨다. 매일 얼굴을 보며 지내니까 오히려 고민을 얘기할 기회도 없는 것 같다며…. 나는 생각나는 대로 올해 들어 유난히 바빠지게 된 학교의 일이나 그로 인한 남편과의 관계, 아이들에게 느끼는 미안함 등을 얘기했다. 그런 얘기를 친정엄마께 할 수도 없었고, 남편에게는 할 여유가 없었다. 비록 두서는 없고 조리도 없이 형편없는 얘기만 계속 했지만 형님은 온 몸으로 경청해 주었다.

잠시 침묵이 이어졌다. 형님은 다시 입을 열었다. 예상했던 대로, 어머님께 말대꾸를 한 나의 태도를 너무나 안타까워하고 있었다. 같이 살면서 지켜야 할 일은 있는 거라고…. 나도 그 뒤로 어머님께 죄송하다고 말씀을 드리고 싶었다. 그리고 아직까지도 말씀드리지 못하고 있다. 용기를 내어 편지를 써 보려고 편지봉투와 편지지까지 준비했지만 쉽게 써지지 않는다. 대신에 설거지라도 한 번 더 하려고, 바닥이라도 한 번 더 치우려고 하지만 그래도 마음 한켠은 여전히 무겁기만 하다.

형님과 얘기하다 보니 9시가 넘었다. 택시를 타고 집에 도착하니 아이들은 아직 자지 않고 있었다. 늘 다른 사람의 이야기를 들어주고, 주변 사람들에게 관심을 가져주고, 행동과 실천에 있어서는 서슴지 않으며, 결단력까지 있는 멋지고 쿨한 형님! 어머님도 똑같으시다. 마음이 너무나도 따뜻하고 정이 많으시다. 유준이를 내가 못 해주는 것만큼, 아니 그보다 더 내리사랑 해주시고 보듬어주신다. 비록 부족한 엄마를 만나긴 했지만 이런 고모와 할머니를 만난 것도 자기 복이겠지.

형님과 둘이 밖에서 술 마시는 날은 당분간은 없을 것으로 보인다. 아직은 너무나 바쁜 우리들이고, 예쁘고 사랑스러운 아이들을 두고 감히 밖에서 술을? 하지만 아이들 재우고 나서 '맥주?' 라고 가족방에 올리고 나면 하나둘 주방으로 모이는 것이 우리 사리현동 어른들의 야간 생활이다.

# 어머님의 내리사랑

_ 류대희

아침저녁밥을 먹여주시고 등하원도 맡아주시는 시부모님 덕분에 유나는 볼살이 포동포동 올랐다. 가끔 아르헨티나의 지인들과 화상통화를 하면 다들 유나의 변화를 보고 놀란다. 살이 엄청 붙었다면서….

아침에 눈 떠서 엄마가 없음을 깨닫고 잠깐 "앵~" 하다가 "할머니!" 하면서 배시시 웃으면서 계단을 내려온다는 유나. 첫마디는 "밥 주세요!"라고 한단다. 어린이집에서 하원해서도 마찬가지라는데, 이렇게 밥을 주면 다 먹고 나서 또 먹을 것을 찾는다. 자기 직전까지 먹는다. 그러니 살이 오르지 않을 수가 없지만, 내 눈에는 그저 예뻐 보인다. 어머님은 시아에 비해선 아직 멀었다고 하신다.

시유와 시아는 시부모님께서 키우셨다. 유준이는 8개월간 친정엄마가 키워주었고, 유나는 아르헨티나에서 베이비시터 밑에서 1년을 있었다. 그래서 우리는 한국에 돌아왔을 때 솔직히 걱정도 했다. 어머님

보시기에 유나가 시아만큼 품에 쏙 들어오지 않을 것이라 생각했다. 갓난쟁이 때부터 당신이 키우신 것은 아니니까. 그런데 그건 너무 당연한 것이고, 서운해 할 필요도 없다고 나 스스로를 챙겼다. 어머님도 그런 부분을 나보다 먼저 걱정을 하셨는지 전혀 내색을 하지 않으려 하신다. 시아와 유나가 붙어 싸우거나, 시유와 유준이가 붙어 싸우면 어느 한 쪽 편만 들지 않으신다.

그런 어머님께 더 감사한 점은, 아이들 등원을 시켜 주시면서 매일같이 사진을 찍어 보내주신다는 것이다. 학교에서 1교시를 시작할 무렵 받아보는 사진들 속 아이들은 대부분 웃고 있다. 그럼 나도 아이들을 두고 출근했다는 미안함이 조금은 가신다.

등원 전날, 아이들이 아침에 입을 옷을 미리 꺼내놓는다. 얼마 전까지만 해도 등원 모습이 담긴 사진에는 전날 엄마들이 코디한 옷을 입

은 아이들이 활짝 웃고 있었다. 그런데 날이 갈수록 복장이 이상해진
다. 아이들이 엄마가 미리 준비한 옷을 내팽개치고, 할머니와 잠시 씨
름을 한 뒤 2층에 올라가 자기가 마음에 드는 옷을 꺼내 입기 시작한
것이다. 특히 옷에 관심이 많은 유나는 치렁치렁하고 블링블링한 것을
좋아해 계절과 활동성을 무시한 옷을 입기 시작했다. 그런 옷을 입은
사진을 보면 '오늘도 어머님이 유나 데리고 고생깨나 하셨겠구나…' 하
는 생각에 미안함이 더한다.

　때로는 사진과 함께 오늘 아침에는 어땠는지 어머님의 총평도 올라
온다. 아르헨티나에서 돌아온 뒤에도 유준이는 여전히 푸다닥거리는
바람에 시유를 몇 번이고 울린다. 하지만 우리 집에서 삐지기는 또 제

일 잘 해서 더 많이 울고 다닌다. 그런 모습이 할머니와의 관계에서도 나오는 것이다. 어머님은 우리가 걱정을 지나치게 많이 하지 않아도 될 정도로 총평을 남겨 놓으시고, 나중에 집에 와서 좋게 얘기하라고 하신다.

어머님께서 아침마다 가족 대화방에 올려주시는 이런 사진 몇 장으로 나는 큰 힘을 얻는다. 그것은 형님도, 남편도 마찬가지일 것이다. 쉽지 않은 일임을 안다. 네 명을 챙겨 등원시키는 일이 얼마나 정신없고 힘든 일인지, 그 와중에도 사진을 찍어 보내주신다는 것은 그만큼 어머님께서 네 명의 자식들과 네 명의 손주들을 함께 사랑하고 계신다는 것이다.

어머님은 늘 마른 행주를 하얗게 삶아서 말려 개어 두신다. 우리 집에서 늘 북적거리고, 누군가가 들락날락하고, 식구들이 대부분의 저녁시간을 보내는 곳은 주방이다. 일부러 그만큼 넓게 리모델링을 하셨다고 한다. 주방은 반듯하게 접혀진 행주처럼 늘 깨끗하고 윤이 난다. 부지런하신 어머님의 집안일 습관을 나도 닮을 수 있을까 싶다.

아이들 식판은 설거지도 일이지만, 마른 행주로 닦아서 어린이집 가방에 섞이지 않게 넣는 것이 여간 번거롭고 복잡한 일이 아니다. 얼핏 보기에는 단순노동 같지만 집중하지 않으면 다음날 민원이 들어오기 때문이다. 자기 식판과 유나 식판이 바뀌었다는 유준이의 투정, 자기 수저통에 시아 숟가락이 들어 있었다는 시유의 투정…. 네 아이들의 식판 분리는 치매 예방에도 도움이 될 것 같다.

식판을 정리하는 임무를 누가 수행할지는 정해져 있지 않다. 식구들이 모두 번갈아가며 고루 그 일을 처리한다. 식판 4세트와 간식통 4개, 수저 4세트를 어린이집 가방 4개에 각각 넣어 지퍼를 닫고 나면 제일 중요한 일처리 하나가 끝난다. 뿌듯함이 몰려온다.

그걸 눈치 챈 아이들은 후식을 요구한다. 매일 그렇다. 이 녀석들은 어른들이 쉬는 걸 두고 보질 못한다. 어머님은 그런 아이들을 보며 노상 "똥구멍이 욕할 테니 그만 좀 먹어라" 하시면서도 한 손으로는 이미 간식을 주고 계신다. 이런 언행불일치의 이면에는 정 많고 따뜻한 할머니의 내리사랑이 있는 것이다.

# 세례를 받은 사리현동 아가씨들

_ 김지양

성당에서 유나와 시아, 시유가 유아 세례를 받는 날이었다. 유나의 대모는 누나, 시유의 대모는 아내, 시아의 대모는 유준이와 동갑내기 친구인 시진이의 엄마가 서게 되었다. 유나의 대모는 고모로 점찍어 두었기에 아르헨티나에서도 세례 받는 것을 미루었던 것이다. 이 날 유나는 '클라라Clara'로, 시유는 '유스티나Justina'로, 시아는 '보나Bona'로 다시 태어났다.

결혼할 때에도 마찬가지였고, 아르헨티나에 갈 때에는 상상조차 못했던 일이다. 유나와 유준이는 외가쪽 식구들이 모두 성당을 다니니 세례를 받는 것이 어쩌면 당연한 일이었지만, 시유와 시아까지 함께여서 얼마나 행복한지 모른다.

작은 성당이어서 그런지 유아 세례를 받는 아이들은 더 없었고, 우리 아이들은 성당에서 많은 어르신들 앞에서 존재감을 다양하게 드러내며 유아 세례를 받았다. 많은 분들의 축하에 아이들은 어리둥절하기도 한 모양이다. 녀석들이 성당에서 친구들과 많은 추억도 쌓고, 하느님의 예쁜 자녀로 잘 살아가기를 기도했다. 언제든 어떤 일에든 지치고 힘들 때 부모뿐 아니라 하느님이 늘 함께하고 계시다는 것을 느끼며 살아갈 수 있게 되기를 바란다.

경기도 용인에 사시는 유유 남매의 외가 부모님도 오셔서 축하해 주셨고, 시진이네와 함께 성당의 국수 점심을 맛나게 먹고 근처의 카페로 2차를 나섰다. 우리 식구들은 아이들이 많아 떠들면서 생기는 소음과 민폐로 신경 쓰지 않아도 될 큰 카페를 찾아다닌다. 유준이는 시진이와 나름 잘 어울려 꽤 잘 놀았다. 아쉬움이 남아 결국 집까지 데리고 와서 함께 저녁을 먹고 춤까지 몇 판 추고 나서야 시진이는 제 집으로 갈 수 있었다.

토요일은 어린이집 가족 운동회로, 오늘은 세례로 정신없이 바빴지만 행복한 마음만은 넉넉한 주말이었다. 유유 남매, 시 자매 모두 건강하게 잘 자라줘서 고마워! 오늘 새롭게 거듭났으니 앞으로 함께 사랑의 성聖 가정 이루며 잘 살자!

# 손가락 그만 빨아요

_ 류대희

         그 시작은 사소하기만 한데, 유준이가 가위질을 해주다 유나의 손을 베어 좀 다친 일로부터 시작되었다. 유나는 놀라서 소리 지르며 엉엉 울었고, 난 속상한 마음에 유준이더러 방에 들어가 있으라고 하곤 남편과 같이 응급 처치에 들어갔다. 생각보다 깊은 상처에 적잖이 당황해하면서….

    그리하여 다친 손에 거즈를 감아주다가 혹시 다 감아놓으면 손가락

을 안 물고 자려나 싶어서 이렇게 감아주었다.

놀라서 방에 들어가 훌쩍훌쩍 우는 오빠를 되려 보듬어주는 유나. 그리고 둘 다 진정이 된 뒤 침실에 들어와 한참을 책 읽다가 자려고 하는데, 유나가 거즈를 감지 않은 왼쪽 네 번째 손가락(마이너라 한 번도 빤 적이 없는)을 빨고 자려 하는 것이 아닌가.

그걸 본 아빠가 "안 돼!" 이러니까 울음을 터뜨린 유나를 보고, 며칠

전 친정엄마가 알려준 비법이 생각났다. 후다닥 서재로 가서 네임펜을 가져와 모든 손가락에 사람을 그려주었다.

"아저씨 안녕? 손가락 입에 넣고 빨면 아저씨 없어져. 아저씨 내일 봐요!"

이렇게 얘기하니 아이는 곧 "아저씨 먹으면 안 돼?" 이러면서 꺄르 륵거린다. 그리고 놀랍게도 혓바닥으로 쪽쪽 소리를 몇 번 내더니 스 르르 잠이 들었다. 그렇게 손가락 빠는 습관 고치기가 성공했다고 말 하고 싶지만, 그 뒤로도 몇 달이 걸렸다.

올해 세운 계획 중 첫 번째 목표를 '유나 손가락 빠는 습관 고치기' 로 한 계기가 된 날이었다. 그리고 보니 웃기기도 하다. 손가락 빠는 습관은 자기가 고쳐야지 엄마의 목표가 되어서야 쓰겠나 싶은 생각도 든다. 손가락을 다치고 나서 일주일이 지난 오늘도 손가락을 빨지 않 고 잠이 드는 성공적인 하루하루가 쌓여 가고 있었다.

"유나는 손가락 빨지 않을 거야! 쪽쪽이도 빨지 않을 거야!"

어린이집 선생님께 응원을 부탁드려 그곳에서도 손가락 안 빨 거라고 공언하고서 친구들에게 박수갈채를 받기도 했다고 한다. 선생님도 틈나는 대로 칭찬해주셨다고 하니 참 감사하다.

처음 일주일간은 쉽지 않았다. 잠들 때 손가락이 어색한 듯 허공을 떠돌았고, 그런 작고 여린 손을 꼭 잡고 자면서 귓가에 "오늘도 우리 유나 잘 할 수 있어요"라고 밤새도록 얘기해 주어야 했다. 자다가 울음을 터뜨리거나, "엄마 미워할 거야! 엄마 나빠할 거야!"라고 화를 내며 고래고래 소리 지르기도 했다.

〈손가락 문어〉라는 책을 사서 질릴 때까지 읽어 주기도 했다. 손가락을 빨아서 생긴 굳은살이 점점 커져서 대왕문어가 되어 나타난다는 이야기의 그 그림책은 내가 보기에도 무척 징그럽고 혐오감까지 불러 일으켰다. 그래서 잘 때 "문어가 나타난다! 문어!" 하면 유나는 "안 돼!" 하면서 참참거리던 손가락을 홱 빼고는 했다.

이제 어린이집에서 4세반에 올라가면서 3세반이 들어오는데 손가락을 안 빨아서 유나도 언니가 될 수 있겠다고 폭풍 칭찬을 하고, 유나가 빨던 노리개젖꼭지는 곰돌이인형이 아직 아기니까 인형한테 주자고 하고 안 보이는 곳에다 두기도 했다. 또 잘 때 유나 손을 잡고 자니까 엄마가 너무 행복하다며 엄마 손을 잡고 자기를 유도했다.

방학 중이라 나와 남편 모두 둘째와 많은 시간을 보내면서 놀이와 스킨십 등을 더 많이 해준 것도 도움이 된 것 같다. 아이더러 공언하게

끔 유도하고 칭찬해주고 일관성 있게 유지해 나가는 것은 쉽지만은 않았지만 그렇게 어렵지만도 않았다.

그렇지만 아직은 끝나지 않았다. 요새도 새벽에 무의식중에 한두 번씩 입에 들어가 있는 손가락을 빼주기도 한다. 유준이도 16개월 무렵 노리개젖꼭지를 뗄 때 며칠 밤을 안아서 재우고 우는 아이를 달래느라 남편과 잠을 잘 못잔 기억이 아주 희미하게 남아 있다. 반면, 시아는 무언가를 빨고 자는 잠연관(어떤 한 가지 행위를 아이가 푹 잠들 때까지 지속하는 것)이 없어 수월하게 유년기를 보내고 있는 것 같아 그런 점에서는 부러워 보인다.

그래도 긍정적으로 생각해 보자면, 이런 난관을 하나 넘었다는 것이 대견스럽고, 부모로서도 뿌듯하여 오래 잊히지 않을 추억거리가 하나 생겨났다는 생각이 든다.

# 서열 관계

_ 류대희

        우리 네 식구가 아르헨티나에서 갓 돌아와 한두 달이 지나기까지 어린 시아는 자기 가족과 집을 뺏겼다 생각했는지 힘들어 했었다. 게다가 또래인 유나까지 있었으니 어린 나이에 현실을 받아들이기가 쉽지 않았을 것이다. 지금도 가끔 둘은 티격태격할 때가 있지만, 이제 친구이자 자매 같은 가족이 되어 서로 놀이를 함께하는 때가 더 많다.

    처음에 우리는 유나의 어린이집 적응을 위해 시아와 같은 반에 넣어 놓았었다. 그러다 보니 시아 입장에서는 선생님까지 빼앗긴 느낌이 들었을 게다. 하원하면서 아버님이나 어머님 손을 잡는 순간부터 둘의 기 싸움이 다시 이어졌으니, 아이들이 없을 때 겨우 충전하셨을 시부모님들을 더 지치게 만들었다.

    둘의 3세 때 담임선생님 조언에 따라 올해는 두 아이를 각각 다른 반에 넣어 놓았다. 그리고 집에서도 훈육하기를, 시아는 조금이라도

일찍 태어났으니 언니이고, 유나는 동생이라고 하였다. 두뇌 회전이 빠른 영리한 시아가 이제 자기가 확실히 언니 같은 느낌이 드는지 이제는 유나를 꼭 챙기려고 한다. 물론 "언니가 해 줄게"보다는 "언니가 먼저야!"라고 하는 때도 많지만, 시유에게서 보살핌을 많이 받았던 시아가 그걸 유나에게 그대로 해주는 걸 보면 코끝이 찡해지기도 한다.

하기는 유준이와 시유가 함께 같은 어린이집에 다닐 때도 그랬었다. 집에서는 피터지게 싸우면서도 밖에 나가서는 달라졌는지, 손을 꼭 잡고 다니며 의지하는 모습을 선생님들께서 제보해주시곤 하셨다.

더 시간을 거슬러 오르면 남편의 외사촌과 형님(김성희)은 동갑이셨는데 형님이 조금 더 일찍 태어났다는 이유로 누나 행세를 톡톡히 하

고 다녔다고 한다. 챙겨줄 때는 확실히, 잡을 때에도 확실히. 부모들이 서열 관계를 확실히 인정해주고 "네가 누나니까, 언니니까 참아야지"라고 무조건 맏이를 혼내기 전에, 그들의 역동 관계를 인정해주고 한 발자국 물러서니 자신들끼리 해결할 때가 많았다고 들려주셨다.

유나와 시아는 나이가 같다 보니 서로가 눈높이에 맞는 놀이 상대로 제격일 것이다. 병원 놀이, 인형 재우기 놀이, 선생님 놀이, 화장 놀이 등 이들의 놀이는 무궁무진하고, 때로는 온 방을 다 뒤집어 놓으며 동지애를 불살라 저지레를 하기도 한다. 이 때 이들의 유대감은 최고조에 달한다. 24시간 내내 붙어 있으면 아무리 사이좋은 부부나 연인이라 하더라도 다툼이 일어나는 법. 그렇게 동지애와 유대감을 쌓을 수 있다 하더라도 밖에 나가서는 각자만의 세상을 구축할 시간이 필요한 것 같다.

# 저녁이 있는 삶

## 사리현동의 할로윈 파티 _ 김성희

사람을 좋아하는 우리 가족은 주말이면 늘 지인과 함께 즐거운 시간을 보낸다. 나는 피곤하다 힘들다 하면서도 심심하고 루즈한 삶은 싫다. 그래서 난 파티를 좋아한다.

대부분의 부모들이 그렇겠지만, 딸이 둘인 나는 아이들을 위해서 매년 좋은 추억과 기억을 심어주고 싶고, 그렇게 하려고 노력한다. 파티 & 여행 & 소소한 외출들을 계획하는데 앞으로 하고픈 건 파자마 파티, 홈 생일 파티, 할로윈 파티 등등 아이디어만 넘쳐나고 있다.

내가 이 할로윈 파티를 기획하게 된 건 동생네 가족이 아르헨티나에서 온 지 2달이 지나 어느 정도 적응도 되었고, 내가 잘할 수 있는 파티 준비는 그다지 부담스러운 일이 아닌데다가 재미있고 행복한 경험을 아이들에게 만들어주고 싶었기 때문이었다. 처음에 부정적인 태도를 보인 동생(김지양)과 남편(김태억)도 파티가 끝나고 나서는 내심 만족

- **장소** : 사리현동 대가족 하우스
- **일시** : 10월 21일, 토요일 오후 4시
- **준비물** : 아이 할로윈 복장 & 호박 바구니 & 아이들 초콜릿(호박 바구니에 담아줄 용도), 각 가족당 음식 1개
- **진행** : 아빠들 – 집을 중심으로 골목에서 초콜릿을 나눠줌(간단한 분장 필수)

    엄마들 – 파티 준비 & 아이들과 함께 동네 한 바퀴 돌기

    아이들 – 고스트 복장을 하고 파티를 마음껏 즐기기

하는 표정이었다. 나만의 생각일 수도 있겠지만 말이다.

7가족이 참여한 이번 할로윈 파티는 대성공이었다. 초대한 가족들이 모두 아는 사이들은 아니어서 살짝 걱정은 되었지만, 비슷한 또래의 아이들을 키우는 부모들이라 함께 공감할 수 있을 거라 생각했다.

초대장도 만들고, 집안 곳곳에 할로윈 분위기를 낼 수 있는 소품들을 마련했다. 초대된 지인들과는 미리 연락해 파티의 분위기와 내용을 알려주면서 각자 파티 준비를 하게 했다. 아이들은 벌써 일주일 전부터 파티를 기대하며 한층 분위기가 고조되었다.

참가한 가족들은 모두 모여 간단한 식사를 나누고, 사진도 찍었다. 그와 동시에 그림에 소질이 있는 친구엄마가 준비한 페이스페인팅으로 아이들은 각자의 복장과 함께 할로윈 분장으로 저녁을 맞이하였다. 어둑어둑해질 무렵부터 아빠들은 아이들의 할로윈 이야기를 만들어주기 위해 사탕과 간식거리를 들고 길을 나섰다. 아이들은 손을 맞잡고 산책길을 함께 다니며 아빠들의 이야기를 듣고, 사탕을 받게 되었다.

1. 첫 번째 아빠 고스트 – 이환 & 이준 아빠

   영어강사답게 할로윈 파티의 의미와 어떻게 사탕을 받아갈 수 있는지 설명.

2. 두 번째 아빠 고스트 – 지안 아빠

   숨어있다 깜짝 나타나심. 아이들의 취향 저격 LED 사탕 준비해주심.

3. 철창에서 나타나신 – 민이 아빠

   좋은 장소를 고르셔서 아무 말 하지 않으셔도 무서웠음.

4. 전봇대 뒤에 숨어계셨던 – 은솔 & 은성 아빠

   비교적 밝은 위치에 있어 엄마들이 먼저 찾아내 다소 무섭진 않았지만, 아이들에게 맛난 사탕을 나눠주심.

5. 코주부 코스튬을 한 – 유준 & 유나 아빠

   나무 뒤에 숨어 있다 갑자기 나타났는데, 산소 앞이라 제일 무서웠던 고스트. 착한 아이가 되겠다는 약속을 하고 사탕을 받을 수 있었다. 아이들이 약속을 지키길….

6. 산에서 뛰어 내려온 – 채원 아빠

   무서운 설정이었는데, 아이들이 산에서 뛰어내려오는 장면을 못 봤다는 아쉬움이….

7. 스크림 가면을 쓴 – 시유 & 시아 아빠

   전혀 무서운 표정 액션은 없었으나 덩치로 밀어붙임.

8. 버려진 책상 & 의자 소품을 잘 이용한 – 시원 & 세훈 아빠

   아이들이 벌써 한껏 공포스런 분위기를 느끼고 있었던 터라 버려진 책상 & 의자 소품 이용만으로도 완벽한 고스트 효과!


공포스러운 분위기를 잘 표현해준 아빠들에게 고마움을 표한다. 열심히 고스트 역할을 해주신 아빠들과 엄마들은 야외에서 와인 한잔 하면서 즐거운 시간을 보냈다. 밤공기가 추워지자 집안으로 들어와 아이

들과 댄스 타임도 가지고, 30명이 넘는 가족들이 함께 재밌는 추억을
저장했다.

### 할로윈 파티, 귀신아 놀자 _ 김지양

나름대로 3~4주는 고민과 준비를 한 모양이다. 물론 내가 준비한
것은 별로 없지만, 누나(김성희)가 파티 플래너가 되어 아이들을 위한
할로윈 파티를 준비했다. 어쩌다보니 어린이 참가자가 14명이나 되었
고, 그리 넓지 않은 공간에서 어른들까지 모여서 잘할 수 있을지 걱정
이 되기도 했지만 성황리에 마무리되었다.

우리 집 유유 남매와 시 자매까지 4명, 시유의 유치원 친구 5명, 경

기도 안산에서 찾아온 시원과 세훈 형제, 원대 형네 이환과 이준 형제, 아내 친구의 아들 민이까지 어린이만 14명, 어른까지 포함하면 30명이 훌쩍 넘는 인원이 함께했다.

할로윈의 색은 검정(죽음, 밤, 마녀, 박쥐, 흡혈귀), 오렌지(호박으로 만든 잭 오 랜턴, 가을, 단풍, 불), 보라(밤, 신비), 녹색(괴물, 악귀), 빨강(피, 불, 악마)이고, 대체로 그런 색으로 할로윈 의상을 준비한다.

누나는 할로윈 파티를 위해 각종 도구와 조명, 인테리어 소품을 사기 시작했다. 아이디어에 아이디어가 더해져서 완성된 마당뿐만 아니라, 출입문부터 마당을 지나 집까지 아이들을 위한 모든 것이 준비되었다.

- 1차 : 4시경 도착한 아이들. 도착하자마자 각자 준비한 소품과 옷으로 갈아입고 미대 출신인 지안 엄마의 페이스페인팅을 받았다. 옷과 액세서리, 페이스페인팅을 하니 이미 아이들은 신이 났다. 조금씩 가져온 먹거리들을 마당에서 나누고, 포토존에서 가족별로 사진도 찍었다. 공간도 협소했고, 어린 아이들이 많아 모두를 함께 사진에 담을 수 없는 아쉬움이 있기도 했다.

- 2차 : 아빠들은 아이들에게 사탕을 주기 위해 집 주변 산책길로 향했다. 아이들은 호박 바구니를 들고 집 앞길을 지나 산 옆길을 따라 집으로 돌아오는 코스였다. 아빠들은 집 그늘에, 전봇대 뒤에, 나무 뒤에 숨어 있다가 각자 준비한 소품과 달달이, 멘트와 함께 아이들을 맞이했다. 원대 형이 첫 테이프를 재미있게 끊어주는 바람에 아이들은 즐거워했고, 어두운 길을 걸으며 할로윈 데이를 즐길 수 있었다. 유나는 무서워서 엄마에게 폭 안겨 떨어지지 않으면서도 호박 바구니는 꼭 쥐고 있었다.

- 3차 : 집으로 돌아와 간식을 더 먹고 아이들은 집안에서 뛰어놀았고, 어른들은 잠시 야외에서 와인과 맥주를 즐겼다. 아이들이 즐거우니 어른들도 즐거웠다. 물론 어린아이들이 엄마에게서 떨어지지 않아 고생한 분들도 계셨지만 많은 친구들과 동생들, 어른들과 함께 어울리는 기회를 가진 것은 아이들에게 좋은 경험이 되지 않을까 싶다.
- 4차 : 밖을 대강 정리하고 모두가 집으로 들어왔다. 걸그룹 노래에 맞추어 왕언니 시유와 유치원 친구들, 시원이까지 춤을 추었고, 모두가 박수로 관람을 해주었다.

헤어지는 시간에 모두가 아쉬워하며 내년을 기약했지만 지친 우리는 올해가 마지막이라는 생각을 했다. 그래도 할로윈이 아니어도 다른 방법으로라도 많은 집들이 모여 함께하는 기회를 갖는 것은 좋겠다는 생각이 들기도 했다. 우리 어렸을 때 부모님이 캠핑을 많이 데리고 다니셨는데, 우리도 슬슬 내년 봄부터 캠핑을 다녀야겠다는 생각이 든다.

어른들이 힘들어도 아이들만 즐겁다면, 아이들에게 좋은 추억거리가 생긴다면 무엇이든 OK. 비록 서양 풍습이지만 아이들과 어른들이 모두 함께 어울릴 수 있었던 좋은 시간이었다.

## 사리현동의 저녁문화센터 _ 김지양

어린이집과 유치원을 다녀와서 집으로 들어오자마자 시 자매와 유유 남매는 배고프다는 소리를 한다. 그런 이유로 할머니는 미리 저녁 준비를 해두시고, 아이들이 도착하는 5시경부터 아이들의 저녁식사를 차려주신다. 덕분에 엄마 아빠가 도착할 시간엔 아이들이 대부분 저녁식사를 마치고 놀이를 하거나 간식을 먹고 있는 모습을 보곤 한다.

초등학교에 근무하는 나와 아내는 보통 5시 30분경, 누나 내외는 6시 30분경에 퇴근을 한다. 저녁에 약속이 있어 늦는 날이면 각자 벌금 5천 원을 낸다. 적립한 돈은 특식을 먹거나 가족여행 경비로 사용한다. 늦게 오는 사람에게도, 집에서 아이들과 씨름하는 사람에게도 부담스럽지 않은 작은 벌금이다. 아이들의 저녁식사 후엔 사리현동 문화센터가 시작된다. 운이 아주 좋은 날은 아이들끼리 놀기도 한다. 대략적인 문화센터 프로그램은 다음과 같다.

1. 체조교실 : 앞구르기, 아빠손 철봉, 플랭크, 스트레칭 및 팔 벌려 높이뛰기 등. 매일 새로운 프로그램을 가르치라는 압박을 아이들로부터 받곤 한다. 힘든 체력 단련 프로그램으로 수강생들이 힘들어 하면 이제 그만하자고 할 줄 알았는데 반응이 더욱 좋아졌다.
2. 태권도교실 : 발차기, 주먹지르기, 미트차기 등. 태권도의 '태'자도 모르는 아빠가 가르치다보니 태권도를 배우기보다는 발차기, 주먹찌르기 놀이가 주를 이룬다. 그래도 아이들은 기합을 잔뜩 넣

고 매우 진지한 자세로 임한다.

3. 놀이교실 : 숨바꼭질, 무궁화꽃, 전쟁놀이(터닝메카드, 애니멀킹 등),
각종 야바위놀이 등. 시작은 하는데 금방 지친다. 퇴근하자마자
놀이 강요를 받다보면 억지로 이끌리듯 놀이를 시작하곤 한다.
이제 '무궁화꽃이 피었습니다'는 아이들끼리도 곧잘 진행해서 논
다. 개구리꽃이 피고, 돼지꽃이 피고, 전화기꽃도 피고… 우리 집
에는 갖가지 꽃이 신나게 피어난다.

4. 댄스, 음악교실(발레, 방송 댄스) : 발레복 입고 발레하기, 아이돌 댄스
따라잡기. 선곡은 매형이 할 때가 많다. 주택이기에 큰 집이 쩌렁

쩌렁하게 울릴 만큼 볼륨을 높여도 아파트에서는 용납할 수 없을
정도의 소음도 다 허용된다. 리더는 시유. 자연스러운 몸놀이 활
동시간이다. 모든 식구들에게 여유를 주는 프로그램이나 모두가
매일 참여하지 않는다는 단점이 있다. 가끔은 매형의 기타가 등
장하기도 한다. 시아는 곧잘 시유의 춤을 따라 추는 애제자이다.
하지만 유나는 기분파. 춤을 따라 추기보다는 자기가 흥이 날 때
에만 마이웨이로 몸을 흔드는 자유로운 영혼이다. 유준이는 수줍
어하면서도 숙녀들이 발레 옷을 챙겨 입으면 후다닥 올라가 가죽
잠바 같은 멋진 옷을 껴입고(아랫도리는 여전히 내복이지만) 와서는
절제된 몸짓을 선보인다.

5. 쿠킹 클래스 : 쿠키 만들기, 피자 만들기 등. 자주는 아니더라도 한
   달에 몇 번씩은 아내(류대희)나 누나(김성희)가 쿠킹 클래스를 열어

준다. 아이들은 만들어진 결과보다 만드는 과정에서 즐거워하는
데, 결과는 참혹할 때가 많다. 아직은 집중하는 시간이 부족하기
에 벌어진 상황정리가 더 어렵다. 어른들이 진땀을 빼며 정리하
면서 늘 입버릇처럼 하는 말, "내 다신 이걸 하나 봐라…." 하지만
또 하게 되어 있다.

6. 영어교실 : 영어 영상, 플래시 카드, 영어 동화 등으로 이루어지는
프로그램. 엄마표 영어를 진행하기에는 아내도 누나도 크게 의지
가 없어 보이니 주로 영어 동영상을 노출시켜 주는 데에 만족하
고 있다. USB에 썩 괜찮다고 추천받은 동영상을 잔뜩 저장해 TV
에 연결시켜 보여주고 있다. 집에 영어책도 꽤 많은 편인데, 사랑
받고 있지 않는 슬픈 현실이다.

7. 미술교실 : 아이 넷 중 여자아이가 셋이라 자연스럽게 색칠공부나

만들기, 그리기를 하게 되는 날이 많다. 둘째들(유나-시아)이 어디서 가위를 가지고 오는 날에는 넓은 거실에서부터 주방까지 곳곳이 종이 쓰레기로 뒤덮인다. 나와 누나가 색칠공부를 인쇄해 왔는데 꽤 요긴하게 쓰이고 있다.

8. 만들기, 레고 교실 : 손으로 무언가를 뚝딱 만들거나 세심한 손길을 요하는 일들은 단연 매형이 으뜸이다. 엄청난 집중력과 섬세함이 매형의 장점인데, 허당인 아내는 뭐든지 빨리 하는 장점은 있지만 대충 하고 에너지를 금방 소진하기 때문에 제격은 아니다. 그래서 매형이 하는 레고나 프라모델 조립을 아이들이 함께 해주면 두세 시간은 금방 간다.

어쩌다보니 1~3번의 강사는 내가 되었고, 4번의 강사는 시유(보조 매형), 5~7번의 강사는 아내가 되었다. 8번은 매형. 프로그램의 질과 교사의 성실도는 4번, 댄스 교실을 이끄는 시유가 최고다. 뭐니 뭐니 해도 본인이 흥미가 있어야 한다. 5번의 쿠킹 클래스는 집안이 난리 나고, 6번은 유나와 시아의 방해를 피해야 한다는 단점이 있다.

1~3번은 이미 지쳐 있는 내가 마지못해 하는 경우라 가능하면 피하려고 노력하지만, 조금이라도 무료하면 시유와 유준이가 합동 공격으로 프로그램 운영을 강요당하곤 한다. 그래서 억지로라도 하게 된다. 날짜를 정해서 그 날만 놀아주려고 약속을 시작했지만 막무가내로 달려드는 통에 당해낼 재간이 없다. 반 강제적으로 시작하더라도 놀이가 진행되다 보면 나도 모르게 아이들을 보며 웃게 된다. 시작하기 전엔 귀찮은데 아이들과 있다 보면 나도 모르게 에너지를 받게 되는 것 같다. 물론 그 과정에서 체력이 바닥나 아이들을 재우면서 같이 잠들어 버리게 되는 단점도 있다.

4번 프로그램의 시유를 보면 대단하다. 얼굴이 시뻘개지도록 춤추고 동생들을 가르치는 모습을 보면 춤에 대한 사랑과 열정이 느껴진다. 각자가 가진 다른 능력과 관심이 앞으로 녀석들을 어떤 길로 안내할지 궁금하다. 어떤 길이든 본인이 선택하는 그 길에서 즐겁게 최선을 다하고 행복하게 살아갔으면 좋겠다. 그리고 그 행복의 길이 혼자만의 길이 아닌 함께 가는 길이길 바란다.

# 메리크리스마스

_ 김성희

       크리스마스는 아직도 나를 설레게 하는 날 중에 하루다. 어렸을 때부터 특별한 이벤트가 있었던 것도 아니고, 추억할 만한 사건이 있었던 것도 아닌데도 이 날은 날 설레게 하고 기다려지게 한다. 우리 아이들에게도 크리스마스가 설레고 기다려지는 날이길 바라면서 즐거운 날을 보내면 좋겠다고 생각했다.

  생각하면 바로 실행하는 나는 그 날로 크리스마스 인테리어를 꾸밀 소품들을 주문하기 시작했다. 그리고 가까운 다이소, 꼬끼오, 문구점을 들러 예쁜 것들을 주문하고, 쿠팡을 통해서 트리와 집안 곳곳에 분위기를 낼 수 있는 소품들을 주문하면서 기쁨이 가득했다. 남편이 눈살을 찌푸리고, 어머니 아버지의 불편한 시선은 일단 접어둔다. 나도 참 이럴 땐 말 안 듣는 편인 것도 같다. 그냥 밀어붙인다.

  어른들이야 불편하고 힘들 수 있는 일들도, 일단 하고 나면 아이들에게는 좋은 추억이 되는 경우가 많다. 준비한 소품들로 아이들과 같이 크리스마스트리를 만들었다. 아이들과 함께 만드는 작품에는 완성도를 기대하거나 만드는 과정이 깔끔하고 즐겁기만 할 거라는 기대는 하지 않는 게 좋다.

만드는 내내 아이들은 각자 하고 싶은 대로 마음대로 아무렇게나 올리고 쌓아두고, 그러는 와중에 소품은 망가지기도 하고, 서로 하겠다고 다투기도 하고, 그 과정에서 우는 아이에 웃는 아이에 난리도 아닌 게 현실이다. 그래도 행복한 시간이었고, 지나고 나면 이 또한 추억이 될 것이라 믿는다.

어떻게든 멋진 추억 하나를 선물하려는 엄마 마음을 아는지 모르는 건지 아이들의 관심은 선물에 가 있었나 보다. 크리스마스 당일 이른 아침부터 아이들은 산타할아버지가 밤새 두고 가신 선물포장을 뜯으면서 정신없었다. 그 와중에 맘에 드는 선물을 받지 못한 첫째 아이는 울고불고…. 엄마의 마음과는 달리 아이들은 늘 장난감을 사고 또 사도 목마르게 원하고, 나는 이번 기회에 욕심을 내서 필요한 걸 사주고 싶어 한다. 내 욕심이 화를 불러일으킨 것이다. 옷 선물을 받은 큰아이는 실망에 사로잡혀 곡소리 나게 울고 또 울었다.

내가 며칠을 고생해서 크리스마스 인테리어를 꾸민 것도 아이가 원하는 선물을 준비하지 못한 걸로 물거품이 되어버렸다. 내년 크리스마스에는 아이 마음을 잘 읽어서 무엇보다도 소원하는 선물을 하리라 마음먹어본다.

## 넷이 함께한 첫 크리스마스 _ 류대희

사리현동에 산타가 다녀갔다. 형님과 내가 준비한 선물들을 전날 크리스마스트리 앞에 쌓아놓고 보니 괜히 마음이 뿌듯했다. 이걸 받고 기뻐할 아이들의 표정을 생각하니 내가 다 들뜨고 설렜다.

크리스마스이브에 아빠들이 아이들을 씻기고 놀아주고 재우는 동안 성탄전야 미사에는 어머님과 아버님, 형님과 나 넷이서만 다녀왔다. 그리고 새벽 3시까지 여자들끼리 와인 한잔 하며 폭풍 수다를 떨었다. 형님과 어머님과 함께 술잔을 기울이면 술은 많이 안 먹어도 이야깃거리가 끝나질 않는다.

그래도 다음날 아침 8시에 눈을 뜰 수밖에 없었다. 시유가 방문을 벌컥 열고 "산타할아버지가 선물 주고 가셨어!"라고 한마디 하면서 유준이, 유나도 덩달아 "우와!" 하며 계단을 우당탕퉁탕 내려가니 나도 아이들 함박웃음을 보고 싶어 따라 내려갈 수밖에….

글자를 읽을 줄 아는 시유가 선물들의 이름표를 보고 각자에게 배분해 주었고, 선물을 하나하나 뜯어보며 아이들은 성탄 기분을 만끽했다. 나는 시유에게 종이접기를 할 수 있는 색종이 한 뭉치와 종이접기 책, 그것들을 보관할 예쁜 상자를 선물했고, 특별히 여자아이들에게는 물로 씻을 수 있는 매니큐어를 하나씩 선물했다. 형님에게서 옷을 받은 시유는 장난감이 없다며 울음을 터뜨리고, 유나와 나는 매니큐어 때문에 아버님께 몇 차례 혼이 나기도 했다. 애들한테 도대체 왜 이런 걸 사주냐고…. 며칠 정도 옷에도, 발등에도, 손목에도 매니큐어를 묻히고 다니느라 유나는 바빴다. 그러다 어른 중 누군가가 아이들의 매니큐어를 숨기게 되었다.

크리스마스를 맞아 할로윈 때처럼 파티를 하지는 못했지만, 나는 아이들과 함께 크리스마스 쿠키 만들기에 도전했다. 아이 네 명을 데리고 쿠키를 몇 번 만들었는데, 매번 마무리는 내 몫이다. 네 명이 화장실로 가며 "내가 먼저!" 하면서 손을 씻고 와서 처음에는 의욕이 넘친다. 유나와 시아는 몇 번 반죽을 주무르다가 도망가고, 꼼꼼한 시유도 눈치를 슬쩍슬쩍 보며 반죽이 너무 많다고 도와달라는 신호를 보낸다. 꼼꼼하진 않아도 대충이나마 쿠키를 찍어 만들어 내는 유준이는 할당된 반죽을 금방 써 버린다.

시유와 유준이도 자리를 뜨고 나면 그 큰 주방 바닥은 처참한 상태가 되어 버린다. 버터의 미끌거림과 사방으로 흩어진 반죽 가루들과 도구를 설거지하는 일까지…. 이 날은 다행히 할머니 할아버지 오시기 전에 청소와 설거지 뒷정리까지 마무리할 수 있었다. 남편이 멀찌감치에서 팔짱을 끼고 이런 내 모습을 보며 '그러게, 내가 하지 말랬잖아'라는 표정으로 회심의 미소를 짓는 게 보였다.

할머니가 매일 아침 찍어 전송해주는 아이들 등원길

# 어느 날 모여 가족의 오늘을 이야기하다

- **아들**(김지양) : 우리가 사는 이야기를 하면 다들 이해를 못하더라고. 하긴 나도 익숙해진 우리 생활이 신기하게 느껴지기도 하지만 말이야. 우리가 이렇게 살게 된 이유를 생각해보면 첫 번째가 가족이 함께하는 공동육아잖아. 대부분은 근처에 살면서 도움을 받거나 가족이 아닌 외부의 도움을 받거나 하면서 지내잖아. 그렇게 생각해보면 부모님의 희생이 없었다면 불가능한 일이었겠지. 엄마 아빠는 무슨 생각으로 오케이 하셨을까?

- **며느리**(류대희) : 그저 감사하고 죄송할 뿐이에요. 그건 정말 '희생'이라는 단어 말고는 설명할 길이 없어요. 손주가 예뻐서라는 이유보다도 당신의 아들 딸이 조금은 더 편하게 일을 했으면 하는 생각도 있으시지 않았을까요.

- **딸**(김성희) : 자식이겠지. 별다른 이유가 어디 있겠어? 내 자식이 힘들어하니깐 내가 희생해서라도 내 새끼 힘들지 않게 해야겠다는 생

각. 그거 하나였을 거야. 알잖아. 자식 일이라면 본인 일보다 더 고민하고 걱정하고, 대신 아파하지 못해, 대신 해주지 못해 힘들어 하시는 거…. 맞벌이하며 애들 키우는 일이 현실적으로 쉽지 않다는 걸 아시니까 만사 제쳐두고 도와주시러 오신 거지. 그리고 지금 얘기지만 이 정도로 힘들지는 모르셨을지도 몰라. 앞으로 2–3년만 지나면 엄마 아빠에게도 여유 있는 삶이 되도록 우리가 고민하고 미래 설계를 잘 해야겠지.

- 사위(김태억) : 그래서 아이들이 빨리 자라야 할 텐데….

- 아들(김지앙) : 맞아. 우리 가족이 관산동을 거쳐 사리현동에 왔는데, 아이들도 커가고 하니 앞으로의 계획을 좀 세워야 하지 않나 싶어. 교육문제라든지, 직장문제라든지 서로 각자 조금씩 고려해야 할 사항들이 있잖아….

- 딸(김성희) : 점점 살기 힘들어지는 세상에서 홀로 육아를 감당하고 맞벌이를 하는 일이 불가능했을 텐데. 우리 가족이 함께여서 이 모든 게 가능하다는 게 참으로 감사한 일이지. 또 우리 아이들에게 행복한 공간을 만들어주고, 유복한 유년기를 보낼 수 있게 해준 것에 무한 감사한 일이고…. 앞으로는 아이들의 교육문제도 생각해야 하고, 청소년기를 거쳐 멋진 어른으로 성장할 수 있도록 어른들은 또 다른 고민을 해야겠지. 우리 가족의 내일이 오늘보다 더 나은 삶이 될 수 있도록 가꿔 가야지.

- 사위(김태억) : 우리 아버지보다 내가 한 5배는 힘들어진 것 같다.

- **며느리**(류대희) : 어른 넷의 직장이 다 서울이니 출퇴근하는 게 만만치 않긴 하죠. 특히 새벽같이 집을 나서도 직장까지 한 시간이 걸리는 형님은 제일 고생이시니…. 직장 가까운 곳에 집이 있었으면 얼마나 좋을까 하는 생각을 매일 아침 출근길에, 또 매일 오후 퇴근길에 하곤 해요. 넷 다 월급쟁이니 소득은 뻔하고, 조금은 더 중심지로 갈 수 있는 방법은 없을까요? 아이들이 각방을 원하기 시작할 만큼 크게 되면 이 집도 좁게 느껴질 거예요. 아무래도 사생활 보호가 안 되다 보니…. 사춘기에 접어들면 자기만의 공간도 필요하겠지요. 언젠가 분가를 하게 되면 우리는 모두 저절로 살이 빠질 거예요. 워낙 어머님 음식 솜씨가 훌륭하시니….

- **사위**(김태억) : (혼잣말로) 집에 잔디가 빨리 돋아야 하는데, 모기가 좀 없어져야 하는데….

- **할머니**(이음전) : 난 몸이 힘들고, 태억(사위)이나 대희(며느리)는 마음이 힘들 것 같다. 그러함에도 배려해주는 모습에 고맙지.

- **할아버지**(김승일) : 우리 집에서 힘들지 않은 사람이 있나 싶네. 다들 힘들지. 이렇게 사는 게 사람이 사는 거지. 옛날엔 다 이랬어.

- **아들**(김지양) : 만약에 따로 살았다면 누나랑 난 고향에 있는 부모님 보면서 걱정도 많이 하지 않았을까? 같이 살지 않았다면 아버지가 아파트 경비 일을 계속 하셨을 텐데. 솔직히 같이 살지 않으면서 따로 사는 부모님을 모시는 일이 쉽지는 않았을 것 같아. 서울에서 집 한 칸 없이 시작해서 자리 잡기도 쉽지 않은 세상인데 말이야. 어쩌면

다시 예전의 대가족 문화로 돌아가는 것이 앞으로 다가오는 고령화 사회의 가장 쉬운 방법이 되지 않을까도 싶어.

- **며느리(류대희)** : 쉬운 방법이라니요? 요새 손주를 맡기려 하면 다들 손사래를 친다는데…. 우리도 바로 곁에서 보잖아요. 어머님 아버님 힘들어 하시는 모습을. 오히려 애들이 누워만 있을 때가 편했지, 지금은 따박따박 말대꾸도 하고 말이에요. 넷이 번갈아 아프면 쉬지도 못하고 병원 데려가고, 하나 둘 학원을 다니기 시작하면 여기 저기 데려다주어야 하고, 거기다 집안일까지…. 난 우리가 부모님을 모신다 생각하지 않고, 조금은 얹혀사는 듯한 기분까지 들어요. 조금 더 우리가 많은 부분을 담당해야 해요. 아이들이 커가면서 손이 덜 가게 되면 그 부분은 좀 더 나아지겠지요? 그 때가 되면 정말 모신다는 기분으로 더 잘 해드려야지 싶어요. 매일 아버님을 위한 빵도 사다 드리고, 주말은 집안일 일체 안 하셔도 될 정도로 우리가 싹~!

- **딸(김성희)** : 같이 살게 되면서 보지 않고 하는 걱정들은 사라졌지만, 편해진 만큼 더 많이 의지하고 더 많이 기대게 되면서 불효하게 되는 게 아닌가 하는 생각도 들어. 지금은 부모님께 의지하고 기생해서 사는 거지. 사실 돈 버는 일 외에는 집안에 관한 일은 정말 내 몫의 30% 정도나 하는 건지도 모르겠어. 한 달에 한두 번이나 우리가 식사준비를 하지 모두 도맡아 엄마가 하시지, 청소 빨래도 한두 번이나 할까 다 아빠가 맡아서 해주시니…. 네 아이들 등원 하원 포함

해 병원 다니는 일도, 학원 다니는 일까지도 담당해주시니 난 할 말이 없네. 이렇게 말하고 보니 내가 죄인된 기분이 드네. 부모님 얘기에서는 한없이 작아지는 나의 모습이야. 이런 엄마 아빠한테서 태어난 내가 참 행운이다 싶다. 우리 아이들도 나를 그런 부모로 생각해주면 내 삶이 뿌듯할 것 같아.

- **사위**(김태억) : 아이들이 어떻게 생각하든지 자기 할 일이나 알아서 했으면 좋겠다.

- **할머니**(이음전) : 이렇게 함께 살아가는 것이 모두에게 좋은 추억이 되었으면 좋겠다. 손자 유준이, 손녀 시유, 시아, 유나가 모두 잘 자라서 친 형제자매처럼 서로 생각하면서 잘 자라주길 바라고. 손주들을 보면서 아들 딸 키울 때가 많이 생각나기도 해.

- **할아버지**(김승일) : 우리가 자식 키울 땐 달랐지. 다들 엄하게 키웠으니까. 부모를 무섭게 생각하면서 컸지. 손주들한테는 그게 되지를 않네.

- **아들**(김지앙) : 10명의 가족이 함께 살면서 가장 힘든 점에는 뭐가 있을까? 각자 생각하는 부분이 다를 것 같은데. 나는 개인적인 사생활 공간이 아닐까 싶어. 많은 가족이 함께 살더라도 개인적인 사적 생활공간은 필요한 것 같아. 사리현동에서 다시 이사를 가서 새로운 집을 짓게 된다면 그런 것들도 잘 반영하면 좋을 것 같아. 모두의 의견을 반영해서 집을 짓는 일은 엄청난 일이 되겠네.

- **며느리**(류대희) : 나 말고 늘 다른 식구를 생각해야 하는 점? 우리 네

식구끼리 살 때는 쓰레기도 좀 느긋하게 버리고, 빨래도 조금 느긋하게 개어도 되었는데, 열 식구가 살면서는 조금이라도 게으름을 피우면 모두가 힘들어져요. 빨래도 순식간에 수북하게 쌓이고, 설거지는 두말할 필요도 없고…. 그런데 이제 익숙해져서 그런 건 별로 힘들지 않은 것 같아요. 또 워낙에 다들 맡은 바 주어진 자리에서 부지런하게 움직이시니까. 대신 아이들을 내 주관에 따라서 이끌어나가는 게 조금은 힘든 것 같아요. 아무래도 퇴근이 빠른 나나 남편이 퇴근하고 나서 책을 더 읽어주거나, 엄마표 영어 같은 그런 걸 하려고 하더라도 애가 넷이면 뭘 할 수가 없으니까 말이에요.

- 딸(김성희) : 선택과 집중이 어렵다는 거? 아이의 잘못된 행동이나 버릇이 생겨 그 아이에게만 집중해서 그걸 고치고 바꿔주는 역할을 하는 게 쉽지 않아지지. 아이도 엄마가 아니어도 다른 가족에게 기댈 수 있고, 엄마인 나도 내가 아닌 다른 누군가에게 기대서 해결할 수도 있는 부분이라 한 문제에 집중해서 혼자 해결하는 게 쉽지 않아지는 것 같아. 그리고 무엇을 해도 4배, 5배, 10배가 되는 듯한 느낌? 좋은 것도 배가 되는데, 나쁜 것도 배가 되어서 때로는 감당이 힘들어진다는 것. 하루도 아무 일 없이 지나가지 않고 늘 이슈가 있다는 것. 가끔 정말 아무 말 없이 조용히 쉬고 싶을 때가 있는데 그럴 공간이 어디에도 없다는 것. 가족이 많다 보니 누군가는 나의 마음을 알게 된다는 것….

- 사위(김태억) : 독심술 쓰는 것도 아니고, 아무도 몰라.

- 할머니(이음전) : 난 언제나 가족들 얼굴을 살피지. 오늘은 어떻게 보냈는지. 손주들도, 자식들도. 함께 살고 있어 모두의 마음을 살필 수 있으니 좋지.

- 할아버지(김승일) : 난 이제 나이가 들어서 몸이 힘들어. 매일 아침 청소, 빨래를 할 때면 컨디션에 따라 귀찮기도 한데 아이들 다 보내고 커피 한 잔 하며 TV를 보다보면 좋다는 생각도 들지.

- 아들(김지양) : 우리가 이렇게 책을 내기로 마음을 먹었던 것은 우리가 살아가고 있는 지금의 삶이 남들이 쉽사리 도전하지는 못하는 것이지만 살아보니 좋은 점도 많더라는 이야기를 하고 싶은 거잖아. 전통적인 대가족보다 더 많은 특별한 3가족이 함께 살아가는 셈인데 10명의 가족이 함께 살면서 좋은 점을 꼽아보면 무엇이 있을까? 나는 아이를 키우는 부모 입장에서 아이들이 다양한 어른들의 모습을 보면서 크는 것이 좋은 것 같아. 부부가 아이를 키우면 보통 엄마 아빠만 보고 크다 보니 아이들이 볼 수 있는 어른들에 대한 모델링이 부모에 한정되잖아. 우린 할아버지, 할머니, 고모, 고모부, 엄마, 아빠(총 6명)라는 어른들 모습을 볼 수 있으니 비교적 원만한 모습으로 커가지 않을까 싶어. 그리고 나야 부모님을 매일 볼 수 있다는 것도 가장 좋은 것 중 하나지. 따로 살았다면 고향에 1년에 몇 번이나 갔겠나 싶어.

- 며느리(류대희) : 나도 동감이에요. 우리 부부는 작은 소품에는 관심이 전혀 없고 아기자기한 것과는 거리가 먼데, 유유 남매(유준-유나)

는 고모(김성희)와 고모부(김태억)의 감성 덕분에 삭막하지 않고 늘 변화와 새로움 속에서 지내고 있다고 생각돼요. 할아버지의 깔끔함과 할머니의 자상함도 바로 곁에서 보고 배울 수 있을 테고요. 또 뭐가 있을까…. 육아를 하며 받는 스트레스 상황에서 잠시 벗어날 수 있다는 장점도 있어요. 아이들을 맡기고 영화를 보러 간다거나, 쇼핑을 하러 간다는 건 아직은 상상도 못하겠어요. 대신 잠시 2층에 올라가 쉬거나 주방에서 차를 마시는 동안 아이들은 자기들끼리 놀 때도 있고, 다른 어른들과 시간을 보낼 수 있는 여지가 무궁무진하게 많아요. 제일 큰 것은 아무래도… 대부분의 시간에 늘 누군가가 있으니 덜 외로워요. 퇴근하고 와도 반겨주는 이가 있어 마음이 안정되고 반가움으로 가득 차는 것처럼 아이들도 나중에는 직장 다니는 엄마 아빠가 집에 없어도 할머니 할아버지가 계실 테니 안정감을 느끼겠지요.

- **딸(김성희) :** 진짜 가족이 되었다는 것… 이건 정말 같이 살아봐야지만 알 수 있는 느낌이야. 좋은 것도 싫은 것도 나의 장점 단점이 다 드러나면서 비로소 정말 가족이 된다는 것. 가족이라는 건 정말 좋은 면만 보는 게 아니잖아. 나의 단점도 끌어안고 보듬어주고, 때로는 울고불고 하면서 서로의 감정을 터놓고 이야기하게 되기도 하고 그러잖아. 그런 가족이 되었다는 것. 1년에 몇 번 보지도 않아 때로는 친구보다도 못한 느낌을 가지게 되는 가족이 아니라. 내 편인 내 가족이 있다는 것. 친척들도 요즘은 서로 자주 보지도 연락하지도 않

고 지내서 서먹서먹하고 가족의 느낌도 없게 되는 게 현실이지만, 우리 아이들에게는 다를 거라 생각해. 집에선 티격태격 싸우고 해도 남들과 섞이면 서로 챙기고 뭉치게 되잖아. 나중에 커서 바깥세상에 나가서 때론 힘든 순간이 와도 내게는 힘이 되는 내 편이 되는 가족인 거지. 그리고 나의 부족함이 채워지는 것. 내가 갖지 못한 부분들을 채워줄 수 있는 어른들이 많아서 내 부족함이 크게 드러나지 않을 수 있다는 것….

• **사위**(김태억) : (아주 진지한 표정으로) 모델들이 좋지 않다.

• **할머니**(이음전) : (웃으며) 오늘 저녁만 해도 한쪽에서는 울고, 한쪽에서는 웃고 전쟁 같은 시간이었지. 발레복 입고 춤추고 하는데 정신없다고 한쪽 방에서 나오지도 않는 할배. 하지만 난 이런 시간이 멀지 않았다 싶다. 2~3년이면 각자 놀고 하겠지. 그래서 이마저도 즐긴다. 남들이 못 느끼는 대가족의 행복은 말로 표현은 힘들다. 경험해보면 느낄 수 있는 행복이 아닐까 싶어.

• **아들**(김지양) : 난 유유 남매(유준-유나)와 시 자매(시유-시아)가 개성 있게, 각자 하고 싶은 꿈을 이루며 잘 커가는 것도 바라지만 따뜻한 아이들로 커갔으면 좋겠어. 마음이 따뜻한 아이. 아이들이 그렇게 되길 바라면 부모가 그렇게 살아가는 모습을 보여주는 것이 가장 중요한데 난 아직 멀었네. 우리 집 가훈 생각나? 어린 시절 집 한켠을 차지했던 논어의 문구. '남이 나를 알아주지 않음을 근심치 말고, 내가 남을 알아줄 만한 슬기가 없음을 한탄하라.' 어린 시절 가훈의

영향을 받긴 한 것 같기도 해.

- **며느리**(류대희) : 건강하고 행복했으면 좋겠어요. 작은 것에서도 행복함을 찾아 느낄 수 있었으면 해요. 아이들이 커 가면서 공부 같은 것을 잘 했으면 좋겠다고 생각하게 될 때가 오긴 하겠지만, 지금 부모로서 느끼는 이런 초심의 바람을 잊지 않았으면 좋겠네요. 그저 건강하고 행복하길!

- **딸**(김성희) : 난 아이들이 자기 자신을 사랑하는 아이들로 자라길 바

래. 자기 자신을 사랑하고 또한 이웃을 사랑하는 아이들로 자라길
바래. 사랑이 많은 아이라 사랑도 받고 사랑도 줄 수 있는 따뜻한
아이들로…. 세상에 나가 어떤 일을 하게 될지 모르겠지만 무슨 일
을 해도 자신감 있고 재미있게 하는 그런 사람이 되기를…. 낳아준
부모님뿐만 아니라 우리 가족 모두. 사랑으로 키워주신 할머니 할
아버지. 티격태격해도 마음 공유하며 없으면 빈자리가 외롭게 느
껴지고 보고 싶어지고 하는 같이 자란 아이들. 이 모든 가족의 사

랑을 고마워하고 감사해 하는 마음 바탕을 가지고 있는 착하고 따뜻한 사람으로 자란다면 어디에서도 빛나는 사람이 되어 있을 거라 생각해.

- 사위(김태억) : 아이들은 건강하기만 하면 다 되는 법이고, 부모 모습대로 또 자라는 거니 바라면 안 되지.

- 할머니(이음전) : 아이들에게 바라기보다 내가 사랑이 많은 할머니이고 싶지. 그래서 아이들이 그 사랑을 먹고 쑥쑥 커서 사랑 많은 아이로 성장해주면 그 이상 뭘 더 바라겠니.

- 할아버지(김승일) : 건강하게만 자라면 되지, 할아버지가 뭘 더 바라겠어.

# 사리현동 신(新)대가족 이야기

지은이 | 김승일, 이음전, 김태억, 김성희, 김지양, 류대희
펴낸이 | 박영발
펴낸곳 | W미디어
등록 | 제2005-000030호
1쇄 발행 | 2018년 8월 1일
주소 | 서울 양천구 목동서로 77 현대월드타워 1905호
전화 | 02-6678-0708
e-메일 | wmedia@naver.com

ISBN  979-11-89172-01-5  (03810)

값 14,000원